흔들림에 기대어

흔들림에 기대어

최재선 수필집

수필과비평사

다섯 해 전 수필가로 등단한 이래 그동안 수필집『이 눈과 이 다리, 이제 제 것이 아닙니다』,『무릎에 새기다』,『아픔을 경영하다』를 발간했습니다. 이엄이엄 이번에 또『흔들림에 기대어』를 세상에 내놓습니다. 수필집 외에 시집『잠의 뿌리』,『마른 풀잎』,『내 맘 어딘가의 그대에게』,『첫눈의 끝말』도 발간했습니다. 작가로서 창작의 열정을 식히지 않으려고 부단히 달려왔습니다. 누가 뭐라고 하든지 곁눈질하지 않고 한 해 작품집 한 권을 꼭 내려고 맘먹고 있습니다.

누구든 삶의 곡선로를 만나 아픔의 원심력으로 흔들리기 마련입니다. 사는 것은 흔들리는 것과 화목하게 손잡는 것입니다. 우리가 기대고 사는 것치고 흔들리지 않는 것은 거의 없습니다. 요지부동할 것 같은 땅도 지진에 흔들리고 흐느낍니다. 믿음의 제방도 큰물에 제 몸을 흐물흐물 흔들며 무너집니다. 폭염 속에서도 패랭이꽃이 다정스러운 눈빛으로 웃고 있습니다. 남실바람에 꽃이 미세하게 흔들립니다. 패랭이꽃 그림자가 흔들리며 제 복사뼈까지 내려왔습니다. 이 흔들림에 기대어 꽃처럼 피어나고 싶습니다

그동안 열심히 걸어왔던 길을 뒤돌아봅니다. 그 길에서 환한 문장을 만났습니다. 그 길에서 환한 이름을 만났습니다. 각별한 이웃도 만났습니다. 이들이 길 빨리 가지 말고 제대로 가라고 합니다. 잔돌 하

나 짓밟지 말고 사뿐히 걸으라고 합니다. 잠시 숨 고르고 하늘을 올려다봅니다. 새들 비행이 잠잠해지고 온몸 평온으로 가득 찹니다. 그 길이 불쑥 안부를 묻습니다.

"당신 글은 저녁 숲처럼 안녕하십니까?"

글은 안녕합니다. 마음에 걸린 게 부모님 건강입니다. 김달진 시인은 "60대는 연마다 늙고, 70대는 달마다 늙는다. 80대는 날마다 늙고, 90대는 분마다 늙는다."라고 했습니다. 이 말처럼 부모님께서 하루가 다르게 날마다 노쇠해져서 마음이 아픕니다.

어머니께서 끓여주신 장어국을 먹을 수 있는 날이 앞으로 몇 날이나 될지 모르겠습니다. 풍편으로 자귀나무 꽃향기가 서럽게 들려옵니다. 아버지께서 정원에 있는 나무를 전지하고 계십니다. 가위 소리가 어제 같지 않습니다. 훈용이는 여전히 아픕니다. 여섯 식구 가장인 제 어깨는 여전히 무겁습니다. 학생들 앞에 서는 것이 여전히 부끄럽습니다.

이런 게 우리 삶에서 흔들림 아닐까요? 이 흔들림에 기대어 흔들림의 원심력과 화목하게 손잡고 잘 살겠습니다.

2019년 여름날, 화심산방에서

한재섭

흔들림에
기대어

배경과 풍경이 되는 것들

단풍처럼 고운 이름들

돌의 울음

아픔
내려놓기

담배의
유언

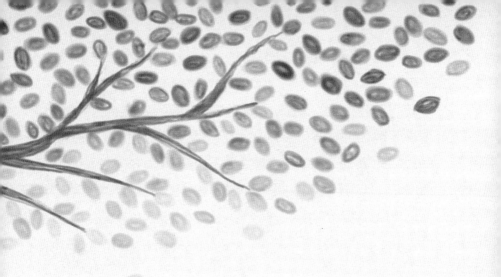

마음을
다스리다

틈

콘크리트 틈 사이로 풀잎이 돋았다. 비좁은 틈을 뚫고 나오느라 풀잎은 몸 곳곳에 상처가 났을 성싶다. 아픈 내색은커녕 초록 웃음을 한 바구니씩 품고 있다. 어느 것이든 절정이 있기 마련이다. 절정은 위기의 강을 건너야 맞이할 수 있다. 단단한 콘크리트 틈을 단숨에 날아오를 수 있는 날개가 없다. 큰 걸음으로 단번에 빠져나가기 힘들다. 작은 걸음으로 한발 한발 걸어 나가야 한다.

틈새에 집을 짓고 사는 풀잎은 안분지족 할 줄 안다. 무작정 자기 몸을 불리지 않는다. 하늘로 키를 뻗고 땅에 뿌리를 내려 초록을 첩첩이 쟁여놓은 것을 부러워하지 않는다. 햇빛이 들면 몇 줌 볕에 자신의 성정을 포쇄할 뿐, 키를 더 늘리지 않는다. 초록 표정을 싱싱하게 짓지 않은 것은 근심이 있어서 그런 것이 아니다. 이를 악물고 숨을 참으며 틈을 뚫고 나오느라 잠시 고단해서 그렇다.

콘크리트 틈을 우리는 단단한 절망으로 여기지만, 풀은 유연한 희망으로 생각한다. 우리가 단단하고 좁은 틈으로 집어넣을 것이 없다고 포기할 때, 풀은 생의 운율을 집어넣고 꿈을 노래한다. 해보지도 않고 지레 염려하며 울컥하지 않는다. 우리가 처한 환경을 원망하며 핑곗거리를 만들 때, 풀은 그가 처한 환경에 걸맞게 자기 심신을 수선한다. 박음질 소리를 들으며 풀은 튼실해진다.

지하 창문에는 달이 뜨지 않는다. 단 하루도 별빛이 찾아오는 날이 없다. 풀은 어둠의 광기를 버티며 길을 낸다. 지문이 쓱 지워지고 손가락이 뭉툭해져도 저희끼리 수군거리지 않는다. 홀로 먼저 빠져나오려고 상대를 뒤에서 붙잡거나 밀치지 않는다. 앞서거니 뒤서거니 하며 서로에게 배경이 된다. 힘이 극빈하여 가난하지만, 최선을 다해 몸을 일으켜 세운다.

살다 보면 웃자란 욕심은 우리 삶을 무겁게 한다. 틈을 뚫고 나가려면 달빛처럼 부드러워야 한다. 가벼워야 허공에 달처럼 피어날 수 있다. 콘크리트 틈을 뚫고 올라온 풀잎은 지상이 허공이다. 허공에서는 신발이 필요 없다. 풀이 신는 신발 문수는 흙과 돈독해지는 것이다. 우리 삶은 갈수록 흙에서 스스로 추방당하고 있다. 흙냄새를 맡지 못하면 꽃이나 풀냄새를 기록하지 못한다. 사람 냄새도 잊는다. 지주支柱 흙에 세워야 직립의 자세로 누군가를 받쳐주는 배경이 된다.

내 것에 관한 그리움이 궁하고 다른 사람 것을 무작정 부러워하면 삶이 얇아진다. 내 삶이 古典이 되지 못하고 苦戰이 된다. 풀풀 살아 있는 풀잎은 잎이 작아 꽃잎처럼 생겼다. 그 자체만으로 아름다움과 동본이다. 풀은 억지로 몸을 치장하지 않는다. 햇볕의 각이 정해준 곳이 달동네와 같은 곳일지라도 불평하지 않는다. 바람이 낡은 터에 데려다 놔도 따지는 법이 없다. 그냥 따를 뿐.

그의 언어는 침묵이다. 붓을 들어 요란스럽게 일필휘지 하거나 말 위에 말을 쌓지 않는다. 우리는 자신이 쌓은 말 탑을 무너뜨리거나 그 속에 파묻힐 때가 있다. 풀잎은 할 말이 정 있으면 만년필 촉 같은 몸을 움직여 단출한 어휘 몇 개 쓰고 말없음표로 마무리하고 만다. 눈이 청명해야 풀잎의 언어를 읽을 수 있다. 어찌 풀잎의 언어 뿐이랴. 우리 눈이 삐딱하고 흐리면 그림자만 크게 본다. 비록 검은색 일지라도 빛의 각도나 명암에 따라 흰색으로 보인다. 눈을 씻고 풀잎이 쓰다 만 말없음표에 들어앉았다.

앞산이 눈에 환하게 들어왔다. 굴참나무 벌어진 틈으로 어린나무가 집을 짓고 살고 있다. 소나무 벌어진 틈으로 바람이 불어왔다. 바람에 흔들리는 댓잎과 숲까지 제 몸 틈으로 각자 길을 냈다. 그 틈으로 새가 날았다. 황토벽도 한 해 한 번 금으로 번지고 틈을 낸다. 틈틈이 벌어져 빈 곳으로 사람이 오가고 뭇 생명이 자랐다. 여태 안중에 없던 틈이 자리를 비우고 또 다른 틈이 그 자리를 채웠다. 틈은 생명의 공간이자 생명의 밑천이다.

그간 숨 돌릴 틈 없이 분주하게 뛰어왔다. 내 삶의 문장은 단문이 없고 장문만 있다. 쉼표와 마침표가 없어 허덕거리기 일쑤였다. 이런 문장을 삶의 목차에 미리 올려놓고 변명할 구실로 삼기도 했다. 마음에 고스란히 두어야 할 것을 까마득하게 잊은 것 있다. 귀담아듣지 않고 그냥 지나친 것 있다. 드러내지 못하고 부끄럽게 숨긴 것 있다. 그럴 틈이 애초에 없었다. 틈이 없다고 아예 핑계를 댔다.

어느새 저녁이 왔다. 저녁과 낮 틈으로 시원한 산바람이 지나갔다. 곧 저녁과 밤 틈으로 달이 환하게 차오를 것이다.

(2018. 5. 7.)

풀무질

　겨울 문턱에서 추위가 매섭다. 유년시절 이맘때면, 어머니께서 뒤부엌에 군불을 때셨다. 너 나 할 것 없이 어렵게 살던 시절이어서 군불을 양껏 때지 못했다. 아궁이에 넣을 나무가 턱없이 부족했기 때문이다. 아이들은 학교에 갔다 오면 꼴망태를 메거나 지게를 지고 산으로 나무를 하러 갔다.

　마을 인근 산은 사람들이 나무를 하도 많이 하여 낙엽 한 장 구경하기 힘들었다. 마른 솔가지나 나무는 더욱 그랬다. 이렇다 보니 조선낫으로 생소나무 가지를 베었다. 산 주인에게 들키면 큰일 났으므로, 지름길을 버리고 저물 무렵 산 그림자에 몸을 숨겨 귀가했다. 생솔은 불이 바로 붙지 않아 풀무질을 했다. 풀무는 불을 피울 때 바람을 일으키는 도구이다.

　가을걷이한 벼를 방앗간에서 찧을 때 왕겨가 나온다. 이 왕겨를 아궁이에 넣고 풀무질을 하면 불씨가 생긴다. 이 불씨에 생솔가지를 올리고 풀무질을 하면 솔가지가 연기를 내며 탔다. 왕겨나 생솔가지는 불씨와 비타협적이다. 이런 천성을 풀무가 친근한 관계로 이끈다. 잘 타지 않은 것을 조합해 풀무질하며 군불을 때려면 눈물깨나 흘려야 했다.

풀무는 대장간에서도 요긴하게 쓴다. 화덕에 있는 불이 활활 타야 쇳덩이를 달굴 수 있다. 화덕에 있는 불은 풀무질을 하지 않으면 대장장이가 원하는 온도를 낼 수 없다. 쇳덩이를 불에 충분히 달궈 담금질한 조선낫이라야 거칠고 우악스러운 것을 자를 수 있다. 풀무질에 신명이 난 불로 달궈 망치질한 호미라야 사흘이 멀다 하고 자란 풀의 기세를 꺾는다.

요즘 군불 때는 집이 거의 없다. 대장간도 옛 사진첩에서나 볼 수 있는 풍경이다. 우리 고장 용머리고개에 대장간이 서너 곳 있지만, 옛 방식을 세월이 훔쳐간 지 오래되었다. 왕겨나 생솔가지는 풀무질을 하지 않으면, 불과 비우호적이어서 군불을 땔 수 없다. 대장간 화덕의 불은 풀무질을 하지 않으면, 망치질할 수 있을 만큼 쇳덩이를 달굴 수 없다.

풀무질은 바람을 일으키는 행위이다. 바람을 일으키는 것은 사회적으로 많은 영향을 끼친다는 말이다. 좋은 영양과 나쁜 영향을 모두 아우르지만, 여기서는 선한 영향만 손님처럼 초대하겠다. 개인이나 어느 조직할 것 없이 관행적으로 내려온 것에 매몰되면, 새로운 것을 시도하지 않는다. 변화하는 것을 두려워하거나 꺼린다. 잘 마르지 않은 왕겨나 생솔가지처럼 열정이 없어 불이 잘 붙지 않는다. 풀무질은 바람을 일으켜 열정을 불어넣는다.

열정만 가지고 선한 바람善風을 일으킬 수 없다. 불굴의 집념과 소명감이 있어야 한다. 대장간 화덕의 불은 풀무가 끊임없이 돌며 바람을 일으켜야, 대장장이가 쇠를 원하는 모양으로 만들 수 있다. 풀무는 고온에 제 몸을 맡기고 오로지 바람 일으키는 것을 게을리하지 않는다. 자신이 그 일을 하기 위해 존재한다고 여긴다. 누군가 그 일을 해야 하는데, 그 일을 할 사람이 자신이라고 서슴없이 믿는다.

요즘 학생들 앞에 서는 것이 두렵다. 지식의 창고가 빈한해지고 가르치는 열정이 사그라들고 있다. 이 통에도 나 자신을 탓하지 않고 학생들을 핑계 대며 비겁하게 변명의 숲을 무성하게 키웠다. 학생들에게 입술로는 서로 공동 학습자의 관계라고 이야기하면서, 내심 그들 위에 군림하려는 위선자였다. 상처를 안고 사는 학생이 애처롭게 눈길을 보내면, 내 시간을 뺏길지 몰라 달아나는 도망자였다.

매콤한 바람이 창문을 인정사정없이 흔들고 지나간다. 유년시절, 어머니께서 군불을 넣은 방 아랫목이 그립다. 그 시절엔 기다림이 있었다. 생솔가지를 넣어 데운 아랫목은 서둘러 온기를 내어주지 않았다. 아랫목이 따뜻해지길 기다리며 이불 속에서 형제들끼리 여러 놀이를 했다. 어머니는 늦게 퇴근하시는 아버지 저녁밥을 놋그릇에 담아 아랫목에 넣어두었다. 우리 형제들은 아랫목의 온기뿐만 아니라, 아버지의 귀가를 목을 빼고 기다렸다.

이런 기다림의 산실은 어머니의 풀무질이었다. 풀무가 잘 타지 않은 왕겨와 생솔가지에 바람을 불어넣어 불씨를 살렸다. 풀무가 아니었다면 나는 유년시절 겨울을 또렷이 기억하지 못했을 것이다. 게다가 열정이 식은 나 자신을 까마득히 잊고 여전히 비겁한 위선자의 길을 타박타박 걸었을 것이다.

어느 순간 내 측근이 된 나태와 핑계, 고착된 무관심을 아궁이에 집어넣는다. 그리고 풀무질을 한다. 냉기 가득한 마음의 방 아랫목이 따뜻해지면, 군고구마 같이 따시고 구수한 글 한 줄 쓰겠다. 날이 밝으면 강의실에 가서 학생들에게 잘못했다고 용서를 빌겠다. 나에게 애처로운 눈길을 보낸 학생과 첫눈이 내리기 전 만나야겠다. 활바람이 활보하고 있는 밤, 어머니의 풀무질 소리를 회상하며 사람 되는 법을 배우고 있다.

(2018. 12. 9.)

캄캄절벽

오래전 차를 돌릴 때마다 묵직한 소음이 박차고 나왔다. 이때마다 재채기 나오듯 잠시 잠깐 일어난 것이라고 애써 외면해버렸다. 차가 출고한 날짜를 셈하니 일곱 해째 되었다. 다른 사람에 비해 볼일이 많은 탓에 차를 많이 써 주인을 잘못 만난 차가 고생한다. 오전에 아버지 안과와 치과에 들렀다. 한 달 전 폭설이 내렸다. 앞집 영기 어머니께서 독한 감기를 앓는 어머니 병문안을 오시다 눈밭에서 넘어지셨다. 골반에 금이 가 한 달째 병원에 입원하고 계신다. 이번에는 부모님과 내가 병문안을 다녀왔다.

정오가 턱밑에 걸렸다. 다른 날에 비해 차에서 나는 소음이 널브러졌다. 점심을 먹자마자 서비스센터에 들렀다. 양쪽 '소바'가 다 깨졌다고 했다. '소바'뿐만 아니라 낯선 부품 이름을 여럿 댔다. 바퀴가 빠지지 않은 것이 천만다행이라며 수리비용이 많이 나온다고 했다. 토요일은 2시까지만 일한다는 것을 수분이 마르게 통사정하여 정비를 맡겼다.

작업실에 이르렀다. 오전에 부모님 모시고 병원 다녀온 것에 착안하여 「만학도 아부지 엄니」란 시를 썼다.

젊은 시절 없는 살림에 땅만 줄기차게 파고 새끼들 먹잇감 물어 나르시느라 공부 깊이 하지 못한 아부지 엄니 요즘 융복합 전공 한창이시다 새끼들 맘 환히 들여다보시는 눈 정작 안개 자욱하고 물만 닿아도 이齒 한겨울인 아부지 뫼시고 안과와 치과 다녀왔다 아들 모래재 너머 소망의 집에 보내고 애기 티 벗을 기미 없는 손자 녀석 땜시 오장육부 성할 날 없는 게다가 온 신경 통증의 뿌리 불쑥불쑥 뻗은 엄니 뫼시고 내과와 신경과 다녀왔다 오랜 감기 끝 폐렴 앓은 엄니한테 생강차 끓여 눈밭 밟고 오시다 골반 금간 영기 엄니 병문안도 다녀왔다 정형외과였다 할 수 없든 하기 싫든 나이 먹으면 어차피 우리 몸뚱이 참고 읽어야 할 교재이다 耳順인 내 몸도 아부지 엄니 밑줄 친 곳 따라 읽으며 독자 가문 통증 발표한다

4시쯤 서비스센터에서 전화가 왔다. 수리비용이 60만 원 나왔다. 카드로 5개월 할부하여 결제했다. 문제는 또 있었다. 소바가 터지고 휠 얼라이먼트가 어긋나는 바람에 앞바퀴 타이어가 닳아 철심이 다 드러났다. 타이어를 바꾼 지 9개월밖에 되지 않았는데 웃음이 멋쩍게 나왔다. 상상 속에서 난감해지고 절망스러운 일이 막상 눈앞에 민낯으로 다가오면 오히려 차분해질 때가 있다. 어쩌면 우리 의식 속에 불행을 애써 잠그려는 자물쇠가 잠재해 있기 때문인지 모른다.

부랴부랴 타이어 수리점으로 갔다. 서비스센터와 똑같은 진단을

내렸다. 앞바퀴 타이어를 바꾸고 휠 얼라이먼트를 잡았다. 40만 원이 덤으로 들어갔다. 역시 카드로 5개월 할부하여 계산하였다. 자동차도 사람처럼 나이를 먹으면 몸 곳곳에 통증이 자란다. 병들기 전에 건강 검진을 잘해야 하듯 자동차도 미리 정비를 잘해야 한다. 그래야 큰돈 들이지 않고 사고를 미리 막을 수 있다. 오늘 전혀 뜻하지 않게 차를 수리하느라 100만 원이 들었다. 요즘 돈 쓸 일이 물크러져 혼잣말로 볼멘소리깨나 나왔다. 불평불만이 마음의 독약인 줄 알면서도 탱탱하게 마음먹었던 평정심이 탄력을 잃었다.

석양 그림자를 밟고 집으로 돌아왔다. 증폭된 허기가 거침없이 달려들었다. 도시락을 꺼냈다. 시장이 반찬이란 말이 이렇게 친근하게 다가올 수 있을까. 단출한 찬 한두 개로 밥을 달짝지근하게 먹었다. 배를 적당히 채우고 나자, 의외로 들어간 돈 때문에 눈알이 뱅글거렸다. 마음을 고쳐먹었다. 100만 원을 들여서 내 생명줄을 건지고, 다른 사람 생명을 구했다고 애써 생각했다. 말랑말랑하게 물러 터졌던 평화가 마음 곳곳으로 고요히 스며들었다.

감사는 캄캄절벽에서 나오기 마련이다. 오늘 일어난 일을 곰곰이 돌아보니 매 순간순간이 절묘하게 맞아 떨어졌다. 차를 수리하고 타이어를 교체하는 시간이나 공정이 빈틈 하나 없었다. 세상에는 돈으로 살 수 없는 것이 많다. 깨우침은 돈으로 살 수 없다. 깨우침과 감사는 독거하지 않고, 공동체처럼 이마를 맞대며 산다. 살다 보면 마음을 비우고 내려놓아야 비로소 보이는 것이 있다.

생각하지도 않은 독자가 전화를 했다. 이번에 발간한 시집과 수필집을 10권 보내달라고 했다. 자신이 출석하는 교회 교인들에게 나눠 주고 싶다고 했다. 하나님께서는 마음을 비운 순간, 빈 곳을 바로 채워 주시기 시작한다. 세상은 온통 책을 꽂아놓은 서재와 같다. 세상살이는 밑줄 치며 부단하게 읽는 독서 활동의 연속이다. 오늘 읽은 내용 가운데 마음 환하게 해 준 문장 아래 굵직하게 밑줄을 긋는다. 잠언처럼 마음속으로 깊숙이 불러들인다.

"캄캄절벽에 이를지라도 주저하지 말고 감사하자."

(2018. 3. 3.)

우중산책 雨中散策

하늘이 빗방울을 땅에 모종하고 있다. 雨中 어디쯤에서 봄이 흥청망청 초록으로 내려앉는다. 늦은 점심을 먹고 빗속을 향해 나섰다. 아중천변 일대가 눈에 띄게 푸릇하다. 아중천은 비 내리는 하늘을 그대로 불러들여 누명을 흐릿하게 쓰고 있다. 방죽 너머 몇 그루 나무가 수그러들지 않은 빗방울을 제 몸속에 묻는다. 빗소리와 빗소리 사이에는 벽이 없어 서로의 거리가 투명하다.

물은 지상뿐만 아니라, 허공까지 인화한다. 지상에 직립한 것들이 물속에서 뒤집혀 역풍경화가 된다. 아중천은 이런 풍경화를 전시한 미술관이다. 바람의 큐레이터가 다가와 풍경화에 관해 설명해준다. 이런 풍경을 아이스크림처럼 판다면, 나는 절대 사지 않겠다. 먹고 싶어 안달이 날 터이고 먹자마자 녹아버릴 테니까. 미술관은 아중천과 소양천이 손잡는 곳에서 문을 슬그머니 닫는다.

소양천에서 용진으로 가는 길은 자전거전용도로이다. 비가 와서 그런지 자전거나 사람 그림자조차 찾아볼 수 없다. 사방천지가 허공이고 눈앞은 오로지 하나뿐인 외길이다. 이따금 풀밭에서 새들이 한 소절씩 재잘거리고 우산으로 떨어져 구르는 빗방울만 소리의 결정체가 된다. 긴 문장은 논지를 흐리게 하고 애매문의 오류를 범할 개연성이 높다. 이곳 길은 낯이 익은 긴 문장이라 애매의 간수를 미리 빼 익숙하다. 지붕이 없을 뿐 자주 들락거린 방과 같다.

이 길로 들어서게 한 것은 순전히 시간의 여백이었다. 오늘 오전에 강의가 있고 오후에는 없다. '반려동물과 생명공동체'라는 과목을 다섯 교수님과 함께 강의하고 있다. 내 몫을 지난주까지 3주에 걸쳐 끝냈다. 오전에 강의를 마친 뒤 독자에게 보낼 책 60여 권에 서명하고 낙관을 찍어 우체국에 들렀다. 점심시간이 발자국 하나 남기지 않고 자취를 감췄다. 늦게 먹은 점심은 몇 안 되는 찬인데도 혀에 달짝지근하게 달라붙었다.

위胃의 공백을 메우고 나자 생각이 둔해졌다. 산책은 무딘 생각을 갈아주는 숫돌과 같다. 숫돌에 날을 갈아 예리하게 만들면 칼이나 낫이 잠에서 깨어난다. 생각에 총기가 배어 사물이나 다른 대상을 깊숙하게 들여다볼 수 있다. 산책하면 누구보다 자신을 절실하게 만난다. 자신을 절대고독 속으로 밀어 넣고 자신을 스스로 직시할 수 있다. 마음속에 무성하게 자라는 탐욕과 미움의 가지를 전지하여 가벼움의 비중을 깨달을 수 있다.

산책은 누군가와 군이 경쟁할 필요 없다. 자신에게도 마찬가지이다. 다른 사람을 앞질러 가려고 안달하거나 뒤처지는 것을 부끄럽게 여기지 않아도 된다. 삶의 행로를 걸을 때도 누군가를 지나치게 의식하거나 비교하면 삶이 강퍅하거나 인색해진다. 산책은 아주 저렴한 여가활동이다. 시카고 대학 연구진은 대부분 사람이 저렴한 여가활동에서 기쁨과 만족을 가장 많이 얻는다고 했다.

한 포대의 소음이 지나간다. 응급차가 경적을 울리며 달린다. 일순간 마음속에 모여 있던 고요가 흩어진다. 김광섭 시인은 「마음」이란 시에서 마음의 평화를 깨뜨리는 사람 셋을 예시하였다. '돌을 던지는 사람', '고기를 낚는 사람', '노래를 부르는 사람'이다. '돌을 던지는 사람'은 마음에 상처를 주거나 아프게 하는 사람이다. '고기를 낚는 사람'은 자기 이익만 꾀하는 사람이다. '노래를 부르는 사람'은 달콤한 말로 속이거나 유혹하는 사람이다.

걸어온 길이 아득하다. 저 길을 걸어오며 누군가에게 돌을 던진 적 없었던가? 낚싯대를 함부로 던진 일 없었던가? 누군가를 속이고 유혹하지 않았던가? 애초부터 비구름이 빛을 걸어 잠그는 통에 일찍 어둑해졌다. 작년에 제 몸에 매단 마른 열매가 아직 정정한 오동나무가 꽃을 피우느라 분주하다. 비에 젖은 보랏빛 꽃이 안절부절못하며 옷고름을 매만진다. 雨景이 정점이다. 수면으로 떨어진 빗방울은 저마다 꽃으로 피었다 지기를 되풀이한다. 이렇게 아름다운 꽃은 비 오는 날만 볼 수 있다.

오고 또 오는 빗속을 걷고 또 걷는다. 빗속을 이렇게 걷는 것은 삶의 가지에 봄꽃을 매단다는 것이요, 생애의 수면에 빗방울로 꽃의 우물을 파는 것이다. 길을 걸으며 먼 산을 향해 눈길을 부드럽게 줬다. 한 걸음에 달려와 와락 안긴다. 인연 당당 멀었던 먼 곳 가로등이 초롱 초롱 불을 환히 밝힌다. 화창한 대낮처럼 마음이 청명하고 쾌청하다. 푸릇푸릇한 빗소리를 베고 누웠다.

(2018. 4. 23.)

요렇게
고요한

점심때 몇 분 교수님과 함께 호식했다. 식사를 마치고 분위기 좋은 카페에서 커피를 마셨다. 지난 월요일 교수 연수회를 마치고 저녁을 먹을 때, 한자리에 앉은 교수님들이 밥을 먹기로 하여 모인 자리이다. 발동을 내가 걸었다. 모 교수님께 밥을 사라고 한 말이 씨가 되었다. 그 교수님께서 주저하지 않으시고 유쾌하게 받아들이셨다. 끝말잇기처럼 모 교수님께서 커피를 사겠다고 하셨다.

건강한 공동체는 말들이 말들을 건너는 동안 귀가 즐겁다. 만남도 마찬가지이다. 문장이 허술해도 선한 마음으로 새콤하게 익혀 듣는다. 세상살이하면서 잘 모이고 잘 먹는 모임이 하나쯤 있으면, 골똘하게 외롭지 않을 것이다. 그야말로 잘 먹고 잘 마시며 즐거운 시간을 보냈다. 여백이 넉넉한 풍경화 한 폭씩 나누어 갖고 헤어졌다. 종강한 학교는 고요하다 못해 적막했고, 적막하다 못해 고요했다.

연구실에서 「대학생 자존감과 자기애 성향이 우울에 미치는 영향」

이란 논문을 보았다. 이번 학기에 강의한 과목 가운데 '마음을 다스리는 글쓰기'가 가장 기억에 남는다. 나를 찾아 떠나는 글쓰기 여행을 5주 동안 한 다음, 타자를 찾아 떠나는 글쓰기 여행을 6주 동안 하였다. 사회나 신을 찾아 떠나는 글쓰기 여행을 3주 동안 하고, 마지막으로 자존감을 찾아 떠나는 글쓰기 여행을 했다.

매주 글을 쓰고 동료 앞에서 발표했다. 날마다 일기를 썼다. 자신이나 삶을 돌아보는 성찰 일기, 감사할 일을 찾는 감사 일기, 어떤 대상이나 사물, 나아가 우주를 눈여겨보는 관찰 일기를 썼다. 남을 용서하는 용서 일기, 다른 사람과 관계를 회복하는 관계 회복 일기를 썼다. 책을 읽고 쓴 독서 일기, 영화를 보고 쓴 영화 일기, 여행을 하고 쓴 영화 일기에 이르기까지 일기를 다양하게 썼다. 이러한 글쓰기가 대학생이 앓는 우울을 어떻게 치료하는지 규명하려고 한다.

우리 학교는 전북 완주군 상관면 어두리에 자리하고 있다. 고덕산 동서쪽에 있어 산 그림자가 서둘러 찾아온다. 어둠이 빨리 찾아와 어둡다 하여 '어둥리'였다. 발음하기 쉽게 'ㅇ'를 없애고 '어두리'가 되었다. 우리말에 깊이 스며있는 민족의 뿌리를 뽑으려고 일제가 멋대로 '魚頭里'로 바꿨다. '어둠'과 '물고기 머리'를 짜 맞추려 했으니 아귀가 맞을 리 없다. 학교 앞에 있는 다리가 '魚頭橋'이다. 대부분 사람이 물고기가 많아 '魚頭里'가 된 것으로 알고 있다.

하루 가운데 저녁에서 밤으로 넘어가는 시간이 속력의 가속도가 세게 붙는다. 비 기운이 남아 있는 저녁 공기가 무겁고 후텁지근하다. 고덕산에서 뻐꾸기가 홀로 외롭게 운다. 어젯밤 천둥이 그토록

울부짖고 바위 같은 빗방울이 쏟아졌다. 그의 집이 무탈한지 궁금하다. 한 줄로 정렬한 나무들은 빗속의 평안을 묵비권으로 드러내고 있다. 반짝반짝 터지는 번갯불에 심장이 찢어지면서도 정신을 바짝 차렸을 것이다. 초록 우산을 뒤집어쓰고도 빗물에 흠씬 젖어 더 푸르러졌을 것이다.

요렇게 고요한 적막 속에 쭈그려 앉았다. 고요는 자신을 깊이 들여다보는 거울이다. 지난 학기 학생들에게 나는 어떤 선생이었을까. 그냥 선생인 척 시늉하는 '척 선생'은 아니었을까. 배우는 것을 싫어하고 가르치는 것을 게을리한 못된 선생은 아니었을까. 학생을 사랑한답시고 내가 내세운 방법을 고집하여 그들을 아프게 하지 않았을까. 이런저런 의문이 가지를 치며 원시림처럼 무성하게 자랐다.

고요는 자신을 절실하게 만나는 광장이다. 나는 여러모로 부족한 것이 많다. 우선 인격적으로 부족하다. 사적인 공간에서 화를 쉽게 낸다. 학문적으로 얕고 폭이 좁다. 문학적으로 예술성이 빈한하여 그저 그런 글쟁이다. 이런 사람을 필요로 하는 사람이 있어 부끄럽다. 몇 주 전 모 학생이 연구실로 찾아와 오랫동안 이야기를 나눴다.

그는 부모나 형제에게 무시를 당해 심하게 앓고 있었다. 가족에게 받은 상처가 너무 크고 깊었다. 당연히 다른 사람과 관계가 헐렁할 수밖에 없었고, 사람에 대한 불신으로 인해 세상을 바로 보지 못했다. 요즘 그 학생과 종종 통화한다. 끼니를 잘 챙기고 있는지, 부모님과 별일은 없는지, 아르바이트를 시작했는지 내가 먼저 전화하여 묻는다. 전화를 얼마나 반갑게 받는지 그 학생과 통화하고 나면, 기분이 가뿐해진다.

요렇게 고요한 적막이 밤을 끌고 왔다. 어둠이 녹슨 것인지 닳아진 것인지 헷갈렸다. 쇠는 두 가지 방법을 통해 목숨을 다한다. 녹슬어서 죽거나 닳아서 죽는다. 녹이 슨다는 것은 쓰지 않고 내버려둬서 썩은 것이다. 닳는다는 것은 사용하여 점차 없어진 것이다. 앞으로 남은 생애 녹슬지 않고 시나브로 닳아지는 삶을 살려고 한다. 선생과 시인, 가장과 자식, 아비로서 어떤 자리에 있든, 닳아질지언정 녹슬지 않고 요렇게 고요해지고 싶다.

(2019. 6. 29.)

마음을
다스리다

늦은 오후 강의를 마쳤다. 고덕산 산 그림자가 고삐 풀린 소처럼 운동장을 뛰어다녔다. '마음을 다스리는 글쓰기' 시간에 한 학생이 물었다. "교수님은 마음을 어떻게 다스리나요?" 주저하지 않고 산책하고, 글쓰기를 하면서 마음을 다스린다고 했다. 토스트 한 조각으로 저녁을 때웠다. 산책길에 올랐다.

날씨가 많이 풀려 아중천변에 평소보다 사람이 많았다. 아중천 물길도 훨씬 당당해졌다. 아중천은 가로등 불빛을 따라 흐르다 빛이 끊어지는 곳에서 소양천과 몸을 섞는다. 이곳에서 고산까지 이어진 길은 오로지 어둠뿐이다. 적요를 즐기려면 이곳에 있는 어둠을 뛰어넘어야 한다. 이 어둠 속을 상상의 날개를 펴 날아올라야 한다.

마음먹기에 따라 길은 허공이 되기도 하고, 어둠은 생각을 잉태한 자궁이 된다. 멀찍할 것도 없이 오늘 하루 생애를 되짚는다. 강의실에서 학생들에게 날마다 감사할 소재를 찾아 글을 쓰라고 권한다. 마음을 다스리는 글을 쓰려면 리포트 몇 번 쓴 것으로 해결하기 어렵다. 마음속 깊이 긍정하는 에너지를 품고 매일 글을 써야 한다. 오늘 하루 생애에서 감사할 일을 검색했다.

심장이 멎지 않고 맥박이 뛰는 것, 혈관에 흐르는 피가 멈추지 않는 것이 감사하다. 걸을 수 있는 두 다리가 있고, 숟가락을 들 수 있는 손과 젓가락질 할 수 있는 손가락이 있어 감사하다. 빛을 환하게 끌어들일 눈이 있고, 바람에 사각거리는 억새의 노래를 들을 수 있는 귀가 있어 감사하다. 비 온 뒤 은은하게 피어나는 흙냄새를 불러 모으는 코가 있는 것도.

아침에 눈을 뜨면 갈 곳이 있다. 만날 사람이 있다. 학교에서 거의 매일 학생들을 만난다. 그들은 저마다 이런저런 아픔을 한두 개씩 매달고 산다. 그들이 앓는 아픔을 외면하지 않고 한 이불처럼 덮으려고 애쓴다. 마음이 기울어져 흘러갈 누군가가 있다는 것은 행복하다. 글을 서툴게 쓰는 학생들이 글쓰기 상담을 하러 오면 기쁘다. 천년을 산 것처럼 정겹게 대하는 교수님들이 계셔서 감사하다.

문학 동아리에서 문예지『어두문학』을 발간하려고 한다. 출판사에서 보내온 원고를 보고 오늘 편집장 학생과 몇 가지를 논의했다. 어두문학회는 각자 쓴 글을 격주에 한 번씩 만나 서로 합평하고 있다. 문학을 사랑하고 글쓰기를 좋아하는 학생이 인근에 있어 행복하다. 동아리를 만든 지 4년이 흘렀다. 그동안 세 사람이 문단에 등단했다. 대부분 학생이 글쓰기를 하면서 자신을 치유하는 경험을 하고 있다.

때로 섬처럼 떨어져 있어야 감사하다. 이때 자신뿐만 아니라, 우주를 절실하게 들여다볼 수 있다. 얼마 전 마련한 작업실은 고요 천국이다. 이곳에 있으면 마치 깊은 산중에 들어온 것 같다. 오랜만에 찻물을 끓였다. 고요 속에서 보이차 향기가 뭉클하게 번졌다. 산책 끝에 마신 차 맛이 혀끝에 오래 머물렀다가 조용하게 물러갔다. 몇 문장 쓰고 나면 늘 자정을 넘기기 예사이다.

야심한 시간에 돌아갈 곳이 있어 감사하다. 귀가하지 않은 가장을 먼저 반겨주는 것은 잠들지 않는 우리 집 개 달콩이다. 녀석은 차 소리만 듣고도 날 알아본다. 현관 번호 키 누르는 소리를 듣고 어머니께서 방에서 어김없이 나오셨다. 화장실에 가는 척하시면서 늦게 귀가한 아들을 맞이하려는 것이다. 어머니 방 문지방은 유별스럽게 반들반들하게 닳았다. 서재 책상에는 아내가 자리끼를 챙겨두었다. 하루 생애를 행군하면서 생긴 갈증을 풀어주려고.

씻고 누웠다. 피로가 파도처럼 몰려왔다. 텃밭에 자라는 쪽마늘이 혹한 틈에서도 기죽지 않고, 파릇파릇 통마늘 꿈을 꾸고 있다. 쪽마늘 같은 하루의 생이 통마늘이 되기를 갈망하면서 스르르 눈을 감았다. 곧 뒷집 김 선생님네 수탉이 홰를 치며 새벽을 허물 것이다.

(2018. 3. 7.)

숫돌

"쓱싹, 쓱싹, 쓱싹"

바깥 수돗가에서 아버지께서 낫을 갈고 계신다. 허리가 완만하게 파인 숫돌은 10여 년 전 부모님께서 순천에서 이사할 때 예까지 따라왔다. 요즘 시중에 나온 숫돌은 생김새가 곱상하고 매끈하다. 외양이 너무 유약하여 조선낫이나 무쇠로 된 칼날을 세울 수 있을지 당최 믿을 수 없다. 하기야 요즘 조선낫이나 무쇠 칼을 쓰는 사람이 별로 없다. 게다가 몇 천 원 주면 전동 숫돌로 칼을 갈 수 있어 숫돌의 존재감이 사라지고 있다.

이런 시류에 흔들리지 않고 아버지는 여전히 숫돌을 애지중지하신다. 낫이나 칼을 갈 때, 삽 손잡이에 숫돌을 끼우고 각을 맞춘다. 그리고 쇠와 돌이 마찰할 때 나는 소리나 열을 줄이기 위해 간간히 물을 뿌린다. 숫돌질을 하는 과정에서 숫돌은 제 몸을 쇠에게 순순히 내어주고 점점 근육을 잃는다. 낫이나 칼날의 명성을 예리하게 세워주고 정작 자신은 무너져 내린다.

무뎌진 낫이나 칼날은 숫돌의 헌신을 통해 일어난다. 숫돌의 흰 각이 없다면 낫이나 칼은 한낱 쓸모없는 쇠붙이에 불과하다. 세상에는 여러 만남이 있다. 환희의 만남이 있는가 하면, 분노의 만남이 있다. 우연한 만남이 있는가 하면, 피할 수 없는 만남이 있다. 숫돌은 태생적으로 낫이나 칼을 만나려고 태어났다. 낫이나 칼은 숫돌을 배경 삼아 무뎌진 삶의 각을 예리하게 만든다.

살다 보면 우리 삶도 무딘 칼날처럼 가라앉을 때가 있다. 삶의 각이 푹 꺼져 헛방일 때가 있다. 깊이를 측량할 수 없는 좌절감에 빠져 슬프기도 하다. 이럴 때 숫돌에 몸을 비비며 일어서는 칼날의 근성을 배워야 한다. 낫이나 칼을 오래 쓰지 않으면 녹이 슨다. 녹이 슨 낫으로 벼나 풀을 벨 수 없고, 녹이 슨 칼로 무를 자를 수 없다.

내 삶도 나태의 녹이 간간이 슨다. 이때 집에서 가까운 모래내시장에 들른다. 칼바람을 맞으며 길가에 앉아 야채를 파는 어르신들을 책장처럼 넘기며 본다. 물건이라야 고작 배추 몇 포기, 시금치 몇 줌, 깐 마늘 몇 홉, 대파 서너 단이다. 이들이 그린 고단한 삶의 풍경을 보며 나태의 녹을 성찰의 숫돌에 갈아엎는다. 다 집 텃밭에 있는 것이다. 그러나 배추를 사다 작업실에서 쌈장에 싸 먹거나, 깐 마늘을 사다 마늘 밥을 해 먹는다.

특별한 일이 없으면 으레 하는 산책이나 운동도 건너뛰고 싶은 날이 있다. 이럴 때 맘속으로 다섯을 헤아린다. 이른바 5초의 법칙이다. 다섯을 세고 벌떡 일어나 신발을 신는다. 바깥 운동을 할 때 날씨나 걷는 것이 힘든 것이 아니라, 신발을 신고 밖으로 나서는 순간이 힘들다. 일단 밖으로 나가면 기분이 상쾌하고 많은 사물을 만나 대화를 나눈다. 이때 글감이 날갯짓을 하거나 거미줄처럼 얽힌 것이 술술 풀리기도 한다.

낫이나 칼은 날이 예리할수록 잘 다뤄야 한다. 똑같은 칼을 요리사가 다루면 맛있는 음식을 만든 도구이지만, 사람을 죽이면 범행을 저지른 흉기이다. 우리 생각도 마찬가지이다. 우리 이성과 사고의 날을 어떻게 쓰느냐에 따라 인류를 살릴 수도 있고 죽일 수도 있다. 오늘 오전 '인문고전 읽기' 강의를 종강했다. 수강생이 한 사람씩 나와 한 학기를 보낸 소감을 발표했다.

수강생 가운데 다섯 사람이 장애를 앓고 있다. 바이올린을 전공한 주희는 애써 말을 하지만, 어머니밖에 알아듣지 못한다. 비올라를 전공한 서희는 외할아버지와 함께 학교에 다닌다. 말을 어눌하게 한다. 용승이와 주연이는 임실에 있는 모 시설에서 생활하고 있다. 주연이는 문장 자체를 아예 만들지 못한다. 정연이는 강의시간에 오래 앉아 있지 못하고 밖을 자주 오간다.

나는 강의시간에 이들에게 질문을 더 많이 했다. 발표할 기회를 더 주었다. 학기 초에 무뎠던 이들의 언어능력이 종강 무렵 반짝반짝 빛났다. 이들을 위해 작은 음악회를 열어 악기를 연주하고 꿈을 이야기하게 했다. 마흔 넘은 나이에 4학년인 송화는 삶의 옆구리와 뒤를 돌아보는 시간이었다고 했다. 유하는 다른 사람이 한 말을 마음속으로 깊숙이 끌어들였더니, 가슴이 뜨거워졌다며 울먹였다. 희수는 정연이 학습도우미로 활동했다. 덤으로 글쓰기 능력이 향상되었다며 웃음을 항아리처럼 빚었다.

　이들은 나를 들여다보는 거울이었다. 가르치는 것에 대한 열정의 날이 무뎌질 때 이들이 숫돌이 되어 나를 일으켜 세웠다. 이들이 배움의 날이 무뎌지면 내가 숫돌이 되어 이들을 시퍼렇게 세웠다. 우리는 이렇게 서로의 날을 반듯하게 세워주는 숫돌이었다. 누군가의 숫돌이 되려면, 내가 닳아 없어져야 한다. 내 것을 붙잡고 있으면 상대를 일으켜 세울 수 없다. 숫돌이 희뿌연 피를 토하며 곡선으로 유연하게 닳고 닳아져야 낫을 낫답고 칼을 칼답게 만든다. 아버지의 숫돌질이 아직 멎지 않았다.

　"쓱싹, 쓱싹, 쓱싹."

(2018. 12. 18.)

비움

한 달에 한 번 만나 밥을 먹는 모임이 있다. 대학 다닐 때 조교를 하면서 만난 사람들이다. 나보다 몇 세월 좀 더 산 선배도 있고 아랫사람도 있다. 일곱 사람이 스무 해 이상 모여 왔으니, 정분이 남다르다. 밥먹고 남은 돈을 모아 첫아이 대학 갈 때 입학금 일부를 지원하였고, 지금도 애경사를 일일이 챙기고 있다. 회비가 기백만 원 남아 있다.

대부분 대학에 몸담고 있다. 한 사람은 학교가 경기도 쪽이라 매월 내려오는 게 힘들어 빠졌다. 모임에 누가 되지 않겠다는 선한 뜻을 모든 회원이 받아들였다. 한 사람은 얼마 전 모임에서 빠졌다. 그가 빠진 이유는 순전히 그의 뜻이 아니었다. 출근시간이 되었는데도 그가 아무 연락 없이 학교에 결근했다. 그는 성실의 대명사였다. 출근 30분 전 심장마비로 홀연히 하늘로 날아갔다. 50대 초반에 눈 깜짝할 사이에 말 한마디 없이 세상을 뜨고 말았다.

오늘 시외버스터미널 근린에 있는 식당에서 12월 모임을 가졌다. 세 사람이 모였다. 한 사람은 대전에 볼 일 보러 가느라 빠졌다. 다른 한 사람은 요양병원에 있는 어머니를 모시고 극장에 가느라 못 나왔다. 또 한 사람은 집안일이 있어 불참했다. 세 사람이 밥을 먹었다. 오랜만에 먹은 오리고기의 육질이 쫄깃쫄깃했다. 점심을 먹고 카페로 가는 길에 공항버스터미널 입구에 서 있는 조각상을 보았다.

그는 가벼운 셔츠를 입고 무거운 가방을 들고 있었다. 가벼운 셔츠는 활동성을 무거운 가방은 삶의 비중을 의미하는 것 같다. 나이는 50대쯤 돼 보였고 몸통과 다리 일부, 왼손이 없었다. 부동의 자세로 서 있었지만, 어디론가 바삐 걸어가는 역동성이 뛰어났다. 정靜은 동動에게 기대고 동動은 정靜에 의지하여 몸통과 다리의 부재를 미학적으로 수식하였다. 부재나 부족은 우리 삶에서 결핍이 되어 극빈에 이른다.

그렇다고 부재나 부족이 결핍의 뿌리가 되는 것만은 아니다. 만약 이 조각상이 몸통과 손을 온전히 갖췄다면, 흔하디흔하고 그저 그런 작품이 되고 말았을 것이다. 비어있는 듯하면서 꽉 차 있는 파격破格과 쓰러질듯하면서 반듯하게 서 있는 역설逆說이 미적 효과를 극대화하고 있다. 작가는 부재의 행간을 통해 결핍의 미를 절정으로 끌어올리고 있다. 주제를 어떤 배경에 두느냐에 따라 절경이 된다. 사람들이 분주히 오가는 시외버스터미널 인근, 공항버스터미널 입구는 조각상이 있어야 할 환상의 적소適所였다.

조각상이 문득 자화상처럼 다가왔다. 한때는 한여름에도 정장을 즐겨 입었지만, 이제는 갑갑하여 특별한 날이 아니면 입지 않는다. 이순에 이른 나이에도 부족한 게 너무 많아 바람 드나들지 않는 날이 많다. 내 생은 태어날 때부터 간난을 탯줄처럼 달고 나와 궁지에 몰리며 산 날이 많았다. 마르지 않은 빨래처럼 차마 걷지 못한 아픔을 지금도 축축하게 껴안고 산다.

이런 부재와 궁지, 아픔 때문에 쓰러진 날도 있었다. 그러나 이런 게 날 꼿꼿하게 세우는 힘의 원천이 되기도 했다. 지금껏 곁눈질할 겨를 없이 바삐 달렸다. 한쪽 어깨가 무너지면 다른 어깨에 무거운 짐을 옮기고 뛰었다. 다른 사람에 비해 유독 등이 굽은 아버지와 어머니의 생을 유산으로 물려받은 탓일까. 몸통과 다리 일부, 손이 없는 조각상 앞에서 한동안 발걸음을 옮길 용기를 내지 못했다. 정면에서 그의 눈빛을 한참 응시하다가 옆에서 그가 상실한 신체의 부재를 눈여겨봤다.

카페에서 얼마 전 세상을 홀연히 떠난 회원에 관한 이야기가 자연스레 나왔다. 부재는 그리움의 강이 된다. 남아있는 사람들이 그 강으로 흘러가 슬프게 몸을 섞는다. 그리움의 강은 아득한 곳에서 아련하게 흐르기도 하고, 눈앞에서 명료하게 소리 내기도 한다. 세상에 남아있는 사람들이 한 달에 한 번이나마 강물처럼 흘러 하늘에 있는 사람을 추억한다면 영영 잊은 게 아니지 않은가. 비록 얼굴은 사라졌지만, 마음을 붙잡고 있으니 얼마나 따스한 관계이랴.

카페에서 나와 조각상 앞을 다시 지났다. 끝이 뾰쪽한 바람이 대가족을 이뤄 떼로 몰려왔다. 사람들이 일제히 우연히 마주친 바람 앞에서 앓은 표정을 지었다. 그러나 조각상은 오만상 쓰지 않고 제 몸의 빈 곳으로 바람을 흘러 보냈다. 바람의 족보가 억지로 넘기는 책장 소리를 내며 쓸쓸하게 사라졌다. 그의 표정이 선량하고 여유롭기까지 했다. 조각상이 바람의 소인 찍은 엽서를 내게 건넸다.

"비움은 부재와 궁핍이 아니라, 자유와 평안의 채움입니다. "

청명한 하늘에 비둘기가 몇 마리 가볍게 담론하며 종이비행기처럼 날고 있다. 푹 꺼진 바람 위로 또 다른 바람이 객토하듯 바람을 채우고 있다.

(2018. 12. 8.)

택시운전사

　얼마 전 5·18 광주민주화운동을 그린 영화 「택시운전사」를 상영했다. 한 택시운전사가 외국인 기자를 태우고 사선을 넘나들며 취재를 돕는 이야기다. 이 영화에 등장하는 택시운전자는 정의롭고 용기 있는 성격을 가진 사람이다. 송강호라는 걸출한 배우가 배역을 맡아 연기를 실감나게 사실적으로 했다.

　영업용 택시운전사는 대부분 열악한 근무환경에서 일한다. 예전과 달리 택시를 이용하는 사람이 적어 하루 수입 올리는 것이 녹록하지 않다. 버스를 운전하는 지인이 있다. 요즘 글 쓰는 맛에 푹 빠져 화색이 좋다. '백문이 불여일견'이라고 막상 글을 써보니까, 글 쓰는 것이 고행이자 수행이라고 고백했다. 소질이 있으니 꾸준히 글을 쓰고 훈련하라고 했다.

　버스 운전하면서 타고 내리는 사람, 그들과 나눈 대화를 글감으로 택하면 좋겠다고 조언했다. 그랬더니 운전석이 칸으로 막혀 있는 것이 장애물이라 했다. 순간 택시운전사가 떠올랐다. 택시운전사는 승객과 대화를 할 수 있고 승객끼리 나누는 대화를 쉽게 들을 수 있기 때문이다. 일 년에 택시 타는 일이 손으로 꼽을 정도다. 이때마다 느낀 것이 있다.

운전자 복장이다. 내가 만약 택시를 운전한다면 드레스 셔츠에 넥타이를 매려고 한다. 최근 기업을 비롯해 공공기관이 경직된 분위기를 없애려고 자율복장을 권하고 있다. 이런 판국에 넥타이 차림으로 운전을 하면 여러모로 불편할 것이 뻔하다. 승객에게 좋은 이미지를 주고 승객이 편안한 분위기를 느끼려면, 운전사가 불편을 감수해야 한다.

차 속 분위기다. 승객을 전혀 고려하지 않고 운전사가 좋아하는 음악을 틀면, 승객은 소음으로 느낀다. 승객 연령이나 성을 고려하여 승객이 듣고 싶은 음악을 들려줘야 한다. 음표 없는 노래가 시이고 음표 있는 시가 노래이다. 자신이 좋아하는 음악을 들으며 목적지까지 가는 승객은 여정이 지루하지 않을 것이다. 어떤 사람은 조용한 것을 좋아할 수 있다. 이때는 음악을 끄면 된다.

차 속 공간이 그리 넉넉하지 않지만, 시집 몇 권쯤은 놔둘 수 있다. 승객 눈에 잘 띈 곳에 두면 시를 좋아하지 않은 사람도 관심을 두고 볼 수 있다. 개인택시를 운전하는 사람은 자비로 시집을 마련할 수 있지만, 영업용 운전자는 회사에서 책을 사줘야 한다. 아니면, 뜻있는 작가가 시집을 기부해도 된다. 이렇게 하면 택시가 움직이는 작은 도서관이 될 수 있다.

방학 때 파트타임으로 택시를 운전할 요량으로 모 택시회사에 전화했다. 모든 사항은 이력서를 가지고 직접 나와서 면접을 보라고 했다. 오늘 면접을 보러 갔다. 이력서를 보기도 전에 택시운전자격증이 있느냐고 물었다. 운전면허자격증이 있다고 했더니 택시를 운전하려면 따로 택시운전자격증을 따야 한다고 했다.

4, 5년 전 2년 동안 분재를 하면서 분재관리사 자격증을 땄다. 작년 여름방학 때 심리상담사와 문학 심리상담사 자격증을 딴 것 외에는 별다른 자격증이 없다. 택시운전자격증 취득 절차에 대해 자세히 설명한 뒤 언제든지 찾아오라고 했다. 요즘 일자리가 없다고 하지만, 택시운전사는 늘 부족하다고 했다. 택시를 운전하는 사람은 운전이 먹고살기 위한 직업이다. 비록 파트타임이지만, 글감을 찾으려는 목적으로 택시를 운전하려 했던 것이 부끄러웠다.

간혹 아내에게 은퇴하면 택시를 운전하겠다고 그런다. 이때마다 아내는 전혀 곧이 듣지 않는 눈치다. 택시운전사는 큰돈을 벌지 못할지라도 많은 사람을 자연스럽게 만날 수 있다. 빨강, 주황, 노랑, 초록, 파랑, 남색, 보라 색깔 삶을 엮고 묶으면 무지개 같은 이야기가 될 것이다. 오늘 면접을 제대로 보지 못하고 돌아왔다. 하루빨리 틈을 내서 택시운전자격증부터 따야겠다.

면접 보러 오가는 길에 택시를 탔다. 오는 길에 택시운전사에게 조심스럽게 복장과 음악, 시집에 관해 이야기했다. 한마디로 이상적인 생각이라고 했다. 승객을 잡으려고 1분 1초를 다투며 전쟁을 치른다 했다. 화장실을 제대로 가지 못하고 밥을 제때 먹을 수 없는 절박한 현실이라 했다. 부끄럽고 미안한 마음이 더했다.

"죄송합니다. 손님! 제 복장이 마음에 안 드신 모양인데. 집사람이 집을 나간 지 5년째요. 새끼들도 아비 취급을 안 하고 남남이 되었지요. 정신이 왔다 갔다 하는 팔십 넘은 어머니랑 둘이 삽니다. 사는 것 별것 아니더라고요. 그저 숨넘어가지 않고 라면이라도 세끼 꼬박꼬박 챙겨 먹으면 잘 사는 것이더라고요. 저도 한때는 목욕탕에서 구두 광 내서 신고 넥타이 매고 출퇴근했습니다. 이제 다 지나간 옛일입니다."

(2018. 1. 15.)

봄날 같은
하루 생애

봄은 한꺼번에 오지 않는다. 올 듯 말 듯 뜸을 한참 들이다 언제 왔는지 모르게 슬그머니 불쑥 온다. 노란 복수초가 눈 속에서 꽃대를 올리며 봄의 전주곡을 연주한다. 복수초가 전주곡을 마칠 즈음 영춘화가 몸을 푼다. 생강나무도 노랑꽃을 피워 제 몸에 봄을 모종한다. 이즈음 개나리가 속웃음을 웃고 매화가 온몸에 향수를 뿜으며 피어난다. 이때 백목련이 드레스를 입은 신부처럼 순백의 미소를 짓는다. 백목련 미모를 시기라도 하듯 어김없이 꽃샘추위가 지름길로 달려온다. 이런 와중에 수선화가 관절을 꼿꼿하게 세우고 토막토막 갈라진 맥박을 노랗게 드러낸다.

꽃샘추위가 지쳐 시들해지면 자목련이 요염하게 핀다. 자목련이 필 즈음 벚꽃이 햇빛의 체온대로 불길처럼 번진다. 때맞춰 산 벚나무도 황량한 나무들 틈에 끼어 한 올 한 올 사연을 풀어낸다. 벚꽃이 낸 불길이 잦아들면 패랭이꽃이 돌담을 하늘 삼아 별처럼 뜨기 시작한다. 패랭이꽃은 된서리가 내릴 때까지 피다 지다를 후렴처럼 되풀이한다. 참 진득한 꽃이다. 고려 예종 때 정습명은 뛰어난 재주와 높은 학식을 갖춘 사람이었다. 세상이 자신을 알아주지 않아 「패랭이꽃」이란 시를 썼다.

세상 사람 모란을 사랑하여/ 동산에 가득히 심어 기르네/ 뉘 알리 황량한 들판 위에도/ 또한 좋은 꽃 피어 있음을/ 빛깔은 시골 방죽 달빛 스민 듯/ 언덕 나무 바람결에 향기 풍기네/ 땅 척박해 공자님네 오지 않아/ 고운 자태 농부 것 된다네.

모란은 부귀를 상징하고 패랭이꽃은 자신을 빗댄 시어이다. 아름답게 핀 패랭이꽃을 공자님네와 같은 사람이 찾아와 주지 않는다는 것이다. 이제 철쭉이 제철을 맞아 양수를 터뜨리고 있다. 백철, 이른바 흰 철쭉은 붉은 계열에 속한 철쭉보다 출산이 늦다. 철쭉은 벚꽃 못지않게 화끈하다. 한꺼번에 다닥다닥 피었다 한꺼번에 후다닥 진다. 필 때와 질 때를 어지간하게 안다. 나설 때와 자중해야 할 때를 분별하지 못하고 서대지 않는다. 긴 겨울 동안 비행할 수 없어 몸이 근질근질한 벌이 아예 맘먹고 떼로 마실 나선다. 꽃은 모아 피어도 외롭다. 벌이 다가가 몸 구석구석을 툭 건드려 주기 전까지는.

철쭉이 폭삭 지고 나면 숲에서 송홧가루가 바람을 앞세워 온 천지를 휘젓고 다닌다. 송화의 누런 날개가 닳아빠지면 아까시 꽃이 향을 발효시켜 바람을 접대한다. 바람은 홀로 가지 않고 벌을 떼로 거느리고 숲으로 행진한다. 숲으로 가는 길은 수만 갈래로 갈라지지만, 가는 도중 길을 잃은 벌은 없다. 아까시 꽃이 지면 밤꽃이 뒤를 따라 잇는다. 밤꽃이 피면 밤꽃 향 문양으로 인해 숲이 온통 뒤숭숭하다. 벌 날갯짓이 한껏 분주해지면서. 이즈음 봄날이 온데간데없이 지워진다.

우리 하루 생애도 봄과 다를 바 없다. 아침이 봄처럼 찾아 왔다가 이내 곧 밤이 된다. 하루 삶을 곰곰이 들여다보면, 24시는 마치 사계절과 같다. 아침은 봄이고 오전과 오후는 여름이다. 저녁은 가을이고 밤은 겨울이다. 짧은 봄을 택해 수많은 꽃이 순서를 정해 각자의 삶을 살다 간다. 나무나 꽃은 봄을 어떻게 맞이하느냐에 따라 한 해 삶이 청명할 수도 있고 흐릿할 수도 있다.

우리가 아침으로 잠자리에서 일어나는 것은 나무가 꽃을 피우는 것과 같다. 개화開花는 결실의 출발점이다. 아침을 어떻게 준비하고 시작하느냐에 따라 하루 생애가 부유할 수 있고 극빈할 수 있다. 농부 역시 봄을 어떻게 준비하느냐에 따라 일 년 농사의 성패가 결정 난다. 밤은 아침의 자궁이다. 밤을 건강하게 보내지 않으면, 아침을 건강하게 낳을 수 없다.

겨울은 대부분 생명체가 쉬는 시간이다. 겨울잠을 자는 동물처럼 아예 잠만 자는 것도 있다. 나무나 식물은 곡기를 끊고 자기 몸속 수분을 최대로 덜어낸다. 우리는 밤이 되면 하던 일을 돌돌 말아두고 쉬거나 잠을 잔다. 그래야 고단하지 않게 아침을 껴안을 수 있다. 주말인데도 밀린 집안일을 하려고 아침 일찍 일어났다. 아버지를 모시고 안과에 갔다. 진료를 마친 뒤 오거리 공구 거리에 가서 분무기 부품을 샀다. 세탁소에 들러 아버지 옷을 찾고 종묘사에서 호박, 오이, 양배추모를 샀다. 오후엔 시장을 봤다.

　하루해가 얼마 남지 않았다. 하루 생애 가운데 여름이 끝나고 가을이 왔다. 해 그늘에 쪼그려 앉아 빛나는 어휘와 문장을 열렬하게 짝사랑하고 있다. 내 빈곤의 창고에 차곡차곡 쌓을 시를 외롭게 그리워하며. 내 기근의 가지에 주렁주렁 열릴 시의 체온을 눈부시게 열망하며. 다가올 밤, 아니 겨울도 척추를 곧추세우고 시의 노동을 즐기고 싶다. 목이 탄다. 빈곤한 밥상일수록 물 마시는 소리가 거창하게 난다.

　하루 참 두루 잘 살았다.

(2018. 4. 21.)

흔들림에
기대어

마음의 염증

훈용이가 밤새 토했다. 이불을 일곱 개나 버리고 날이 샜다. 어디가 어떻게 아픈지 말을 하지 못하니 훈용이 상태를 기웃거릴 수밖에 없다. 동네약국 문을 열자마자 달려갔다. 훈용이는 조제한 약을 아예 못 먹는다. 물 빼고는 삼키지 못하기 때문이다. 약사가 몇 살이냐고 물었다. 세상에서 가장 불편한 질문이다. 스물한 살인데 장애를 앓고 있어 신체는 여섯 살, 지능은 갓 돌 지난 정도라고 했다. 물약을 가지고 집으로 바람처럼 날았다.

하루 지나 훈용이 몸이 좀 나아졌다. 이번엔 내가 배탈이 났다. 설사를 심하게 했다. 외국에서 온 손님이 회가 먹고 싶다 하여 회를 함께 먹었는데, 그게 잘못된 것 같다. 물만 마셔도 곧바로 화장실로 달려가야 했다. 일시적인 현상일 것으로 생각하고 하룻날을 보냈다. 장염이었다. 당분간 밥 대신 미음을 먹으라 했다. 찬 것을 삼가라 했다. 쌀죽 몇 숟가락 뜨고 하루를 보냈다.

오늘 아침 학교에서 내년 학기 교과과정과 관련한 회의가 있어 집을 나섰다. 아내가 어머니 혈압약과 신경약이 떨어졌다고 내 눈치를 살폈다. 부랴부랴 병원에 들렀다. 연사흘 병원을 들락거렸다. 그제는 아버지 비뇨기과 약을 타러 병원에 다녀왔다. 요 며칠 내 동선은 병원과 죽집으로 명료하게 각인되었다.

사는 것 참 사소하고 별것 아니다. 비록 아들이 중증 복합장애를 앓아도 밤새 토하지 않으면 그게 행복이었다. 토할지라도 이불을 일곱 개나 못쓰게 하지 않으면 그것도 행복이었다. 약국에 가서 아들 상태에 대해 일일이 설명할 일 일어나지 않는 것이 행복이었다. 죽을 사러 죽집에 가서 몇 십 분 기다릴 일 없는 것 역시 행복이었다. 앞을 전혀 볼 수 없고 말 한마디 하지 못해도 토할 일 일어나지 않는 것, 감사할 일이었다.

목마를 때 냉수의 뒤축이 닳아지도록 실컷 마셔도 배탈 나지 않으면 살맛나는 일이었다. 따뜻한 밥에 묵은 김치일망정 마파람에 게 눈 감추듯 먹을 수 있는 것이 살맛나는 것이었다. 회의를 마치고 교수님들과 점심을 먹었다. 장염 때문에 자리를 함께할 수 없다고 하자 모 교수님께서 누룽지라도 먹으라고 권했다. 얼큰한 찌개와 들깨를 곁들인 음식을 보자 고달팠다.

어떻게 보면 장염은 회 때문이 아니라, 마음에 생긴 심염(心炎) 때문일지 모른다. 어떤 사람의 이중적인 모습을 보고 혼잣말로 중얼중얼 흉깨나 봤다. 나중에는 잠시 뒤로 미룰 수 없을 정도로 분노가 치밀어 올랐다. 마감 시간을 추월한 분노가 괜히 자존감의 풀기마저 앗아갔다. 나름대로 마음을 다스리려고 짤막하게 글을 한 편 썼다. 주문처럼 반복하여 이 글을 머릿속에 집어넣었다.

너답지 않게 왜 그래?/ 괜찮아 괜찮아/ 오늘 글 한 편 썼잖아?/ 잘했어 잘했어/ 그동안 잘 견뎌왔잖아? 고마워 고마워

그동안 내 안에 자라고 있는 이중성에는 눈멀었다. 세상살이하면서 삶의 문지방을 넘나들다 보면 나설 때와 들어올 때 마음이 다를 수 있다. 그 사람도 그런 상황 가운데 일부 모습을 보였을 것이다. 염증은 우리 의지와 관계없이 때와 장소를 가리지 않고 찾아온다. 염증이 생기면 고통스럽다. 삼가야 할 일이 따라다닌다. 오장육부에 생긴 염증을 잘 치료하지 않으면 큰 병으로 이어질 수 있다.

문제는 마음에 생긴 심염心炎이다. 마음에 생긴 염증은 약이나 주사 처방으로 치료하기 어렵다. 염증이 일어난 원인은 증상에 따라 다양하지만, 대부분 면역력이 떨어져 생긴다. 마음을 다스리는 면역력이 떨어지면 쉽게 상처를 받고 분노지수와 열등의식이 상승한다. 나는 이중적인 모습으로 여겼지만, 그 사람은 이 험한 세상살이하는 과정에서 익힌 평범한 관계 법칙일지 모른다.

길을 가다 보면 바짓가랑이에 흙이 묻을 수 있다. 이때 흙을 탓하며 흙을 그대로 내버려 두면 자신이 칠칠하지 못하다. 엄밀히 따지면 흙이 나한테 와서 묻은 것이 아니라, 내가 흙을 묻힌 것이다. 다른 사람을 탓할 게 아니라, 자신이 늘 조신해야 한다. 어떤 병이든 앓고 난 뒤에야 예방과 치료가 얼마나 중요한지 깨닫는다. 주문을 외며 내 마음에 생긴 염증을 토닥거린다.

(2018. 1. 19.)

마음의 여백

　오전에 강의가 없다. 11시 40분에 예배가 있을 뿐. 집을 일찍 나섰다. 이제 끝물에 이른 벚꽃 뒤태를 천천히 눈여겨볼 심산으로. 학교까지 가는 길옆 곳곳에 벚꽃이 수북하다. 어느 곳엔 수양벚꽃이 가지를 날씬하게 늘어뜨리고 바람에 하늘거린다. 바람 떼가 벚꽃에 들이닥치자 꽃비가 분분하게 내린다. *落落花花*, 꽃이 모여서 지니 자태가 한결 고고하다.

　낙하가 주는 고상함은 꽃에만 국한된 얘기가 아니다. 처마를 흘러내리는 빗물은 겹치지 않은 선율의 음악이다. 허공 같은 유리창을 타고 내린 빗방울은 기억에서 사라진 이름을 떠오르게 하는 노래이다. 얼마 전 4월에 화끈하게 눈이 내렸다. 4월에 내린 눈은 꽃을 함초롬히 덮고 봄을 품었다. 이후 주춤했던 초록은 더 진해졌고 새싹은 더 실해졌다.

　길을 가다 보면, 어느 곳에선가 꽃길이 끝난다. 얼마 전 어느 지인이 카톡으로 엽서를 보냈다. 꽃이 환하게 핀 길에 꽃이 떨어져 눈부신 그림이었다. 그림 아래 "그대가 가는 길은 항상 꽃길이면 좋겠습니다."란 문장이 낯익었다. 각박하고 살벌한 인생의 여정이 울퉁불퉁하지 않고 평탄하길 간절하게 바란 것이리라. 우리는 희망을 도배하며 산다. 도배한 벽을 바라보며 한숨을 온기로 삼는다.

꽃길이 끝난 곳에 상관저수지가 누워 있다. 요즘 제법 많이 내린 비를 허투루 흘려버리지 않고 일일이 안고 있어 품이 버거워 보인다. 저수지는 바람이 찾아온 방향에 따라 수시로 표정을 바꾼다. 제 얼굴 주름을 크게 접었다 펴기도 하고, 자잘하게 접었다 말기도 한다. 그 표정을 보면 바람이 허공에 낸 길과 바람이 신은 신발 문수를 가늠할 수 있다.

마른 억새는 지난겨울부터 한자리에서 저수지를 바라보고 있다. 제 몸에 있는 수분을 내려놓지 않았더라면, 겨울을 넘어오지 못했을 것이다. 말라서 더 빛난다. 우리 살다 보면 아파서 여위고 차디찬 고통 때문에 메마른 날 있다. 아프고 힘들다고 그저 그렇게 메말라 바람에 날릴 수 없다. 마른 억새처럼 꼿꼿하게 서서 깊어지는 물 바라봐야 한다. 마른 억새처럼 당당히 서서 싱싱한 봄 기다려야 한다. 살아갈 날이 너무 장장하므로.

수양 버드나무가 물속에 발을 딛고 쉬고 있다. 봄을 따라온 것인지, 물을 따라 흐른 것인지 가지마다 초록이 마을을 이뤘다. 모여 살면 풍경이다. 한 덩어리가 되어 누군가 생을 툭 건드려주는 힘이 된다. 꽃도 마을을 떠나 피면 외롭다. 새도 마찬가지이다. 마을을 벗어나면 아득한 허공을 맞닥뜨려 아찔하다. 우리는 지금 마을이 사라지는 시대에서 마음의 풍경을 집요하게 잊고 산다.

학교 주차장에 이르렀다. 식당 뒤쪽에 위치한 한갓진 곳이다. 요즘 담쟁이덩굴이 벽화를 그리느라 분주하다. 아침 햇살이 벽을 꽉 채운 곳은 이미 초록이 넘쳐 풍성하다. 단지 벽에 불과했던 공간이 한 폭의 그림이 되고 있다. 새로운 것으로 채워지고 있으니 봄이다. 혹한이 물러간 자리에 꽃이 피었다 하여 봄이라고 하고 말기엔, 우리 생애가 너무 궁색하지 않느냐. 열정이 식어가는 힘을 되살리고, 누군가를 미워했던 마음을 내려놓아야 하지 않겠느냐. 아직 양지가 되지 않는 곳에서 떨고 있는 생명이 없는지 바라봐야 하지 않겠느냐. 마음으로 맞는 봄이 진정한 봄날이다.

부산에 사는 친구가 유기농 두유를 보냈다. 밥을 씹지 못하는 훈용이와 팔순이 넘은 부모님을 생각하며 넉넉하게 보냈다. 어머니께서 도시락 가방에 두 개를 넣으셨다. 주차장에 있는 모 교수님 차에 하나를 놓았다. 커피를 워낙 좋아하셔서 눈에 차지 않을지 모르지만, 순간 내 맘에 봄이 발동했다. 봄은 우리가 마음으로 어떻게 맞이하느냐에 따라 온기가 될 수 있고 냉기가 될 수도 있다. 그냥 줘야 마음이 편해지고, 별것 아니지만 기쁘게 받아주는 것이 봄볕 아니겠느냐.

주차장에서 연구동으로 가는 길목에 나무들이 직립해 있다. 이들은 봄을 제 몸속 깊이 끌어들여 크고 작은 옹이를 박았다. 옹이에 잠들지 않은 생각을 걸고 바람의 무게로 흔들렸다. 길이든 나무든 생각이 머물지 않으면 폐가처럼 된다. 관심이 풍경이고 생각이 흔적이다. 빈자의 모습으로 서 있는 나무의 숨결이 한결 고르다. 그들에게 안녕을 물었다.

　봄은 따뜻하게 보고 포근하게 감싸주는 마음이다. 아름답게 바라보는 눈이다. 응시의 길이를 늘이고 폭을 넓게 해야 대상과 거리를 친근하게 좁힐 수 있다. 고덕산이 연둣빛으로 시나브로 물들고 있다. 새들의 비행이 다정다감하다. 이곳저곳에서 나뭇잎 트는 소리로 봄빛 일색이다. 마음의 여백에 체온 상승한 햇볕이 눈처럼 쌓인다. 봄은 산 넘고 물 건너오는 것이 아니라, 마음 어딘가에서 시나브로 찾아온다.

(2018. 4. 10.)

마음의 그릇

밥을 먹고 나서 그릇을 씻는다. 한 끼니라도 설거지를 하지 않으면 지저분하다. 이와 달리 설거지는 해도 별 티가 나지 않는다. 작업실엔 그릇이 딱 두 개 있다. 밥그릇과 국그릇이다. 반찬은 일일이 그릇에 담지 않고 찬 통째 꺼내 먹는다. 혼자 밥을 먹기 때문에 다른 그릇이 별로 필요 없다.

그릇은 대부분 모가 없다. 그릇의 원만한 형상은 그의 품성이다. 모나지 않은 그릇은 다른 그릇을 불편하게 하지 않는다. 편애하지 않고 서로 잘 어울려 지낸다. 설거지할 때 서로 부딪쳐도 상대를 아프게 하는 일이 거의 없다. 모나지 않은 그릇은 서로를 쓰다듬고 어루만져 주며 배려할 줄 안다.

그릇은 안팎이 있다. 밖이 존재해야 안이 있고 안이 존재해야 밖이 있다. 어떤 것이든 표리부동하면 금이 가거나 깨진다. 마음이 불편하면 아무리 감추려 해도 표정이 구겨지기 일쑤다. 행동 역시 불편한 비밀을 보존하지 못하고 내색한다. 밥그릇은 안팎이 한 몸으로 일체를 이룬다. 찬밥을 담으면 밖이 차고 따뜻한 밥을 담으면 밖이 뜨겁다. 그릇은 안팎의 온도가 같아 진실하다.

설거지한 그릇을 엎어 놓는다. 그릇에 있는 물기가 완곡婉曲한 선을 타고 조급하지 않게 빠져나온다. 목욕하고 나서 몸에 있는 물기를 급하게 닦아내면 몸이 건조해진다. 몸은 시나브로 말려야 한다. 그릇은 제 몸에 있는 물기를 어떻게 다스려야 할지 알고 있다. 완곡의 집엔 느릿느릿하고 정성스러운 말들이 살고 있다. 그릇은 자기 몸에 있는 물기를 느릿느릿하고 정성스럽게 흘러내린다. 그릇은 어떤 문제에 빠졌을 때 인내할 줄 안다.

찬장에 둔 그릇은 자신이 있는 자리에 만족한다. 자리가 너무 한가운데라든가 너무 한쪽에 치우쳐 있다고 불평하지 않는다. 다른 그릇이 있는 자리를 부러워하거나 시샘하는 법이 없다. 등을 서로 완곡하게 맞대고 체온을 따스하게 나눠가진다. 밑에 있는 그릇은 위에 있는 그릇의 다리가 된다. 위에 있는 그릇은 아래에 있는 그릇의 머리가 된다. 그릇은 자신이 있는 자리에 안분지족할 줄 안다.

설거지를 마치고 책상에 앉았다. 하루 생애가 눈 깜짝할 틈에 벌써 어두워지기 시작한다. 내 생애도 이순이 눈썹의 처마에 걸렸다. 끼니마다 밥을 먹고 설거지를 꼬박꼬박 하면서, 내 마음의 그릇을 얼마나 씻고 살아왔을까? 『논어』 강독 시간에 학생들에게 『논어』를 강의하면서 내 마음을 많이 들여다본다. 내 마음의 그릇에는 이기와 위선과 인내하지 못함과 불평불만의 때가 가득하다.

아버지는 팔십 평생 입에 술 한 모금 대지 않고 사셨다. 쌀밥 먹기 힘든 시절 사내는 큰 그릇 되어야 한다는 말씀께나 내게 하셨다. 배곯던 때 나는 큰 그릇을 고봉밥 담는 밥그릇쯤으로 여겼다. 가을이 끝물에 이른 요즘 잎을 떨어뜨린 나무마다 적나라해지고 있다. 이런 나무를 보며 아버지께서 말씀하신 큰 그릇은 고봉밥 담는 그릇이 아니라, 속 텅 비워둔 그릇이란 걸 알았다.

그릇은 채워 넣을수록 평수가 적어진다. 마음의 평수도 마찬가지다. 내 마음의 평수는 얼마쯤일까? 새벽에 일어나면 무릎을 꿇고 두 손을 모은다. 이때 내 마음이 열리기 시작한다. 내 연약함과 부족함, 부끄러움의 보자기로 싼 허물을 하나님 앞에 풀어놓는다. 이기와 탐욕, 넓어지지 못함과 감사하지 못함, 잡초처럼 자란 분노와 시샘이 토를 하나씩 달고 사라진다. 기도하고 나면 자유하고 평온해져 마음의 평수가 넓어진다. 그러나 내 기도는 얕은 내 신앙의 깊이만큼 이기의 본향에 머물고 만다.

그믐달이 전깃줄 위에 떠 있다. 마치 오선지를 벗어난 음표와 같다. 희뿌연 연무 때문에 달빛의 존재가 미미하다. 달의 몸집에 따라 지상의 어둠이 두께를 달리한다. 그믐달은 여러 代에 걸쳐 그랬던 것처럼 제 몸의 평수를 늘려 메마른 나뭇잎 행방을 좇을 것이다. 억새와 교신하며 어둠 속에서 은빛을 복구해낼 것이다. 어둠 속에서 누군가에게 건네는 마음은 빛이 된다. 어둠 속에서 길을 내는 것은 빛뿐이다.

요즘 자다가 갈증을 느껴 자주 깬다. 끓인 보리차를 머리맡에 두었다. 딴 몸인 그릇과 보리차가 온기로 한 몸이 되었다. 잠이 도란거리며 곧 다가올 것 같다. 마음의 그릇 비운 것을 소출로 삼아야 잠이 풍성해질 것이다. 잠드는 일이 이렇게 설렌 적 있었던가.

(2018. 11. 11.)

풀꽃도
꽃이다

한파가 오래 머물렀다. 혹한에 어느 정도 익숙해졌는지 기온이 영하인데도 봄날 같다. 바람은 낮잠 자려는 아이처럼 온몸을 비틀며 잠덧을 심하게 해댄다. 칼바람을 피한 담 밑 남천 나무가 파랗게 몸부림친다. 겨울 온기는 햇살보다 바람을 등져야 느낄 수 있다. 파란 잎 뒤에 숨은 빨간 열매가 속살을 부끄럽게 드러낸다. 새들 비행이 잠잠했기 망정이지 하마터면 들킬 뻔했다.

조정래가 쓴 소설 『풀꽃도 꽃이다』를 읽는다. 「나무는 왜 흔들릴까」 나무를 흔드는 것은 바람이 아니라 사람이다. 많이 배우고 가진 것 많은 것은 힘이다. 힘 있는 사람 취향에 맞는 나무를 심고 그 취향대로 기르려고 한다. 나무는 자기 뜻대로 크려고 한다. 서로를 배려하며 가지를 뻗고 뿌리를 내리려고 한다. 이 땅에서 자라는 나무는 문제나무가 없다. 문제 주인, 문제 땅, 문제 생각이 있을 뿐이다. 나무는 우리 자녀이다.

세상살이하다 보면, 나는 나 혼자이다. 우리는 대화의 다리가 끊어진 세상에서 그저 낯선 타인으로 산다. 가장은 집에 돈만 벌어다 주면 된다. 자녀교육은 엄마 몫이다. 엄마는 죽기 아니면 살기로 자녀를 1등으로 만들어야 한다. 이른바 명문대학에 들어가 부모 체면을 세워야 한다. 그렇지 않으면 인생의 실패자로 낙인찍힌다. 이런 땅에서 나무는 잘 자랄 수 없다. 나무는 칭찬의 햇살과 격려의 물을 마셔야 건강하게 자란다. 주눅 들지 않는다. 해마다 제 뿌리를 스스로 파낸 나무가 늘고 있다.

자식을 사랑하는 마음은 부모가 가진 욕망과 구별해야 한다. 나무가 빨리 자라라고 윽박지르거나 닦달하면 안 된다. 이렇게 하면 부모와 자식 간에도 불신의 싹이 튼다. 적대감이 속성으로 자란다. 나무가 건강하게 자랄 리 없다. 다른 나무는 어떻게 되든 너 혼자만 잘 자라라고 하는 것은 격려가 아니다. 이 말은 지독한 독이다. 나무는 다른 나무와 함께 어울려야 숲을 이룰 수 있다.

학교는 이제 인생을 가르치고 삶을 가르치는 곳이 아니다. 오로지 공부 타령만 한다. 경쟁을 노골적으로 부추긴다. 이것은 폭력이다. 이곳에서 자란 나무는 대부분 우정의 광합성을 하지 못하고 시들시들하다. 공부밖에 관심을 두지 않는 부모와 학교가 있는 한 건강한 가정과 사회를 기대할 수 없다. 숲은 건강한 공동체의 표상이다. 여러 종류 나무가 각자 개성을 가지고 자라는 숲이 뭇 생명을 품을 수 있다. 학교가 할 일은 나무가 잘 자랄 환경과 분위기를 만들어야 한다.

이 땅에 영원히 내 것인 것 하나 없다. 나무도 그렇다. 전 생애를 바쳐 기른 나무지만, 내 품에 영원히 묶어둘 수 없다. 나무는 부모와 집을 벗어나 더 넓은 세계로 떠나려고 한다. 부모가 바라는 세상과 딴판인 세상을 꿈꾸기도 한다. 나무를 심고 길렀다고 그 나무가 영원히 내 것이라는 생각은 잘못된 것이다. 우리 집에 12년생 반송이 200여 그루 있다. 3년 된 묘목을 사다 열심히 길렀지만, 이제 내 것이 아니라 필요로 한 사람 것이다.

나무는 나무다. 나무는 저마다 특성에 맞게 태어난다. 대추나무에서 감이 열리기를 바라는 것은 환상이다. 대추나무는 대추를 달고 있어야 대추나무답다. 우리 자녀는 나름대로 적성과 취미를 가지고 있다. 이것을 무시하고 부모가 원하는 것만 고집하면 나무를 구속하고 억압하는 것이다. 디자이너가 되고 싶은 나무에게 판사, 변호사, 의사, 약사가 되라고 한다. 이것은 나무가 꿈꾸는 것을 짓밟는 것이다. 자녀는 내가 아니라 오직 자녀이다.

시나 소설을 쓰고 싶어 하는 나무에게 어른은 그릇된 꿈을 꾼다고 나무란다. 시나 소설이 권력과 거리가 멀고 돈이 안 되기 때문이다. 숲에 시나 소설을 쓰는 나무가 없다면 숲은 사막처럼 황량할 것이다. 나무는 부모 삶이 아닌 나무로서 삶을 살아야 한다. 나무가 바라는 삶이 권력과 관계없고 돈이 되지 않더라도 나무가 즐겁고 행복해한다면 놔줘야 한다.

숲에서 자라는 나무는 햇살의 넓이와 각도에 따라 자라는 속도가 다르다. 키 큰 나무가 있고 키 작은 나무가 있다. 이들은 키가 작다거나 나뭇가지가 적다는 이유로 따돌리지 않는다. 키 큰 것을 시샘하거나 키 작은 것을 비난하지 않는다. 더욱이 은근히 따돌리는 이른바 '은따'는 전혀 없다. 그저 같은 친구로 여긴다. 시샘이나 비난은 오히려 어른들이 은근히 부추긴다.

숲 밖 학교에서는 폭력이 상존한다. 중학교 때 나는 '서주상'이 '한태식'에게 숙제나 반성문을 상납한 것처럼 어떤 녀석에게 글쓰기를 상납해야 했다. 글짓기 숙제를 해준 것이 발단이었다. 내가 대신 써 준 글을 본 선생님이 그 녀석과 함께 글짓기대회에 출전시켰다. 글짓기대회에 나가서도 그 녀석 글을 먼저 써준 뒤 내 글을 써야 했다. 그 녀석은 운문 대신 산문을 꼭 써달라고 윽박질러 정작 내 글 쓸 시간이 부족했다. 장원은 늘 그 녀석 차지였고 난 등외로 밀려나기도 했다.

「나도 사람이다」 앞부분까지 읽고 잠시 책을 덮었다. 나무든 사람이든 존중받을 권리가 있다. 작가가 제목을 왜 『풀꽃도 꽃이다』라고 했는지 짐작할 수 있다. 나무를 잘 기르려면 나무를 깊이 이해하고 사랑해야 한다. 명색이 학생을 가르치는 선생으로서 그동안 교육현장에서 어떻게 이것을 실천해왔는지 뒤돌아본다. 부끄럽다.

대부분 사람은 풀꽃을 하찮게 여길지 모른다. 풀꽃을 피우기 위해 풀은 여러 날 앓았다. 살이 찢어지는 고통을 감내하였다. 아픔과 고통을 겪고 나서 드디어 꽃이 되었다. 최선을 다한 결과물이다. 장미든 풀꽃이든 그래서 아름답게 바라봐야 한다.

(2018. 1. 28.)

흔들림에
기대어

숨이 턱턱 막힐 정도로 무덥다. 가마솥처럼 날씨가 푹푹 찐다. 참나무가 울창한 숲도 초록의 귀퉁이마다 닳아 풀이 죽었다. 그저 죽은 듯 누워 있다. 마을 정자나무는 온몸 덩이로 볕을 주체하며 그늘의 견적을 잰다. 정원 금잔디는 겨우내 추위와 맞섰던 힘으로 열기를 버티고 있다. 폭염은 눈치 없이 잠시 머물다 떠날 기세가 아니다. 밤까지 살아있다 가건물인 열대야의 집을 지을 조짐이다.

몇 가닥 바람이 분다. 순식간에 일어난 일이다. 댓 걸음 물러서서 봐야 선명하게 눈으로 들어오는 게 있다. 대숲이 느릿하게 술렁거린다. 들깨 밭에 은둔하고 있던 향기가 부유물처럼 떠돈다. 해바라기는 해를 바라보지 않고, 바람의 향방을 엿보며 쫓는다. 제 안에 심장을 갖고 있는 것 죄다 바람에 흔들린다. 한동안 흔들릴 뿐 제자리로 각자 돌아온다.

바람은 우리가 삶의 여로에서 만난 아픔이다. 몰인정하게 닥친 역경이다. 희망이 무너져 생긴 절벽 같은 절망이다. 자칫 잘못하여 저지른 실수다. 바위에 깔려 꼼짝달싹하지 못할 정도로 크게 당한 충격이다. 부음이 바람을 타고 왔다. 모 교수님께서 15년 동안 길렀던 '코니'가 오늘 힘을 풀고 잠들었다. 얼마 전 사고로 아들을 잃은 지인은 공황장애의 바람이 밤낮으로 분다고 했다. 아프다. 크기를 알 수 없을 만큼 아프다.

바람은 예고 없이 분다. 어떻게 손 쓸 겨를 없이 들이닥친다. 바람에 흔들리지 않으면, 꺾이거나 부러지고 만다. 흔들림은 순응하는 각도이다. 신석정 시인이 쓴 「임께서 부르시면」이란 시가 있다.

가을날 노랗게 물들인 은행잎이/ 바람에 흔들려 휘날리듯이/ 그렇게 가오리다/ 임께서 부르시면.

자연 질서(임)에 순응하겠다는 의지를 노래하고 있다. 비워야 채워지고 흔들려야 강해져 원래 상태로 되돌아갈 수 있다.

흔들림은 도전하는 힘이다. 서정주 시인은 「자화상」이란 시에서 "스물세 해 동안 나를 키운 건 八割이 바람이다."라고 했다. 가난이라는 시련을 통해 오히려 더 단단해진 자화상을 고백하고 있다. 굴욕적인 현실에 주저앉지 않고 더 나은 세계를 향해 도전하는 모습을 보인다. 고통 가운데서도 평온을 유지하거나 충동을 통제하는 일은 쉬운 일이 아니다. 게다가 시련을 긍정적으로 받아들이는 것은 더욱 어렵다.

하나님은 우리에게 바람의 세기로 흔들리다 제자리로 돌아오는 회복탄력성을 주셨다. 회복탄력성은 위험이나 심각한 역경·충격적인 상황에 직면하여, 잘 적응하고 극복하는 힘이다. 심리학에서는 다시 튀어 오르거나 원래 상태로 되돌아온다 하여 '정신적 저항력'이라고 한다. 어떤 심리학자가 그랬다. 우리가 강한 회복탄력성을 유지하려면, 긍정적으로 생각하고 원인을 분석하는 습관을 가져야 한다고.

회복탄력성이 가장 강한 게 풀이다. 풀은 밟힐수록 더 세게 일어서고 잘릴수록 더 무성하게 자란다. 밟히면 잠시 돌아누웠다가 바람보다 먼저 일어난다. 살다 보면 우리 삶에 태풍이 간간이 분다. 이런 날 앉지도 굽히지도 못하고 풀처럼 서서 바람을 맞는다. 태풍이 지나간 자리는 숭숭하게 구멍이 뚫린다. 이때마다 자작시 「너는 풀이야」를 떠올린다.

바람 앞에서도/ 꺾이지 않고/ 굴복할 줄 몰라/ 풀풀 살아있는/ 너는 풀이야// 누군가에게/ 짓밟히고 차여도/ 흙 한 번 털고/ 풀풀 일어서는/ 너는 풀이야// 모진 소낙비에/ 흠뻑 젖을지라도/ 빗방울 다스려/ 풀풀 푸르러지는/ 너는 풀이야.

세상엔 말라서 더 빛난 게 있다. 마른 것은 흔들릴 준비를 하는 것이다. 자작시 「마른풀잎」이 있다.

말라서 더 빛난 게 있다/ 눈 속에 파묻힌 풀잎들/ 푸른 봄보다 더 꼿꼿하잖는가/ 차가울수록 더 빛난 게 있다/ 눈 속에 눈뜨고 있는 풀잎들/ 따스한 날보다 당당하잖는가/ 우리 살다 보면 아파서 여위고/ 차디찬 고통에 마른 날 있다/ 아프고 힘들다고 그저 그렇게/ 메말라 바람에 날릴 수 없다/ 그렇게 하고 말기엔 우리들/ 타고난 이름이 부끄럽잖는가/ 마른풀잎처럼 꼿꼿이 서서/ 푸른 하늘 바라봐야 한다/ 마른풀잎처럼 당당히 서서/ 싱싱한 날 기다려야 한다/ 그저 빼빼 마르고 말기엔/ 우리 삶 너무 장장하잖는가.

누구든 삶의 곡선로를 만나 아픔의 원심력으로 흔들리기 마련이다. 사는 것은 흔들리는 것과 화목하게 손잡는 것이다. 우리가 기대고 사는 것치고 흔들리지 않는 것은 거의 없다. 요지부동할 것 같은 땅도 지진에 흔들리고 운다. 믿음의 제방도 큰물에 제 몸을 흐물흐물 흔들며 무너진다. 폭염 속에서도 패랭이꽃이 다정스런 눈빛으로 웃고 있다. 남실바람에 꽃이 미세하게 흔들린다. 패랭이꽃 그림자가 흔들리며 제 복사뼈까지 내려왔다. 이 흔들림에 기대어 꽃처럼 피고 싶다.

(2018. 7. 15.)

달빛에
귀를 씻다

말曰은 다리를 수없이 달고 산다. 그래서 말은 도달하지 못한 곳이 없고 세상에 말을 벽으로 막을 사람이 없다. 살다 보면 사람과 관계에서 말은 실타래가 되어 가장 많이 얽히고설킨다. 좋은 말은 사람과 사람 사이를 이어주는 다리가 되지만, 나쁜 말은 화를 일으키는 불씨가 된다. 오죽했으면 경북 예천군 지보면 대죽리에 말曰무덤이 있을까.

그동안 페이스북에 날마다 쓴 글을 올렸다. 하룻날도 건너뛰지 않고 글을 쓰려는 자구책이었다. 얼마 전부터 페이스북에 글을 올리지 않고 있다. 특별한 이유가 있어서가 아니라, 그냥 조용히 글을 쓰려는 심산이었다. 아파트 공사장에 장벽을 아무리 높이 쳐도 비산 먼지가 날리기 마련이다. 나에게도 어느 날 뜻하지 않게 말의 비산 먼지가 날아왔다.

P와 개인적으로 대화를 많이 나눈 일이 없다. 그와 오래전 모 공식적인 모임에서 두어 번 만났다. 그가 페이스북에 올린 내 시를 보고

이러쿵저러쿵 누군가에게 말을 한 모양이다. 문학적으로 표현한 것을 어휘 그대로 받아들인 것 같다. 그때 글을 올리고 누군가 오해할 수 있을 것 같아 바로 내렸다. 또 훈용이 이야기를 글로 쓴 것에 대해 마음이 불편했던 모양이다.

형!

제가 두 번이나 당한 참척慘慽의 고통은 감히 이제 과거형으로 지우려고 합니다. 그러나 십자가처럼 짊어져야 할 현재형의 고통은 결코 지울 수 없습니다. 다른 사람은 일상에 속하지만, 나는 비상의 연속이니까요. 날마다 연속되는 비상상황을 겪어 보지 않은 사람은 그저 상상의 집을 지을 수밖에 없지요. 형이 처음 나에게 글을 아프게 쓰지 말라고 했을 때, 그만 욕이 튀어나올 뻔했습니다. 지금은 형이 내 문학의 작전 사령관이 되어 절실하게 기도해주고 있어 고맙습니다. 네 글의 원류는 아픔이고 슬픔이라고 응원해줘서 감사합니다.

형!

난 이 비상상황을 불평하지 않고 고이 품으려고 합니다. 하나님께서 주신 선물로 귀하게 여기려고 합니다. 그 뜻을 정독하고 경청하며 살겠습니다. 세상에 무의미한 고통은 분명 없겠지요? 이 비상상황을 글의 텃밭으로 생각하고 열심히 글의 전답을 갈고닦으렵니다. 감히, 형도 형이 앓는 아픔에 더 이상 불행의 토를 달지 않았으면 좋겠습니다.

(수필 「형에게」 일부)

오래전 살갑게 지내는 독자에게 쓴 글이다. 참척慘慽의 아픔을 겪어보지 않은 사람은 그 고통을 감히 알지 못한다. 중증 복합장애를 앓는 자녀를 둔 부모 심정은 그런 자식을 둔 부모밖에 모른다. 이러할지라도 나는 글을 쓰면서 이 아픔을 꾹꾹 누르려고 몸부림쳤다. 그런 아들이 있어 사는 것이 힘들어 보인다는 말을 듣지 않으려고, 정신 나간 사람처럼 웃으며 살았다. 장애를 앓는 사람이나 가족은 세상천지가 화살이다.

내가 이런 일 때문에 힘드니 내 형편과 처지를 이해해달라고 부탁한 것이 훗날 화살로 돌아왔다. 중증 복합장애를 앓는 사람이나 가족은 하루하루 삶이 해발 구천구백 미터를 넘는 것처럼 힘겹고 위태위태하다. 그렇다고 만날 징징댈 수만은 없다. 좀 도와달라고 쉰 목소리만 낼 수 없다. 이렇게 한다고 해서 종잇장 무게일망정 덜어지지 않으니까. 마음을 누르고 있는 돌덩이가 굴러 떨어질 리 없으니까.

내가 가벼워지는 일은 글을 쓰는 것이다. 스물두 살이나 먹은 새끼가 말 한마디 하지 못하고 제 손으로 제 몸을 때릴 때, 그저 바라봐야만 해서 무기력하다. 갓 돌 지난 아이 수준밖에 되지 않은 머리로 인해 아무 말이 통하지 않을 때, 대여섯 살밖에 되지 않는 여린 몸을 씻어줄 때, 입안에 든 미음을 토할 듯하며 겨우 넘길 때, 그냥 아비로서 피눈물이 난다. 이렇게 흘리는 피눈물을 글로 닦아야 눈물이 말라 가벼워진다.

달빛이 콸콸 쏟아진다. 오늘 같은 날은 달빛을 쐰다. 낙엽이 달빛에 젖어 우두두 떨어지고 있다. 달빛에 귀를 곱게 씻는다. 서운했던 마음의 방을 넓히고 우울했던 마음을 널찍하게 밝히려 한다. 힘껏 견디내련다. 혼자 적막해지다 달빛 따라 흘러가련다. 어느 곳쯤에 이르러 기도문의 그늘 밑에서 P를 위해 감히 두 손 모으려고 한다.

달빛에 편입되어 귀를 다시 씻는다.

(2018. 10. 22.)

달 그리고 빛,
그 아래서

산책길, 달이 떴다. 아파트 옥상에 있던 달이 시내를 벗어나자 쪼르르 따라왔다. 달은 빛을 끼고 빛은 달을 꼈다. 어둠 속에서도 달을 눈에 넣을 수 있는 건 빛이 있기 때문이다. 불빛이 풍성한 시내와 달리 시내 바깥은 불빛이 극빈하여 컴컴하였다. 수용기가 민감하게 낮아지며 눈이 부산하게 암적응하였다. 달빛과 별개로 어둠 속에 있는 것들이 익숙하게 명료해지기 시작했다.

아이 손톱만 했던 게 반달이 되었다. 만날 먹고 자고, 자고 먹기만 하는 모양이다. 낮에 활활 불탔던 무더위가 고자누룩해졌다. 아중천 소류를 따라 냉기를 몇 줌 넣은 바람이 보따리를 시원하게 풀었다. 지난번 큰물이 휩쓸고 지나갔을 때, 오리 가족 가운데 몇이 보이지 않았다. 달빛 아래 예전과 같은 숫자를 채운 오리 식솔이 체온을 서로 감싸고 있었다. 그간 애간장깨나 녹았던 것 이미 과거다. 과거가 된 아픔은 과거완료 형태로 죽어버리면 좋으련만, 질기게 현재 진행형으로 살아있다.

아파트 옥상 공제선이 아득해지고 허공이 넓어지는 곳에 다리가 있다. 이곳은 사람보다 비닐하우스 농장을 오가는 차가 더 많이 다닌 다. 다리는 사람이나 차만 다니라고 있는 게 아니다. 달빛이 다리를 건너 건너편 들녘에 내려앉았다. 달빛에 비닐하우스가 하얗게 웃고, 퍼런 논매기들이 설렜다. 우리는 누군가와 관계의 다리인 '關橋'를 놓 고 산다. 이 다리를 오갈 때 다리가 삐걱거리거나 흔들리면 우리 삶 이 간당간당해진다.

낮에는 잘 보이지 않지만, 밤이 되어서야 비로소 잘 보이는 게 있 다. 세상에 있는 십자가도 그렇다. 다리 인근에 십자가가 장미처럼 피 었다. 십자가 근처에 이른 달의 물매가 나비 날개처럼 유연하다. 물매 가 급하면 바람에 흔들리고 십상이고, 느리면 빗물이 집을 짓고 살기 마련이다. 이렇게 되면 시끄럽고 벽이나 천장이 빗물에 샌다. 우리 가 치관이나 이념, 인간관계의 물매도 마찬가지이다.

달빛 아래 魚信을 감지하는 찌가 반딧불처럼 빛났다. 나와 나이가 엇비슷한 강태공에게 고기가 잘 무느냐고 물었다. 잘 안 낚인다고 했 다. '물다'와 '낚다' 사이에는 주체를 누구로 설정했느냐는 관점이 웅크 리고 있다. 어떤 사물을 관찰하거나 고찰할 때, 그것을 바라보는 방향 이나 생각하는 입장이 다르다. 물고기를 좋아하냐고 질문을 하나 더 보탰다. 낚시를 좋아하며 즐긴다고 했다. 고기를 잡으면 바로 풀어준 다는 말을 두 번이나 되새김하며.

좋아하며 즐긴다는 말이 반갑게 들렸다. 『논어』 '옹야也' 편에 나온 말이다. "知之者不如好之者, 好之者不如樂之者." 알기만 하는 사람은 좋아하는 사람만 못하고, 좋아하는 사람은 즐기는 사람만 못하다. 요즘 이 말을 내 마음 깊이 걸어놓고 산다. 어차피 내게 닥친 것 즐겁게 여기고, 어차피 내가 해야 할 일 즐기며 하려고 한다. 통증을 아픔으로 느끼지 않고, 어둠을 절망으로 보지 않으려고 한다. 벽을 벽으로 보지 않고, 문으로 바라보려고 한다. 이렇게 달 그리고 빛이 함께 있으니.

달은 제자리에서 묵새기지 않고 흐른다. 흐른다는 것은 기울어지는 것이다. 기울어지려면 붙잡고 있는 것을 놓아야 한다. 채웠던 것을 비우고 자유로워야 한다. 그래야 어디론가, 누군가에게로 스며들 수 있다. 이 밤 별로 안중에 없던 사람이 사는 마을에 달로 좀 떠보자. 달빛이 되어 그가 열어젖혀놓은 문틈으로 한 번 흘러보자. 그의 낯이 왜 그렇게 흐렸는지. 그에게로 가는 다리를 놓는 게 왜 그리 힘들었는지. 달빛을 등불 삼고 우리 안을 잠시 들여다보자.

길이 끝나는 곳에서 달이 되돌아섰다. 달은 먼저 가라고 손을 흔들거나 몰강스럽게 앞서 내빼지 않는다. 제 빛을 구순하게 흘리며 갠소름한 길에 있는 허방을 알려준다. 달은 저나 빛을 덩드럭거리지 않으며 조신한다. 찜부럭 부리지 않고 늘 고요하고 겸손할 뿐이다. 뻐득뻐득하게 행동하거나 시룽거리지 않는다. 다른 사람 것을 가리단죽하거나 남상거리지 않는다.

작업실, 운동화를 보니 뒤쪽이 반달 모양으로 닳았다. 달빛을 쐰 몸이 달빛에 젖어 숲이 되었다. 달빛이 내게 잠기고 내가 달빛에 무젖어 서로에게 흘렀기 때문이다. 마음의 화단 곳곳에 꽃이 피었다. 달빛이 내 맘에 시나브로 스미고 내가 달빛에 함초롬히 젖어서 그렇다. 사랑하는 것은 서로 손 닿지 않는 곳에 있을지라도, 늘 그리움으로 젖는 것이다. 젖어서 서로에게 물드는 것이다. 달 그리고 빛, 그 아래서 빈한한 영혼이 가벼워지고 맑아졌다.

참외를 깎아 반으로 잘랐다. 반달이 여러 개 지상으로 내려왔다.

1) 고자누룩하다: 수그러져 잠잠하다

2) 묵새기다: 별로 하는 일 없이 한곳에서 오래 묵으며 시간을 보내다

3) 몰강스럽다: 인정이 없고 억세다

4) 구순하다: 의좋게 화목하다

5) 갠소롬하다: 좁고 가늘다

6) 덩드럭거리다: 잘난 체하며 함부로 굴다

7) 찜부럭: 걸핏하면 짜증을 내다

8) 뼈득뼈득하다: 언행이 고분고분하지 않다

9) 시룽거리다: 경솔하고 방정맞다

10) 가리단죽하다: 가로채다

11) 남상거리다: 욕심을 내다

12) 무젖다: 물에 젖다

(2018. 7. 19.)

그분

지난 월요일부터 어지럽고 속이 좋지 않아 고생했다. 병원에 들러 링거를 맞고 약을 며칠 먹으니 좀 우선해졌다. 무리해서 그렇다거나 더위를 먹어 그렇다며 건강을 잘 챙기라고 많은 사람이 염려하였다. 정말 힘들었던 것은 화요일에 하는 글쓰기 특강이었다. 서 있을 수 없어 앉아서 강의했다. 앉아서 강의하는 게 체질에 맞지 않아 3시간 동안 앉다 서다를 반복했다.

어제부터 밥맛이 연어처럼 돌아왔다. 올여름 더위가 워낙 살벌하여 삼시 세 끼를 달게 먹을 수 있는 건 행운이다. 앓고 나면 꼭 티가 난다. 아픈 티를 내지 않으려고 했지만, 주위 사람이 다 알아봤다. 단맛 나는 고기를 사준 사람이 있었고 입맛을 일으키라며 과일을 사준 사람도 있었다. 되레 옆방 교수님께 나으면 고기를 사달라며 뻔뻔함을 보였다.

내가 앓는 동안 아들을 데리고 이비인후과에 다녀왔다. 아버지 약을 사러 약국에도 들렀다. 쌀이 떨어져 마트에 들러 쌀을 샀다. 몸이 아프면 병원에 들러 진료 받고 약을 먹으면 낫는다. 피곤하면 잘 먹고 잠을 푹 자면 몸이 풀린다. 아직까지는 그렇다. 이와 달리 말로 받은 상처는 마음 어딘가에 독화살처럼 꽂혀 잘 낫지 않는다.

오늘 어떤 지인에게 듣지 않았으면 좋았을 말을 들었다. 지인도 그 분에게 실망하여 나에게 말을 전하였다. 그분은 나보다 세상을 훨씬 많이 사셨고 학식이 많은 분이시다. 그러나 나는 그분을 감히 존경하지 않는다. 말과 행동이 일치하지 않고 다른 사람을 늘 비난하기 때문이다. 당사자 앞에서는 우호적이고 친밀한 척하지만, 뒤에서는 흉을 보기 일쑤이다.

지금까지 살면서 여러 스승을 만났다. 중학교 3학년 때 담임은 국어 선생님이었다. 글을 잘 쓴다고 칭찬해주시며 국문학과에 가라고 하셨다. 고등학교 2학년 때 담임 역시 국어 선생님이었다. 글을 잘 쓰고 글씨가 예쁘다고 하시며 늘 칭찬해주셨다. 대학에서 만난 지도교수님은 얕은 내 학문의 우물을 깊게 파도록 독려해주셨다. 이 세 분을 만나 내 삶이 그득해졌다.

지금까지 살면서 기억하고 싶지 않은 선생님도 만났다. 고등학교 1학년 때 담임은 산업을 가르치는 선생님이었다. 산업은 당최 책을 봐도 재미가 없고 관심 밖에서 생경하게 맴돌았다. 이 시간에 시를 쓰다 선생님께 들켜 뺨깨나 맞았다. 글짓기 대회에 나가 상을 받으면 상장과 상품을 주지 않으셨다. 잘 알지 못하는 여학생들이 학교로 편지를 보내면, 연애질한다고 뺨을 덤으로 맞았다.

강의실에서 배운다는 생각으로 학생을 만난다. '인문고전 읽기' 시간에 『논어』를 강독하는 부분이 있다. 이 땅에 발 딛고 사는 사람 치고 『논어』에 나온 말을 실천하며 사는 군자가 몇이나 되랴. 글쓰기도 마찬가지이다. 자신이 쓴 글을 삶에서 실천하며 사는 사람이 과연 몇이나 되랴. 글쓰기를 완성하는 것은 퇴고가 아니라, 자신이 쓴 글을 삶에서 실천하는 것이다.

지난 학기 '마음을 다스리는 글쓰기'를 강의했다. 수강생 전체가 주어진 주제에 맞춰 자신을 드러내는 글을 쓰고 함께 감상했다. 주제는 주로 자신, 타인, 이웃이나 사회에 이르기까지 관계를 회복하는 내용이었다. 몇 회기에 걸쳐 글을 쓰고 관계를 회복하는 것은 어렵다. 이를 보완하려고 날마다 일기를 쓰게 하였다. 종강하는 날 수강생과 1:1 면담을 했다. 이때 일기 쓰기가 관계를 회복하는 데 매우 효과가 있다는 것을 알았다.

누군가와 잘못 얽힌 관계를 회복하지 않고 글을 쓰면 괜히 염치가 없다. 이런 경험을 강의실에게 학생들에게 알려준다. 이러면서 그분을 미워하면 학생들에게 가르친 것이 깨진 그릇과 같을 성싶다. 그분 성격이 원래 그러니 내 귀를 넓게 하고 순하게 할 수밖에. 지인과 통화를 마치고 내 자신을 다스렸다. 심호흡을 하고 그분을 이해하려고 애썼다.

글감이 빈한해져 시집을 읽던 참이었다. 종소리가 아름다우려면 울림의 폭이 커야 한다. 우리 삶도 저마다의 몸붓으로 쓴 시이다. 우리 삶을 언어로 승화시킨 것이 詩라면, 몸으로 부대끼며 쓴 것은 肉詩이다. 얼마 전 '동물의 왕국'에서 악어에게 잡힐 뻔한 새끼를 구하려고 어미가 대신 잡혀 먹는 것을 보았다. 동물의 세계에서 일어난 일이지만, 어떤 시인이 쓴 「어머니」란 시보다 눈물겹고 아름다웠다.

애먼 소리를 듣고 분을 품지 않은 것은 고백하건대 글 힘이다. 쭈글쭈글해져 폭삭 내려앉은 허망한 기분을 다른 사람과 공유할 일 뭐 있겠는가. 바깥세상이 무지막지하고 독한 폭염으로 진을 치고 있다. 요럴 때 청량하게 부는 산바람이라도 한 가닥 되어야지. 치恥! 나이 먹은 탓이려나. 이순耳順이 코끝에 걸려 있으니. 이제 철이 겨우 든 모양이다.

그분. 그냥 좋은 분이라고 생각하기로 했다.

(2018. 8. 4.)

구멍 난 양말

최근 양말을 신지 않는 사람이 많다. 한겨울인데도 구두를 맨발로 신고 다니는 사람도 있다. 젊은이는 양말목이 복사뼈 아래까지만 당도한 양말을 대부분 신는다. 양말을 신는 것이 발 건강을 유지하기 좋을 성싶은데, 멋을 우선으로 여기는 세태이다. 신체를 최대로 내보이려는 유행의 파고가 발까지 닥친 것이다.

큰아들이 고등학교 3년 동안 기숙사에서 생활했다. 집에 올 때마다 짝 양말을 자주 신고와 이유를 물었다. 빨래 건조대에 양말을 널어놓으면 뒤바뀌거나 누군가 가져갈 때가 많다고 했다. 속이 상해 학부모 대표들이 교장 선생님을 찾아가 항의했다. 바늘 도둑이 소 도둑 되듯이, 양말 도둑이 사회에 나가 절도범이 되지 말란 법이 어디 있겠느냐는 논리였다.

학부모들 걱정과 달리 학생들 반응은 시큰둥했다. 짝 양말도 나름대로 패션이라는 것이다. 아들 녀석은 서른을 눈앞에 두고도 짝 양말을 즐겨 신는다. 고등학교 3년 동안 잘 학습했기 때문이다. 이런 아들을 둔 덕분에 그동안 가지고 있었던 짝 양말에 대한 편견을 허물었다. 양말은 주로 한쪽 뒤꿈치가 먼저 떨어진다. 구멍이 크게 뚫린 것은 버리고 온전한 것은 잘 뒀다 짝짝이로 즐겨 신는다.

구멍이 작게 뚫린 것은 구멍이 커지기 전에 꿰매야 한다. 양말은 주로 내가 꿰맨다. 양말을 꿰맬 때 바늘이 작은 것을 써야 매듭을 작게 만들 수 있다. 매듭이 너무 크면 양말을 신을 때 마치 이물질을 밟는 것처럼 신경이 쓰인다. 신발에 모래 몇 알만 들어가도 발바닥 감촉이 예민해져 걷는 것이 불편해진다. 문제는 작은 바늘 귀에 실을 집어넣는 산을 몇 고비 넘겨야 한다.

다른 사람에 비해 노안이 빨리 왔고 평소 안구건조증이 심하다. 집중력과 인내심을 발휘하지 않으면 바늘귀에 실 넣는 것이 문고리 없는 문을 여는 것처럼 힘들다. 실 끝에 침을 적당하게 바른 뒤 끝을 꼿꼿하고 예리하게 세운다. 돋보기를 벗는다. 아주 가까운 거리는 돋보기가 시야를 오히려 가린다. "좁은 문으로 들어가기를 힘쓰라."는 성구를 떠올리며 실 끝을 바늘귀에 집어넣는다.

단번에 집어넣는 일은 거의 없다. 적어도 서너 번은 감행해야 한다. 구멍 난 양말을 거꾸로 뒤집은 뒤 테니스공을 양말 속으로 밀어 넣는다. 테니스공을 구멍 난 곳에 대고 바느질을 하면 바느질이 쉽고 매듭을 작게 만들 수 있다. 그래야 양말을 신을 때 불편한 느낌이 들지 않는다. 꿰맨 양말을 자주 신다 보면 불편함에 예민해진 감각이 둔해진다.

구멍 난 양말을 꿰맬 때 양말이 고통스러운 표정을 짓는다. 마취

하지 않고 수술을 하니 고통이 작을 리 없다. 성성한 마을에 사는 살은 떨어져 나간 살을 다시 돋게 하려고 자기 살점을 선선히 내어준다. 양말은 바늘에 찔리는 아픔과 살점이 떨어져 나간 고통을 당하면서도 자기 것만 주장하지 않는다. 아픔과 고통을 기꺼이 함께 나누려고 한다. 구멍 난 양말을 꿰맬 때 양말의 성성한 살은 서로 배려와 희생을 올망졸망 베푼다.

양말은 우리 몸 가운데 가장 지저분한 발을 감싸고 있으면서 불평 한마디 하지 않는다. 숨이 막히고 땀 냄새가 진동할 텐데 못마땅한 표정을 짓거나 불편한 내색을 하지 않는다. 당연히 자신이 해야 할 일이라고 여긴다. 자신을 어디에 둬야할지 처신을 잘 한다. 누구나 자기 분수를 잘 알아야 올바로 처신할 수 있다. 양말은 자신이 하는 일에 비해 좋은 대우를 받지 못한다. 신고 벗은 양말은 냄새가 난다 하여 주인까지 냉대한다.

구멍 난 양말을 꿰매면서 세월을 절감한다. 돋보기를 끼고도 잘 보이지 않는 바늘귀는 나이 먹어가는 것을 자연스럽게 일러준다. 구멍 난 양말이 남은 생을 더욱 집중하고 인내하라고 충고한다. 살다 보면 바늘에 찔린 것과 같은 아픔이 찾아올 때 불평하지 말라고 한다. 네 살점 간절히 원하는 사람 있으면 떼어주라고 그런다. 현재 있는 자리에 만족하며 기쁘게 살라고 속삭인다.

우리 몸 가운데 어느 한 곳이라도 중요하지 않은 곳이 없다. 특히 발은 제2의 심장이라 할 만큼 아주 중요하다. 발을 보호하고 온도를 유지하는 역할을 양말이 한다. 양말을 자주 신다 보면 닳아지고 구멍이 나기 마련이다. 구멍 난 양말을 꿰매면서 깨우친 것이 참 많다. 살다 보면 스승은 고전에만 존재하는 것이 아니다. 사소한 사물일지라도 눈여겨보고 그가 말한 것을 세밀하게 들으면 우리를 깨우쳐주는 스승이 된다.

(2018. 1. 20.)

횡재

작업실 세간은 단출하다. 공간이 그리 넓지 않아 이런저런 게염 부릴 처지도 아니련만. 책걸상과 컴퓨터, 책꽂이 하나, 냉장고와 커피포트 정도이다. 잠시 누워 쉬거나 쪽잠을 잘 때 쓰는 이불과 베개도 있다. 참, 얼마 전에 산 선풍기와 아이비 화분도 있다. 사람 사는 공간에 살아 숨 쉬는 생명체가 없으니, 분위기가 몰강스러워 아이비 화분을 샀다. 방은 햇볕 한 걸음 얼씬하지 않는다. 주방 쪽 창으로 늦은 오후 해가 힐끔 쳐다보고 지나칠 뿐이다. 이 햇볕이라도 구경시키려고 밤에 작업실을 나설 때, 주방 창 쪽으로 화분을 내어놓는다.

화분을 방에 들여놓고 보려 해도 올려놓을 만한 게 없었다. 오래 전부터 화분을 놓을 소품을 하나 구하려던 참이었다. 작업실 벽이 희므로 색상은 흰색이면 좋겠고, 길이는 책상과 옷걸이 사이에 들어갈 정도면 되겠다고 생각했다. 오늘 밤 산책을 마치고 작업실로 오던 길이었다. 작업실 옆 공터에 장식장이 있었다. 흰색에다 1미터가 안 되는 소품이었다. 위로 여는 뚜껑은 안쪽이 거울이었고, 오른쪽에는 작은 여닫이 서랍을 호주머니처럼 달고 있었다.

한 군데도 흠 난 곳이 없었다. 걸레로 닦자 먼지가 좀 묻어 나왔을 뿐, 새것이나 마찬가지였다. 순간, 누군가 페인트칠을 하고 잠시 내놓지 않았을까 하는 생각이 들었다. 그랬다면 냄새가 났을 텐데. 그곳에서는 묵은 살림 냄새나 칠한 지 얼마 안 된 페인트 냄새를 전혀 찾을 수 없었다. 내가 원했던 것과 한 치도 벗어나지 않아 반갑고 놀랐다.

이것은 횡재다. 마치 맞춤으로 주문한 것처럼 딱 들어맞았다. 색상과 크기가 마음에 들었고, 책상과 옷걸이 사이에 안성맞춤으로 맞았다. 책상에 벽돌처럼 쌓아둔 책을 장식장으로 옮긴 뒤, 아이비 화분을 갖다 놓았다. 하얀 장식장 위에 올려놓은 아이비가 초록 눈꺼풀을 깜박거렸다. 인생에서 누구를 만나느냐에 따라 우리 삶이 달라진다. 흰 장식장과 아이비 만남은 천생연분이었다.

어느 누군가에겐 귀찮고 쓸모없는 것이 어느 누군가에겐 귀하고 소중하다. 날 만나지 않았으면 장식장 운명은 어떻게 되었을까. 아마 재활용품을 수거하는 사람 손에 이끌려 구청 창고에 처박혔을 것이다. 그를 데려갈 사람이 끝내 나타나지 않으면, 갈비뼈가 부러지고 골반이 깨져 불쏘시개쯤으로 생을 마칠 것이다. 아니면, 내일이나 모레쯤 내릴 장맛비를 맞고 정신이 흔글흔글해질 것이다.

어느 것이든 있어야 할 자리에 있어야 아름답다. 제자리는 마땅히 있어야 할 자리이다. 세간도 각자 있어야 할 자리가 있다. 냉장고는 주방에 있어야 하고, 그림은 사람 눈에 잘 띄는 벽에 있어야 한다. 이불은 침실에 있어야 하고, 옷은 옷걸이나 옷장에 있어야 한다. 세간도 이럴진대, 사람은 어떻겠는가. 시뜻하게도 나는 여러 자리를 차지하고 있다.

여섯 식구 가장, 팔순 넘은 부모님의 큰아들, 주부 重任, 학생을 가르치는 선생, 풋내 나는 시인에 이르기까지. 살다 보니 뜻하는 대로 되는 일 없었다. 마음먹는다고 해서 먹는 족족 댓바람처럼 달려오는 것 없었다. 아무리 남상거려도 욕망의 그릇을 채울 수 없었다. 애면글면 용쓸 일 없이 숭굴숭굴하게 살기만 하면 되었다. 타울거리며 바득바득 살 일 아니었다. 그러나 글 쓰는 욕심만은 시르죽도록 내칠 수 없었다. 詩想이 께느른하지 않게 유목민처럼 늘 떠돌아야 했다.

장식장과 만남은 산책 끝물에 이루어졌다. 나는 산책하면서 수많은 자연물과 이야기를 나눈다. 그들이 쓰는 언어는 한두 가지가 아니다. 별은 빛으로 어둠은 색깔로 바람은 소리로 꽃은 향기로 말한다. 풀잎은 몸짓으로 길고양이는 털짓으로 지렁이는 몸붓으로 가로등은 표정으로 얘기한다. 내 생각의 집에는 많은 사람이 살고 있다. 관계가 걸쭉한 사람이 있는가 하면, 다문다문하게 성긴 사람도 있다. 이들과도 마음속에서 이야기를 많이 주고받는다. 어쭙지않은 글이지만, 산책은 내 글의 태실이다.

또 횡재다. 장식장과 만난 것을 글로 풀고 있으니. 그와 이제 한 식구가 되었다. 그는 이곳이 아직 낯설지 모른다. 누군가의 화장대 역할을 하다, 화분과 책 받침대 일을 하는 게 어색할지도. 자기 방식대로 생각하는 것을 우리는 자칫 사랑이라고 착각한다. 나 역시 이런 축에 든다. 그의 등에 올려놓았던 책과 화분을 내렸다. 그에게 생각할 시간을 주려고.

그가 흔쾌히 그 일을 하겠다고 할 때까지 기다리겠다. 그때까지 횡재라는 말도 삼가고. 그런데, 이렇게 허룽허룽하긴. 벌써 정이 들어 눈길을 붙잡고 놓아주질 않으니. 벌써 새벽이 밤의 모서리를 깎으며 큰 걸음으로 걸어오고 있다. 목이 울컥 마르다. 어쩌다 그가 그만 내 품으로 와락 안겼다.

(2018. 7. 8.)

배경과 풍경이
되는 것들

존경하는
독자

"교수님! 우리 교회 원로 목사님께서 교수님과 식사 한 번 하자고 하십니다."

폭염이 한창 기승을 부리던 여름 한가운데였다. 종강할 무렵 내 수필집과 시집을 자신이 다니는 교회 원로 목사님께 선물한 학생이 전화했다. 꽤 나이를 먹은 여학생은 교회에서 권사 직분을 맡아 몸 찬양으로 봉사하고 있다. 워낙 날이 더워 사람 만날 엄두를 내지 못했다. 더욱이 낯이 익지 않은 어르신 목사님을 뵈는 게 부담스러웠다.

날씨를 핑계 삼아 일단 빠져나왔다. 여름방학이 끝물에 이르렀을 무렵 목사님께서 직접 전화하셨다. 시집과 수필집을 잘 읽고 계신다며 날씨가 선선해지면 보자고 하셨다. 이후 목사님에 대한 기억을 아득히 잊고 지냈다. 살이 델 것 같던 폭염이 개강하자 풀이 죽기 시작했다. 개강한 지 2주쯤 지났을 때, 권사 여학생이 목사님과 저녁을 하자며 또 전화했다.

하염없이 빠져나올 수만은 없었다. 만날 날짜와 장소를 정했다. 장소는 내가 출석하는 교회 가까이에 있는 민물장어집이었다. 약속한 날 늦은 오후 강의를 마치고 식당으로 갔다. 이 자리에서 전주 ○○교회 김선기 원로목사님을 처음 뵈었다. 중절모를 쓴 모습이 영락없이 문인 풍모였다. 80이란 연륜이 무색할 정도로 품위 있게 나이를 먹은 멋쟁이셨다.

목사님은 날 부르실 때마다 꼬박꼬박 "시인 교수님!"이라고 하셨다. 내가 쓴 글을 한 문장도 건성으로 넘기지 않고 챙겨 보셨다는 의미이다. 나를 부르는 호칭 가운데 가장 맘에 드는 것이 시인이라고 쓴 곳이 있다. 목사님은 목회를 하기 전 국어교사를 오래 하셨다. 황동규 시인과 오랜 지기이며, 학창 시절에는 신석정 시인, 김해강 시인에게 국어를 배웠다. 목회 현장에서 은퇴하여 여생을 문학과 더불어 살겠다고 하셨다.

목사님은 전북대학교 뒤쪽에 있는 덕암마을에서 사셨다. 건강 때문에 무더운 여름 내내 에어컨을 켤 수 없어, 내 시집 『내 맘 어딘가의 그대에게』를 읽으시며 견뎠다고 하셨다. 내 시를 몇 편 암송하셔서 깜짝 놀랐다. 목사님은 "당신"을 "주님"으로 바꿔서 생각한다고 하셨다.

당신은/ 도대체/ 뉘십니까?// 왜 제게/ 집 짓고/ 사십니까?// 한 번도/ 떠나잖고/ 계십니까? (「수수께기」 전문)

또 다른 시는 「띄어쓰기」였다. 일점일획도 틀리지 않고 그대로 암송하셨다. 내가 만난 독자 가운데 이런 독자가 있다는 것이 뿌듯했다. 한편으로는 부끄럽기도 하고. 목사님은 "내 사랑"을 "주사랑"으로 대체하여 읽으신다고 하셨다. 목사님은 내 시집 200여 군데를 밑줄 쳐 두었다고 하셨다. 이 말씀을 듣고 더 놀랐다.

글 쓰다 보면/ 떼놓고 싶지 않은 말/ 딱 하나 있다// 내 사랑// 저리고 아려도/ 둘 경계 지어/ 띄어 쓸 수 없다. (「내사랑」 전문)

목사님도 나름대로 아픔을 안고 계신 것 같았다. 내가 쓴 「아들의 바다」란 수필을 읽으시며 가슴이 너무 아팠다고 하셨다. 이런 아픔을 앓고 있는 나에게 무슨 이야기를 할 수 있겠냐고 하신 표정이 불쑥 외로워 보였다. '목사가 사 준 고기 한 번 먹어보라.' 하시며, 잘 익은 장어를 연신 내 앞으로 밀어놓으셨다. 그 손길을 와락 붙잡고 싶었다.

식사를 마치고 카페에 들렀다. 목사님은 일관되게 "시인 교수님!" 이라고 부르셨다. "좋은 글을 읽으며 여름을 보낼 수 있게 해줘서 감사하다."라고 말씀하셨다. 말이 잘 통하는 독자를 오늘 만나 도전을 많이 받았다. 우리는 문학이 죽고 역사가 죽고 철학이 죽은 시대에 살고 있다. 경제논리에 따라 돈이 안 되기 때문이다. 이런 시대에 어쭙잖은 글을 쓰는 시인이지만, 문학의 제방이 무너지지 않게 돌덩이 하나로 남고 싶다.

오늘 어르신 목사님을 뵌 게 아니라, 존경하는 독자를 만났다. 불경스럽게 난 어르신 목사님께 오랜 친구 같은 사람을 만나 기쁘다고 했다. 목사님께서 흐뭇하게 웃으셨다. 마음의 문을 쉽게 걸어 잠그며 사는 세상이다. 이런 세상에 빗장을 풀고 시를 이야기할 사람이 있다는 게 얼마나 큰 행운이랴. 게다가 존경하는 독자를 만났으니 난 가난한 시인이 결코 아니다.

추석 전야 만월이 뭉텅뭉텅 달빛을 쏟고 있다. 이 달빛에 젖은 풍경이 오지게 밝고 사무치게 환하다. 밤을 새워 저렇게 맑은 시 한 편 써야겠다.

(2018. 9. 23.)

이유

왔다. 오고 또 왔다. 잠이었다. 오전 내내 잤다. 몇 년 만에 누린 호사인가. 살다 보면 의지는 마음먹은 것과 달리 거꾸로 작동할 때가 있다. 일어나려고 몸부림치면 칠수록 몸이 낚시 추처럼 내려앉았다. 마치 온몸이 바위처럼 묵직했다. 점심때가 망설이지 않고 지름길로 왔다. 햇살이 자꾸 밖으로 불러냈다. 점심을 먹고 집을 나섰다.

불쑥 그림을 보고 싶었다. 모악산으로 향했다. 잠깐 사이에 꽃이 만발했다. 집 주위에 있는 벚꽃은 개화를 아직 유예하고 있는데, 모악산 주차장에 있는 것은 절반 이상 몸을 풀었다. 등산객과 상춘객이 한데 어우러져 그야말로 꽃 반 사람 반이다. 전북도립미술관도 사람들로 활짝 폈다. '현대미술사전, 7 키워드 전'을 열고 있었다.

이성을 넘어 또 다른 세계를 갈망한 '초현실주의', 명확한 형태를 거부하고 자유를 뜨겁게 추구한 '앵포르멜', 대중문화와 산업사회 이미지를 빌려 소비하는 미술을 꾀한 '팝 아트', 한 가지 또는 제한된 색채를 사용하여 사유하는 단색의 미학을 고집한 '모노크롬', 사실과 허구의 공간에서 현실에 실재하는 것을 그림이나 조각으로 완벽하게 재현한 '극사실주의', 개념·사건·몸짓으로 시각예술을 결합한 '퍼포먼스 아트', "미디어는 마사지이다"를 표방하며 단순히 예술을 넘어 일상으로 변화하는 '미디어 아트'에 속한 작품을 감상했다.

입장료 한 푼 내지 않고 다양한 미술 세계를 여행했다. 4월 중순부터 '전북 청년 2018, 이 작가를 주목하라'란 기획전을 연다고 한다. 가까운 곳에 이렇게 좋은 미술관이 있으니 절로 배가 부르다. 벚꽃 그림자만 골라 걸었다. 어느 시인은 "나 또 태어나면 꽃이었음 좋겠네. (중략) 비유가 아니라 그대로 생인."이라고 했다. 벚꽃에 빗대어 생을 활활 아름답게 피워 화끈하게 살고 싶은 심정을 담았으리라.

여정에 커피가 빠지면 얼마나 맥없으랴. 카페는 사람으로 풍경이었다. 커피를 시키고 자리에 앉았다. 삼삼오오 짝을 이뤄 앉은 사람들 틈에 끼어 밖을 내다봤다. 가지마다 불붙기 시작한 꽃잎이 바람에 수런수런 흔들렸다. 가까운 곳을 두고 먼 곳으로 꽃구경 가는 사람들 배짱이 문득 부러웠다. 먼 곳으로 가야 가져올 수 있는 게 많은 건 아닐 것이다. 이내 안쪽 표정이 밝아졌다. 커피를 한 입 마셨다. 톡! 독자가 손으로 쓴 편지를 카톡으로 보냈다.

안녕하세요? 최재선 작가님.
완주군청 교육 아동복지과 보육지원계 행정 도우미로 근무하고 있는 이용준이에요. 먼저 감사하다는 인사부터 드려요. 감사합니다. 최재선 작가님 덕분에 수필과 시에 관심이 생겼어요.

(중략)

와 닿는 구절은 '그동안 내 아픔만 크다고 여기며 살아왔다.' 저도 저만 힘들다고 생각했어요. 그러나 현재는 독서모임을 통해 감사하며 살고 있어요. 한 손이 불편할 뿐이지 장애인이 아니다.

(중략)

바람이 있다면 건강하시고 앞으로도 수필과 시를 들려주셨으면 좋겠습니다. 최재선 작가님을 알게 되어 감사합니다. 무슨 일을 하시든 응원하겠습니다.

꽃 편지지에 또박또박 쓴 편지였다. 더욱이 한 손이 불편할 텐데, 정성을 다해 쓴 흔적이 역력했다. 자존감이 없으면 천만금을 가진 사람일지라도 절망과 쉽게 손을 잡는다. 한 손 없는 것이 불편할 뿐, 장애인이 아니라고 말하는 그가 당당한 희망처럼 보였다. 그림을 보려고 집을 나선 배후에는 글감이 바닥난 빈곤이 자리하고 있었다.

여리고 부족한 내 글을 읽고 마음에 있는 상처가 조금이라도 아물면 좋겠다. 절망의 손을 뿌리치고 희망의 눈으로 세상을 바라보면 좋겠다. 불평과 불만의 언어를 죽이고 감사의 언어를 살리면 좋겠다. 작업실에 이르렀다. 글을 쓰려고 앉았다. 느닷없이 '척'이란 어휘가 출처 없이 툭 튀어나왔다. 때로는 시인이란 가면을 쓰고 글 쓰는 척하지 않았느냐? 언어를 부리는 척하지 않았느냐? 겉 문장으로 삶을 미화하고 뒤에서 호박씨 까지 않았느냐?

이런 질문에 대해 답을 떳떳하게 내놓으려고 궁리하고 있다. 글을 쓰는 이유를 열심히 찾고 있다. 달빛이 높은 데다 넓고 맑다. 저 달빛 아래 벚꽃이 피는 척하지 않고 그냥 그대로 흐드러질 것이다. 달빛처럼 높고 넓은 글, 맑은 글. 꽃처럼 그냥 그대로인 글을 쓰려고 달빛과 향기를 탁본한다.

　달빛 맞으러 나갔다 와야겠다. 가는 길에 꽃향기 듬뿍 담아 오리라.

(2018. 3. 31.)

이 통에도

송아지 속눈썹도 금방 탈 것 같다. 무시무시한 더위다. 이 통에 오늘 영천 기온이 40도를 넘었다. 강원도에서는 아파트 베란다에 둔 계란에서 병아리가 태어났다. 폭염이 어미 품 노릇을 했다. 불볕더위에 가뭄까지 겹쳐 뭇 생명이 기진맥진이다. 풀처럼 일어서는 것도 있지만, 풀이 죽어 타버린 것도 있다. 우리 집 새벽시장이나 다름없는 텃밭에는 들깨만 싱싱하다. 여름 남새들이 죄다 사람처럼 하늘만 바라보고 있다. 하늘은 아직까지 비를 내어 줄 생각이 없다.

이 통에도, 바람 부는 쪽으로 돌아누운 단풍나무 잎은 푸릇하다. 돌담 아래 패랭이꽃은 땀나는 속살을 최대로 감추고 있다. 채송화는 그 모습 그 빛깔로 변함이 없다. 백일홍은 태어날 때부터 태음인 체질을 타고났는지 더위 속에서도 꿋꿋하다. 달리아는 햇볕에 눈살을 조금 찡그릴 뿐, 표정은 향기롭게 환하다. 이 통에도 여름 정원 한쪽이 평안하다.

폭염이 지칠 줄 모르고 화염火焰을 일사불란하게 파종하고 있다.

이마를 맞댄 반송盤松들이 그림자 견적을 낸다. 작은 키에다 따닥따닥 붙어 있어 제 무릎만 햇볕을 가린다. 금잔디는 대낮에 죽은 시늉을 하다 해가 지면 아픈 일이 없었던 사람처럼 팔팔하다. 비가 꽤 와야 물이 흐르는 집 옆 작은 계곡은 물의 씨가 마른 지 오래다. 이 통에도 여름 정원 다른 한쪽이 무탈하다.

하마하마 기다린 비는 한 모금 오지 않고 하늘은 삐딱하게 청명하다. 더위깨나 먹은 새들이 그림자를 수소문하며 묵방산 옆구리로 날아간다. 벌들은 참깨 밭깨나 들락거리며 평부를 여쭙는다. 건넛마을 이장네 논배미 나락이 허리통을 늘리느라 진땀을 빼고 있다, 김 씨네 고추밭 고추는 어떻게 실하고 큰지 몽정하기 직전이다. 무더위가 곳곳에서 꽃으로 피고, 매미가 목 놓아 울부짖는다. 이 통에도 여름 풍경화가 액자 속에 걸려있다.

하룻날이라도 피곤하지 않으면 내가 아닌 것 같다. 더위 탓인지 요즘 머리가 많이 아프다. 이 통에도 날마다 걷고 쓴다. 이것을 건너뛰면 나 자신에게 예의가 아니다. 오늘 학교에서 오후 2시부터 5시까지 방학 집중 글쓰기를 강의했다. 눈을 떠보니 연구실이다. 강의를 마치고 연구실에서 그대로 잠들어버렸다. 그 사이 누군가 내 몸에 몽둥이질을 했는지 꼼짝달싹할 수 없다. 이 통에도 난 내 몸속에서 쓸거리를 찾는다.

땅거미가 내린 학교는 지열과 고요가 편도로 오갔다. 산중이란 게 굳이 깊은 산속일 이유 없다. 마음이 고요하고 평화스러우면 그게 곧 산중 아니겠는가. 이럴 땐 심연의 소리에 귀 기울일 수밖에 없다. 무게를 달지 않았는데도 몸이 너무 무겁다. 비 올 기미가 있다는 소문이 끊긴 지 고려 때쯤 된 것 같다. 깊이 들여다보니 더위 몸살이 확연하다. 비 몸살을 달고 살다시피 했는데, 더위 몸살을 덤으로 앓는다.

작업실에 들어서자 웅크리고 있던 열기가 한꺼번에 달려든다. 숨이 막힌다. 습관적으로 음악을 켠다. 아이비 화분의 눈꼬리가 올라가고 입술이 웃는다. 외로움을 견디느라 힘깨나 줬을 눈이 빨갛다. 그의 전신에 물을 뿌려줬다. 빨갛던 눈동자가 금세 초록을 기억해냈다. 창을 열어 바람 길을 냈지만, 한 번 끓어오른 열기가 좀체 내려갈 줄 모른다. 혼자 먹는 밥이 '혼밥'이라면, 홀로 먹는 밥은 '홀밥'쯤 된다. 혼자는 '남과 함께 하지 않고 홀로 있는 상태'이다. 홀로는 '혼자서만, 짝 없이 외롭게'이다. 의미가 비슷하고 '혼'에서 종성 'ㄴ'이나 '홀'에서 종성 'ㄹ'은 같은 울림소리에 속한다.

이러할지라도, '혼밥'보다 '홀밥'이 더 수척해 보인다. 이 통에 '홀밥'을 먹는다. '홀로'는 부재와 결핍의 허기이다. 내 생엔 부재와 결핍의 허기가 그림자처럼 따라다닌다. 홀로 있을 때 시가 찾아왔고, 적막한 시집家을 한 채 지을 수 있었다. '홀밥'은 먹어도 허기진다. 허기져야 낯선 세상이 보이고 가슴으로 부를 이름이 떠오른다. 수저를 놓자마자 뒤축 한쪽으로 기울어진 운동화를 신는다. 이 통에도 걷는 것을 멈출 수 없다. 걷기는 내게로 떠나는 여행이다. 이 통에도 길을 나선다.

달빛이 모서리 하나 없이 밝다. 천변은 지나간 바람 발자국으로 수두룩하다. 바람은 산길이나 물길을 따라온다. 캄캄하다. 이따금 잘

씻지 않은 물에서 땀 냄새가 났다. 그래도 이곳이 어지간히 좋다. 물처럼 흐를 수 있고 바람처럼 지나갈 수 있어서. 달빛 아래 달맞이꽃이 적막하게 피어 있다. 그림자가 겹치지 않을 만큼 거리를 두고 그들이 깨어 있다. 불면은 잠들지 않은 게 아니라, 피어 있는 것이다. 관절이 내려앉도록 맑게 깨어 서 있는 것이다. 이 통에도 그들이 잠들지 않고 서 있다.

달맞이꽃만 잠들지 않은 게 아니다. 걸칠 게 속옷뿐이어서 여름밤이 이물 없는 사람이 있다. 이들도 깨어 겨울 추위보다 무시무시한 더위를 온몸으로 쫓고 있다. 밤인데도 무더워 꽃이 질 줄 모른다. 이 통에도 길고양이가 울며 지나가고, 별이 총총 떴다. 이 통에도 카페 통유리 창으로 연인의 그림자가 가깝게 보이고, 누군가의 머릿속에 시가 촘촘하게 자란다.

(2018. 7. 25.)

여행

오늘 저녁 '전북수필문학회' 정기총회가 있어 회의에 참석했다. 그동안 이런저런 일 때문에 참석하지 못하다 처음으로 몸을 슬쩍 끼워 넣었다. 여느 문학회와 마찬가지로 행사장 입구에서 참가비를 내고 한 해 동안 행사한 사업과 회계에 대해 보고를 받았다. 상투적인 어휘로 된 문장을 나열하면서 감사패와 꽃다발을 틀에 박힌 순서에 따라 줬다.

문학회 행사는 다른 행사와 달리 색다르게 했으면 좋지 않을까 하는 아쉬움이 짜증으로 진화하였다. 비좁고 칙칙한 식당에서 4시에 시작한 행사는 5시 40분쯤 이르러 '전북수필문학상'을 시상하였다. 수상자는 세 사람이었다. 상패와 꽃다발을 주고 수상자 가족이 함께 사진을 찍었다. 사진 촬영은 수상자 세 사람이 카메라 앞에서 함께 사진을 찍는 것으로 끝났다.

이어서 수상자가 한 사람씩 나와 소감을 말했다. 수상자 가운데 여든이 넘은 작가가 계셨다. 지금까지 수필집을 열 권 이상 발간하신 분이다. "저는 아직도 수필이 무엇인지 잘 모릅니다. 그러나 확실한 것은 평생 수필을 쓰면서 제가 앓는 병을 다 고쳤습니다. 내 안에 있던 우울 증이 달아났고 소화불량도 치료했습니다. 수필은 저에게 치료제입니다. 제 건강을 지켜주는 보약입니다."

마치 잘못 들어선 골목을 되돌아 나오지 못하고 헤매다 출구를 발견한 것과 같이 속이 확 트였다. 열 권 이상 수필집을 발간한 왕성한 필력에도 아직 수필에 대해 모른다고 한 서술방식이 내 교만의 체중을 줄이라고 명령하였다. 앓고 있는 병을 고쳤다고 고백한 것을 듣고, 내 몸의 문장에 있는 상투어와 군더더기를 버린 것처럼 가뿐하였다.

살다 보면 옷에 생기는 보푸라기처럼 아픔이 일어난다. 분량을 채우지 못한 원고처럼 사는 것이 허전해질 때가 있다. 다른 사람과 관계가 맥없이 얽히고설켜 생채기 난 나무처럼 상처를 듬뿍 찍어내야 할 때가 있다. 다른 사람은 다 잘되고 잘나가는 데, 혼자 뒤처지고 삶의 주제에서 벗어난 것처럼 외로울 때도 있다. 나름대로 열심히 살았다고 자부한 삶의 문장 곳곳이, 퇴고해야 할 것 천지일 때가 있다.

이런 일을 마주하며 매일 글의 강물에 몸을 맡기고 어디론가 흐른다. 글을 쓰려면 우선 마음이 평온해야 하고 생각이 둥글어야 한다. 그렇지 않으면 글이 사금파리처럼 뾰쪽뾰쪽해져 흉기가 된다. 생각을 둥글게 해야 사유가 한 곳에 머물지 않고 우주 만물을 돌아다니며 여행한다. 이 여행이 곧 글쓰기이다.

나는 글쓰기 여행을 거의 날마다 하면서 아픔을 덜어낸다. 내 안에 자라는 상처를 떠나보낸다. 일이 잘되어가는 사람에게 진심으로 손을 내밀려고 애쓰며 내 利己를 쓰다듬는다. 외로움과 친해지려고 외로움의 중심으로 들어가 쪼그려 앉는다. 아직 남은 생애를 완성하지 못한 문장처럼 여기고 계속 퇴고하려고 한다. 글쓰기는 치유를 넘어 물에 빠져 허우적거린 날 건져준 줄이다.

두 딸을 황망하게 가슴에 묻고 죄인처럼 살던 날이 있었다. 중증 복합장애 앓는 아들을 21년째 가묘 돌보듯 보며 살고 있다. 내 과거는 혹독했고 현재는 가혹하다. 혹독함과 가혹함의 경계는 불분명하고 애매하다. 나를 일순간, 단 몇 문장 보듯 읽고서 또 듣기 싫은 애창곡을 부른다고 여길지 모른다. 내 의지와 아무런 연고 없이 가혹한 현실로 인해 참으로 크고 작은 전쟁을 치르며 사는 날이 많다.

　이 땅에서 일어난 전쟁이 그렇듯 내가 치르는 전쟁 역시 승패와 무관하게 몸을 망가뜨렸다. 영혼엔 먼지바람이 뿌옇게 일었다. 어떻게 하면 삶의 끈을 스스로 절단하고 함박눈처럼 떨어져 녹을 수 있을까 망자가 되는 꿈을 꾸었다. 이때 내 슬픔을 덜어내며 꼭 안아준 품이 있었다. 내 안에 가득 찬 욕심을 털어내고 마음에 날개를 달아 준 손이 있었다. 소금쟁이 발바닥과 개미 손금도 소중한 신체 일부라는 것을 가르쳐 준 음성이 있었다.

　바로 글쓰기 여행이다. 밤부터 눈이 많이 온다고 기상대에서 대설주의보를 내렸다. 어둠 속이면 어떻고 달빛 아래면 어떻겠는가. 눈이 온들 어떻고 바람이 분들 어떻겠는가. 여행은 떠나는 자 몫이고 길을 닦는 사람 것이니, 눈밭을 굴러서라도 길을 떠나야지. 그래서 가혹함과 전쟁을 치르며 눈물을 꼭꼭 가두고 산 사람들 눈물을 퍼내 집어넣는 집 한 채 지어야지.

　한 해가 또그르르 미끄러져 머리꼭지만 보인다.

(2017. 12. 16.)

배경과 풍경이
되는 것들

오늘 방학 집중 글쓰기 강의를 시작했다. 매주 화요일 오후 2시부터 5시까지 한다. 이 강의를 13년째 하고 있다. 많은 학생이 처음에는 의욕을 갖고 참여한다. 글쓰기와 관련한 이론을 강의하고 나서 리포트를 써내야 할 즈음 학생들이 솔래솔래 빠진다. 학점과 상관없는 데다 강제성이 없어 그렇다. 서약서를 쓰고 10만 원을 낸 뒤 출석하는 횟수에 따라 환급하는 방법까지 써봤다.

이번에는 방학특강 글쓰기란 이름 대신 화요 글쓰기 공동체라고 바꿨다. 공동체란 말을 붙이면 소속감과 책임감을 느낄 수 있으리란 기대 때문이다. 학생들이 알아서 조를 짜고 조장을 뽑았다. 톡에다 방을 만들어 소통하는 광장도 만들었다. 해마다 그랬듯이 시작은 거창하고 의욕은 보를 넘어가는 봇물처럼 힘차다. 지난번까지 학생들이 중간에 솔래솔래 했으니, 이번에도 그럴 것이라고 예단하는 것은 잘못 유추한 것이다. 학생들이 열심히 하리라고 믿기로 했다.

화요 글쓰기 공동체 강의를 마치고 연구실에서 「어두문학회」 회원이 모였다. 각자 쓴 글을 발표하고 합평했다. 「어두문학회」도 매주 모이기로 했다. 내가 존재하는 것은 학생들이 있기 때문이다. 화요 글쓰기 공동체에 참여하는 학생이나 문학 동아리 학생은 내 배경이다. 산책길, 밤하늘에 구름이 떼로 몰려 있다. 구름은 각자도생의 길을 택하지 않고 공생의 길을 걷는다. 흩어져 있는 것치고 아름다운 것 별로 없다. 떼로 뭉쳐 있는 구름을 배경으로 사람 사는 마을이 풍경으로 모여 있다.

얼마 전까지 황톳물 일색이던 아중천이 투명해졌다. 물이 불어 징검다리까지 덮었다. 물은 관계를 단절시키기도 하지만, 관계를 잇는 연결고리가 되기도 한다. 강은 만남의 공간이 되기도 하고, 이별의 장소이기도 하다. 물은 모여 흐른다. 모여 흐른 물은 내川가 되고 강이 된다. 우리는 내川나 강을 배경 삼아 모여 산다. 이곳을 일상의 풍경으로 삼고 마음을 씻거나 슬픔을 퍼다 버리기도 한다.

큰물에 넘어진 물억새가 모여 쓰러졌다. 쓰러진 방향이나 각도가 일관되게 물이 흐른 쪽이다. 서 있을 때도 함께 모여 있었고 넘어질 때도 함께 모여 있다. 모여 있음은 힘이다. 그들은 그 힘으로 언젠가 일어설 것이다. 언제 그랬냐는 듯이 아무 일 없었던 것처럼 파릇파릇 우뚝 기상할 것이다. 그리고 천변의 풍경이 되고 길고양이나 물새를 껴안은 집이 될 것이다.

어둠 속에서 꽃이 모여 피어 있다. 이름 없는 풀꽃도 모여 피어야 아름답다. 모여 피는 꽃은 키가 작아도 예쁘다. 모여야 누군가의 배경이 되고 풍경이 된다. 꽃은 모여 피어야 외롭지 않고 서로에게 배경이나 풍경이 된다. 모여 피는 꽃은 벌의 배경이다. 꽃은 벌의 풍경이다. 벌은 꽃이 모여 있는 마을 주소지에 집을 짓고 산다. 벌이 사는 곳에 어김없이 사람이 산다.

어둠 속에서 불빛이 모여 있다. 불빛은 흩어지면 땟국물이 꾀죄죄한 어둠을 세탁하지 못한다. 불빛이 모이면 낮이 되고 삶이 된다. 저 불빛 아래서 누군가의 아내와 엄마는 남편과 자식을 위해 밥을 짓고 찬을 만들 것이다. 어느 집은 이미 저녁을 먹고 설거지를 했거나, 텔레비전 앞에서 월화 드라마를 보고 있을지 모른다. 아니면, 오늘도 야근해야 한다는 남편 문자를 받은 아내가 'ㅠㅠ'라는 댓글을 힘겹게 달고 있을 것이다. 혹 입대한 아들이 보낸 옷가지 소포를 누군가 엄마가 늦게 퇴근하여 뜯어보고 있을지 모른다. 불빛은 사람이 모여 사는 마을의 밤 풍경이다.

자음과 모음이 모여야 누군가 이름이 되고, 무엇인가 이름이 된다. '아중교'는 철근콘크리트 공법으로 만들었지만, 자음과 모음이 모여야 명색이 이름을 단 다리가 된다. 모임은 하나가 되는 것이고 단단한 결정체를 이루는 것이다. 철근과 콘크리트가 하나로 결속하지 않으면, 다리 역할을 제대로 할 수 없다. '밝은빛교회'는 철골구조로 지었지만, 자음과 모음이 모여야 드디어 '밝은빛교회'란 이름이 된다. 모임은 한 공동체가 되는 것이다. 교회 공동체는 사랑과 용서가 결속하여 불협화음이 없어야 한다. 이게 신앙의 배경이다.

작업실, 벽에 붙인 시들이 원고지에 모여 있다. 글 쓰는 것을 게을리하지 않으려고 벽마다 원고지에 시를 써서 붙였다. 눈길 닿는 곳마다 시가 산다. 천장에도 원고지에 쓴 시를 매달아 놓았다. 누워서도 글 쓰려는 생각을 잠재우지 않으려고 그랬다. 바로 눈앞에 있는 시이다. 세상에는 배경과 풍경이 되는 것이 많이 있다. 특별히, 시는 내 삶의 배경이자 풍경이다.

오늘 생애 마지막 날일지라도/ 그대 생각 추워 움츠러들지 않게/ 나의 시 외로이 쪼그라들지 않게/ 이 몸 살라 그대 겨울 따시게 하리니/ 그대 늘 봄 같은 나의 시여! (「나의 시」 일부)

(2018. 7. 2.)

어느 봄날

학교 강의가 없는 날은 작업실에 틀어박혀 낯익은 모국어와 하루 종일 씨름한다. 날마다 죽이 됐든 밥이 됐든 글 한 편씩 쓰고 보자는 다짐을 실천한다는 게 녹록하지 않을 때가 있다. 이런 날은 눈·끝에 오감의 신경을 모으고 다른 사람이 쓴 글을 읽거나 하릴없이 신문을 뒤적거리며 글감을 사냥한다. 컴퓨터 모니터 앞에 오래 앉아 있으면 눈이 침침해지고, 가슴에서 데우지 않은 눈물이 제 멋대로 흘러내려 여간 고역스럽지 않다. 오래전엔 점심때가 가까워지면 함께 밥을 먹자고 연락한 이가 많았는데, 이런 전화를 기대하지 않고 산 지 꽤 되었다. 하기야 어머니께서 직접 도시락을 싸주셔서 밖에 나와서도 집 밥을 먹는 호사를 누린 탓도 있다.

어깨와 목 주변에 있는 근육들이 주인을 잘못 만나 늘 뻐근하게 긴장되어 있다. 아침저녁으로는 공기가 아직 차지만, 대낮 바깥 기온은 초여름과 별반 다르지 않다. 작업실과 가까운 곳에 산책하기에 안성 맞춤인 산이 있어, 해거름이 되면 종종 오른다. 군데군데 웬만한 운동기구가 다 있다. 편백나무 숲 사이로 오솔길이 호젓하게 나 있어, 주변 주택지에 사는 사람들이 즐겨 찾는다. 오후 해가 작업실 앞 고층아파트 이마에 걸렸을 때, 차 속에 있는 등산화를 꺼내 신고 산으로 향했다. 하루 종일 의자에 앉아 있다, 기죽은 햇볕 속으로 들어가는 순간 머리에 고압전류가 흐르는 것처럼 짜릿했다.

초록을 덧쓰기 시작한 수목에서 나는 향기와 종일 햇볕에 달궈진 흙에서 나는 흙냄새가 서로 어우러져 후드득 피어났다. 무거웠던 머리가 홀가분해지기 시작했다. 숲 여기저기서 바스락거리는 소리가 마치 빗방울 떨어지는 것처럼 풍성했다. 알고 봤더니 숲으로 돌아온 새들이 마른 나뭇잎 사이를 헤집고 다니면서, 저녁 찬을 준비하느라 분주하게 움직이는 소리였다. 나무 뒤에 몸을 숨기고 카메라에 그 모습을 담으려 했지만, 초상권을 호락호락 허락하지 않았다. 편백나무 아래에 있는 나무의자에 앉아 나무를 올려다보았다.

우듬지마다 분진처럼 햇볕이 묻어 있었다. 수많은 시간을 나무라는 이름으로 살아온 삶의 이력을 잘 정리한 주민등록초본처럼 일목요연하였다. 이름에 걸맞게 산다는 것은 자연이나 사람 할 것 없이 참외롭고 고단한 일이다. 따지고 보면 사람도 대자연 가운데 하나인 존재일 뿐인데, 자연 앞에서 교만스럽게 우쭐대며 살기 일쑤이다. 내가 살아온 생애 역시 마찬가지였다. 햇볕을 서로 나눠 가지려고 다른 나무와 거리를 적정하게 유지하여 상대를 얼마나 배려하며 살아왔을까. 비바람 같은 고통과 아픔 속에서도 오직 밝고 맑은 생각만 하면서 곧게 살아왔을까. 지금 앉아 있는 나무의자처럼 힘들고 지친 누군가를 위해 잠시라도 쉼터가 되어준 적이 있었을까.

　주변을 둘러보니 숲은 나에게 많은 것을 가르쳐주는 스승이었다. 마른 나뭇잎은 뭇 생명을 끌어안고 있는 생명의 보고였다. 숲속에 난 오솔길은 너무 앞만 보고 질주하는 삶을 살고 있는 내게 쉬엄쉬엄 돌아가면서 살라고 했다. 너무 앞만 보고 달리다 바늘구멍 같은 현실에 목이 끼어, 이러지도 못하고 저러지도 못해 답답하기 그지없던 날들이 참 많았다. 어떤 날은 목이 부러질 것 같아 살려달라고 애걸복걸했지만, 주위에 아무도 없었다. 그래서 내 외침이 메아리로 공허하게 멀어지거나 소음으로 부질없이 사라질 때, 풍화작용을 일으킨 삶이 간당간당하였다.

　그런데 내 글을 애독하는 독자 가운데 숲 같은 사람들을 많이 만났다. 이들 대부분은 내가 겪거나 겪고 있는 아픔을 이해하고 함께 앓아주거나, 중보기도를 해주고 있다. 대부분 서로 빛깔과 모양은 다를망정 아픔을 겪은 경험이 서로에게로 흐르게 한 지류가 되었다. 강을 건너려면 다리를 놓아야 하듯이, 서로가 겪거나 당한 아픔이 다리가 되어 소통할 수 있게 만든 셈이다. 아래 마을 주택가에서 청국장 끓는 냄새가 바람결에 고스란히 묻어 올라왔다. 그리고 아파트 쪽에서 개 울음소리가 새 탁구공처럼 몇 차례 튀어 오르다 데굴데굴 굴렀다.

　잠시 후 어느 봄날이 이 숲에까지 저녁을 배달하였다. 숲속 가로등이 수은빛 눈동자를 밝히자 숲속에 난 길이 구색을 갖춰 빛으로 찬란하였다. 그리고 하루를 호방하게 보낸 숲속 나무는, 얕은 어둠을 한 겹 한 겹씩 꺼내 걸쳐 입기 시작했다. 날이 어두워지면 마음이 조급해져 서두르기 마련인데, 오늘은 왠지 고요가 마음속으로 착 가라앉아 평화스럽기까지 했다. 이 평화의 숲에서 또 다른 평화에게 다가가려고 마음의 오솔길을 돌아 나무계단을 오르기 시작했다. 곧 애간장을 녹이는 그리움이 어느 봄날 밤 달로 떠, 이 숲에 나와 함께 도도하게 머물 것이다.

(2018. 4. 26.)

밥때

빗소리가 울울창창하다. 아침에 도시락을 가지고 집을 나섰다. 찬 서너 가지와 밥 두 공기다. 찬은 주로 아침에 어머니께서 무친 나물과 겉절이다. 텃밭에서 자란 유채를 어머니께서 겉절이와 나물로 만드셨다. 여기에 파나물과 파김치, 묵은 배추김치와 갓김치가 짝을 이룬다. 밥 두 공기는 점심과 저녁 감이다.

오늘은 늦은 오후에 강의가 있다. 오전에 어머니를 모시고 병원에 가려고 했다. 어머니께서 통증 완화 주사를 맞아봤자 소용없다며 집에서 쉬겠다고 하셨다. 작업실로 향했다. 바람 앞에서 굴복할 줄 모르던 벚꽃이 비에 젖어 뚝뚝 떨어졌다. 봄은 꽃이 필 때보다 질 때 비로소 철든다. 머릿속에 떠오른 시상을 묶어뒀다.

비 옵니다/ 가깝고도 먼 길 돌아 비 옵니다/ 바람에 흔들리지 않았던 마음 젖고 젖어/ 비 옵니다/ 눈물 주렁주렁 흘리며 하얗게 웁니다/ 그 흐느낌 그대 눈길 빤히 바라보며/ 차마 흐릅니다/ 맘속 깊이 묶어뒀던 그때 그 세월/ 첫사랑 같은 온기 자글자글 끓던 생애/ 봄날이었지요/ 비 옵니다/ 더 이상 흐를 수 없어 광막한 거리/ 힘 쏙 뺀 걸음 널찍이 주저앉습니다/ 하매 꽃 허망이 져 씻겨 흐른들/ 그대 그리움 속에 집 짓고 사는 한/ 여전히 봄이지요/ 비 옵니다. (「꽃비」 전문)

이번에 발간한 시집 『내 맘 어딘가의 그대에게』 표제시를 김삼곤 교수님께서 가곡으로 작곡하셨다. 이 노래를 지난 목요일 학교에서 문학 특강을 할 때 최동규 교수님께서 부르셨다. 오늘 아침 김삼곤 교수님께서 영상으로 예쁘게 만들어 보내주셨다. 시와 노래가 만나니 시가 더 감칠맛이 났다. 지인 몇 사람에게 영상을 보냈다. 같은 문학회에서 활동하는 문우가 김대규 시인이 쓴 시 「보고 싶은 한 사람이 있습니다」 낭송 영상을 보내줬다. 답장인 셈이다.

점심때가 지름길로 서둘러 달려왔다. 계란 부침을 하여 도시락을 맛있게 먹었다. 아침에 먹은 그 찬에 그 나물이라 미각을 톡톡 건드리는 법은 없다. 먹고 돌아서면 곧바로 속이 허해지기 일쑤지만, 어디까지나 집밥 행색이다. 기름으로 튀기고 마요네즈를 뒤집어쓴 학교식당 밥을 먹는 것보다 속이 청명하다. 4시에 강의가 있다. 3시에 학생과 연구실에서 상담하기로 했다.

3시 50분까지 기다려도 학생이 오지 않았다. 무슨 사연이 있을 것이다. '글쓰기 전략' 강의를 수강하는 학생은 유달리 수업 태도가 진지하다. 강의를 시작하기 전, 노래 〈내 맘 어딘가의 그대에게〉를 들려주었다. 또 시 「보고 싶은 한 사람이 있습니다」를 낭송하는 것을 들려

줬다. 한 학생이 울었다. 아예 안경을 벗고 손수건을 꺼내 눈물의 둑을 막느라 애썼다.

시나 노래를 듣고 마음이 축축해지는 사람은 누군가의 아픔을 깊이 헤아린다. 헤아린다는 것은 같은 색깔로 물든다는 것이다. 먹고살기 힘든 시대일수록 시가 천덕꾸러기 취급을 받는다. 시가 언어의 사원이 아니라, 시시한 잡것쯤으로 외면당한다. 눈물을 주체하지 못한 학생이 밖으로 나갔다가 한참 후 들어왔다. 얼굴이 가득하게 화사해졌다. 꽃이 만발할 때만이 봄이 아니다. 우리 삶이 온화하고 안색이 화사하면 어느 때나 봄날이다.

서로에게 물든 수업은 지겨워할 겨를 없이 스치듯 지나간다. 꽃은 봄날에만 피지 않는다. 서로에게 기울어 빠져들면 꽃이 된다. 학생들에게 잘 들어줘서 고맙다고 했다. 그런 태도를 배우겠다고 했다. 몸 곳곳에 자라던 비 몸살 기운이 사라지고 개운해졌다. 한 학생이 문자를 보냈다. 강의 시간 내내 두 눈을 내 눈에 집어넣고 별빛처럼 반짝였던 학생이다.

"교수님 삶에 많은 도전을 받게 되어 감사합니다. 행복한 저녁 시간되시길 바랍니다."

어떤 문장은 우리에게 힘을 불어넣지만, 힘을 쏙 빼는 것도 있다. 어떤 말은 우리 마음을 쓰다듬어주지만, 상처 낸 것도 있다. 나는 독자나 학생에게 힘을 주는 글을 쓰고 말을 하고 싶다. 마음을 쓰다듬고 다독여주는 글을 쓰고 싶다. 작업실에 이르렀다. 볶음밥을 할 요량으로 프라이팬에 밥과 찬을 섞었다. 달걀을 넣고 버무린 다음 참기름을 넣었다. 시들시들하던 입맛이 고개를 치켜들었다. 침이 꼴딱 넘어갔다.

"맛나고 고소하게 살자."

(2018. 4. 4.)

독자

오전 강의를 마쳤다. 날씨가 풀어지자 몸 곳곳에 잠자고 있던 피로가 야금야금 기어 나왔다. 예전 같지 않게 요즘 피로와 쉽게 친구가 된다. 오후에 있는 '반려동물과 생명공동체' 과목은 다섯 교수가 공동으로 강의한다. 오늘 강의는 원래 내가 해야 하는데, 모 교수님께서 먼저 하신다고 하셨다. 틈이나 오후에 부모님을 모시고 병원에 가려고 예약했다.

"힘든 시기에 교수님의 글로 많은 위로를 받았습니다. 지금도 그렇고요. 교수님께서 이번에 시집을 출간하셨던데. 어떤 경로로 살 수 있는지요?"

김해에 사는 독자에게 문자를 받았다. 시집과 수필집 속지에 그분 이름을 곱게 썼다. 그 아래 날짜와 내 이름을 쓴 다음 낙관을 찍었다. 한 번도 만난 적이 없지만, 분명 눈빛이 화창한 분일 것이다. 가슴은 온화하고 귀는 맑을 것이다. 글을 통해 위로를 받고, 시를 좋아하는 사람이라면 적어도 영혼이 청명할 테니까. 귀갓길에 우체국에 들렀다.

택배를 담당하는 여직원이 자주 뵌다고 하면서 화사하게 웃었다. 그러고 보니 요즘 이틀이 멀다하고 우체국깨나 들락거렸다. 부족한 책을 많은 사람이 사랑으로 응원해주고 있다. 책에 작은 상처라도 날까 봐 포장용 에어캡으로 정성스럽게 쌌다. 한 번도 가 본 적이 없어 생소한 주소를 힘주어 눌러 썼다.

아직 김해를 가보지 않았지만, 왠지 김해라는 이름은 오래 사귄 지인처럼 친근했다. 죽어서도 살아있는 그분 때문이리라. 포장한 책을 사진으로 찍어 보냈다. 잠시 후 계좌번호를 물으셨다. 순간 고민했다. 사실 책을 그냥 주지 않기로 마음먹은 것은 그렇게 오래되지 않았다. 주위에서 책을 그냥 주면 아예 읽지 않는다고 더 닦달했다. 인터넷 서점에서 판매하는 책값보다 적은 금액을 적어 보냈다. 택배비도 내가 부담했다.

"교수님! 책값과 소정의 금액을 함께 부쳤습니다. 페이스북에서 좋은 글 읽게 해주셔서 감사한 마음에. 적지만, 함께 보냅니다. 늘 건강하세요. 샬롬!"

이런! 내 의지와 상관없이 또 빚을 졌다. 난 겨우 되도 채우지 못하고 주었는데, 말을 고봉으로 채워서 받았으니. 모 교수님께서 오는 목요일 문학 특강 때 내 책을 학생들에게 팔았으면 어떻겠냐고 하셨다. 불쑥 모 학생이 떠올랐다. 경제적으로 힘든 일을 겪고 있다. 충분히 도움을 주지 못해 마음이 무거웠다. 그때 책을 팔아 도움을 더 줄까 고민하다 생각을 그만 똘똘 말았다. 시집 한 권 값이 어떤 학생에게는 몇 개월 밀린 공과금과 같기 때문이다. 답 글을 보냈다.

"네, 고맙습니다. 좋은 만남, 소중하게 잇고 싶습니다."

오후 진료시간에 맞춰 병원에 들렀다. 환자 가운데 9할이 연로한 어르신이었다. 우리 몸에서 자라는 통증의 뿌리는 무엇일까? 평생 꼿꼿한 삶을 살 겨를 없었던 아버지와 어머니 허리는 통증이 모여 사는 집이다. 통증 공법으로 지은 집을 나는 유산으로 물려받았다. 그러나 나는 부모님을 별로 원망하지 않는다. 글을 쓰며 살림을 축내는 아들이지만, 부모님은 내 독자가 든든하게 되어 주셨다.

내 책이 나오면 아버지와 어머니께서 돋보기를 밤낮으로 코에 걸고 계신다. 책값도 꽤 많이 쳐 주신다. 아내는 내가 창작하는데 신경이 거슬릴까 봐 내가 쓴 글에 대해 단 한 번도 왈가왈부하지 않는다. 오히려 집을 담보로 잡혀서라도 글 쓰는 것을 게을리하지 말라고 한다. 그냥 했을지 모르지만, 지나가는 말이라고 울타리 치고 싶지 않다. 큰아들은 이제 시집을 내면 잘 팔리느냐는 질문 따위를 하지 않는다.

나는 아프지 않으려고 글을 쓴다. 글을 쓰지 않으면 온몸에 통증이 곰팡이처럼 자란다. 내 안에 있는 아픔을 글을 통해 밖으로 내쫓아야 숨을 쉴 수 있다. 이 과정에서 누군가 앓고 있는 아픔을 외면하지 않고 바라보려고 한다. 누군가 앓는 아픔을 대신 앓아주지 못해 아프기도 하다. 정원에 있는 백목련이 하얀 문장을 일필휘지하고 있다. 저 문장을 출산하기 위해 얼마나 하얗게 아팠을까.

백목련 둘레가 환하게 밝다. 꽃이 눈부시게 빛난 것은 온몸으로 쿵쿵 앓은 고통 덕분이다. 꽃은 그림자도 향기롭다. 그 향기를 분양하지 않아도 벌은 융자를 끼면서까지 줄을 서려고 한다. 꽃과 벌 사이 거리가 냉기 한 점 없이 따뜻하다. 고단함과 간절함까지 부연 설명 없이 고스란히 전해졌다. 내 안에 있는 아픔을 어떤 꽃으로 피워내야 할까.

(2018. 3. 26.)

당신의 글은
안녕하십니까?

토요일 점심, 모처럼 시내에서 지인들을 만났다. 곳곳마다 차의 홍수였다. 한 달에 한 번씩 만나 세상 돌아가는 이야기를 아낌없이 주고받는 사이이다. 힘들고 어려운 일이 있으면 마음을 모아 조그만 봉투를 건네기도 한다. 만난 지 10년이 훨씬 넘었다. 이 세월 동안 서로 기싸움을 하거나 얼굴을 붉힌 일 한 번 없었다.

점심을 먹고 모 대학 안에 있는 카페에서 차를 마셨다. 주말인데도 학교는 평일과 다를 바 없이 사람이 북적거렸다. 문화 공간을 잘 마련해 놓으면, 대학은 사람들 발길을 끄는 지남철이 된다. 이번에 발간한 시집과 수필집을 나눠 줬다. 다들 축하해주었다. 봉투도 한 장 받았다. 모임을 마치고 작업실로 돌아오는 길도 차뿐이었다. 월동지에서 번식지로 이동하려는 철새 떼처럼 길마다 차가 군집해 있었다.

빨간 신호등 앞에 멈췄다. 모 내과병원 창에 "당신의 심장은 건강하십니까?"라는 의문형 문장이 눈에 띄었다. 이 문장은 5층 정도 되는 건물 2층에 똬리를 틀고 있었다. 오후 2시 30분 흰 햇살의 각도에 맞춰 역광을 포옹하고 눈이 부셨다. 요즘 부쩍 건강에 대한 믿음이 점점 뒤처지는 것을 느낀다. 가볍게 산책을 하다 받은 전화 목소리가 얼마나 고르지 않았으면, 사람들이 "숨넘어가겠다."란 말을 했을까.

요즘 강의를 하고 나면 온몸이 젖은 빨래처럼 늘어진다. 밥을 먹고 나면 묶여있던 졸음이 풀려 하품이 쏟아진다. 허리를 꼿꼿하게 펴고 있던 집중력이 장맛비에 허물어지는 흙담 같을 때가 있다. 특히, 운전할 때 졸음이 수군거리며 달콤하게 찾아온다. 눈물겨울 일과 상관없이 책을 좀 들여다볼라치면, 무턱대고 눈물이 줄줄 흐른다. 피곤이 몸과 동일체로 붙어 있어 좀체 분리되지 않는다.

일순간 "당신의 심장은 건강하십니까?"란 문장이 "당신은 지금 건강하게 살고 있습니까?"로 환치되어 보였다. 어제는 강의가 없어 南行을 계획했다. 순천만 갈대 바람 소리를 귀에 집어넣거나, 여수 바닷바람을 콧속으로 초대하려고 했다. 학교 문학 동아리 모임이 잡히는 바람에 南行의 꿈을 외곬으로 접었다. 바깥바람의 뒤축엔 아직도 겨울의 자존심이 내재하여 찬기가 가득했다. 햇살은 봄을 필사적으로 몰고 와 감흥을 주건만.

선하게 사는 것과 도덕적인 것은 별개이다. 분주하게 사는 것과 잘 사는 것 역시 마찬가지이다. 시간의 사냥개에 쫓겨 쉬지 않고 달리는 것을 열심히 사는 것에 편입할 수 없다. 우리는 선한 것과 도덕적인 것, 분주하게 사는 것과 잘 사는 것, 쉬지 않는 것과 열심을 헷갈리기 일쑤이다. 건강은 몸이 아무 탈 없이 튼튼한 것을 일컫기에 십상이다. 정신도 탈 없고 튼실해야 한다.

내 안엔 利己와 위선의 부유물로 가득 차 있다. 학생들 앞에서 利

他와 진실을 강조하지만, 정작 지독한 이기주의자이다. 선한 척, 그렇지 않은 척, 깨끗한 척하는 척 者이다. 정의로운 척하지만 관행이나 관습과 적당하게 타협하며 사는 척 者이다. 20년째 앓고 있는 고혈압이 내 고질병이 아니었다. 비나 눈이 올라치면, 온몸 구석구석에 우글거리는 몸살의 통증이 병치레가 아니었다. 보는 것마다 죄다 눈부시고 눈물이 우물처럼 솟는 안구건조증이 병이 아니었다.

주책없이 불쑥불쑥 자라는 불신과 미움, 한쪽 이야기만 듣고 그 사람처럼 생각해버린 편견, 분을 쉽게 품고 화를 발산하는 몹쓸 성질, 곰곰이 들여다보니, 내 안은 밖보다 삐딱했고, 몸보다 정신이 더 헛방투성이였다. 서재에 도착하여 찻물을 끓였다. 에프엠 방송에서 '멘델스존'의 「바이올린 협주곡 E 단조」가 흘러나왔다. 빠름과 느림, 빠름이 반복되는 바이올린 선율이 마음에 생기와 평화를 불러일으켰다. 진득하게 우러나온 차향이 입안에 오래 체류하였다.

편백 숲을 넘는 석양이 조용히 제 몸을 불태울 시간이다. 그 불꽃을 견인하려고 집을 나섰다. 예상은 때로 들어맞기보다 보란 듯이 어긋날 때가 있다. 흐지부지 타다 식은 석양을 배경으로 추위를 견딘 나무가 앞뒤 재지 않고 근황을 서로 물었다. 오랜 습관처럼 얇은 어둠을 쫓으려고 가로등이 불빛을 미리 풀었다. 아무도 거들떠보지 않은 겨울 숲이 아무 일 없었던 것처럼 어둑해졌다. 문득 내 글에 대한 안부가 궁금했다.

"당신의 글은 저녁 숲처럼 안녕하십니까?"

(2018. 3. 10.)

나의 매듭

오전에 집안일을 보고 점심 약속이 있어 학교로 갔다. 오래전 학교 도서관에서 글쓰기 치료와 관련된 논문을 여러 권 복사했다. 수고한 선생님과 점심 한 끼 한다는 게 오랫동안 유예되었다. 마음의 약속도 내구연한이 다 되면 밑 빠진 독처럼 쓰잘머리 없다. 마침 모 교수님도 도서관 선생님과 식사할 일이 있다 하여 식사자리를 함께 만들었다.

식사 후 커피를 마시고 「성장 글쓰기가 주관적 안녕감에 미치는 영향」이란 논문을 보았다. 구조화한 글쓰기 즉, 성장 글쓰기가 자기 표현적 글쓰기에 비해 심리적 안녕감을 준다고 했다. 일부는 동의한다. 글은 일상에서 밥 먹듯이 써야 마음에 맺힌 매듭을 풀 수 있다. 마침 우진문화공간에서 오늘 밤 「매듭」이란 심리극을 공연한다는 걸 알았다.

저녁을 앞당겨 먹고 공연장으로 갔다. 얼마 만에 본 연극인가. 연극은 분주하고 긴박한 병원 풍경을 그리면서 시작했다. 전공의가 나와 앞자리에 앉은 한 관객을 대상으로 예진하였다. 하루 아니면, 일

주일 동안 몇 번 웃느냐? 겨드랑이에 땀은 얼마나 나느냐? 배꼽은 몇 개냐? 발바닥에 각질은 얼마쯤 되느냐? 한숨을 어느 정도 깊게 쉬느냐? 관객이 모두 웃었다. 사소한 질문 같지만, 생각의 끈을 잡아당기게 하였다.

등장인물이 일방적으로 극을 주동하지 않고, 관객과 함께 하여 생동감이 넘쳤다. 마당극 현장에 있는 느낌이었다. 전문의가 나왔다. 관객을 환자로 설정하고 복약지도를 했다. 참고로 한자 '服'은 명사로 쓰면 '옷'을 의미하지만, 동사로 쓰면 '먹는다'는 뜻이다. 전문의가 약 먹는 방법을 해학적으로 말했다. 휴대폰은 끄라. 동영상이나 사진을 찍으면 안 된다. 주인공의 실제 이야기를 공연할 테니, 비밀을 절대 보장해야 한다. 평범한 말 같지만, 기본에 불성실한 우리의 허름한 자화상을 꼬집은 것이다.

김소영 씨는 마음의 감기를 앓았다. 그녀는 음악을 좋아하여 음대에 가고 싶었다. 미술을 공부하는 오빠가 소영 씨를 동생으로 보지 않고 그냥 여자로 보았다. 여자가 무슨 음악이냐고 하면서, 소영 씨를 끄덕하면 때렸다. 소영 씨는 오빠에게 맞아 몸만 아픈 게 아니라, 마음도 아프고 꿈도 포기했다. 결혼했다. 오빠와 같은 남편을 만나 또 폭력의 매듭에 묶여 지내야 했다. 죽으려고 수면제를 과량으로 먹었다. 깨어나자마자 간호사에게 왜 날 살렸느냐고 따졌다. 울컥 눈물이 났다.

소영 씨 딸이 어느 날 병실을 찾았다. 두 사람 모습이 너무 살가웠다. 모녀라기보다 절친한 친구처럼 보였다. 취업한 기념으로 소영 씨가 딸에게 차를 사주겠다고 했다. 딸은 엄마 친구라는 말이 마음속으로 깊이 가라앉았다. 소영 씨가 딸에게 답답하다며 창문을 열어 달라고 한다. 딸이 밖에 미세먼지가 많아 공기청정기를 틀자고 하자, 소영 씨가 경련을 일으킨다. 울부짖으며 절규한다. "왜 네 아빠나 너는 나에게 아무것도 못하게 하느냐?"라고. 딸은 소영 씨가 앓는 마음의 감기를 모른다. 마음속에 풀지 못한 매듭이 있다는 사실도.

관객을 대상으로 매듭을 푸는 상황극을 진행했다. 비밀을 보장해야 하니 자세한 것은 마음에 담아놓겠다. 다만, 극을 통해 얽히고설킨 매듭을 스스로 푸는 법을 보고 많은 것을 깨달았다. 따지고 보면, 우리 삶은 극이나 다름없다. 주연을 할 수 있고 조연을 할 수도 있다. 무대 배경이 되는 소품일 수 있고 출연자가 입는 의상일 수 있다. 또 관객일 수 있다. 문제는 자신이 맡은 역할은 물론 전체적인 흐름을 통찰해야 좋은 연극이 된다.

상황극에서 역할 바꾸기를 통해 상대를 객관화할 수 있다. 가족이 한 사람 한 사람 떠올랐다. 아! 그랬구나. 그랬었구나. 그때 아버지께서 왜 그렇게 말씀하셨는지, 어머니께서 왜 그러셨는지. 큰아들이 왜 그렇게 했는지. 아내가 왜 그랬는지. 보지도 듣지도 말하지 못하는 훈용이가 왜 그랬는지. 제삼자 입장에서 가족을 바라보았다. 그동안 보이지 않았던 매듭이 구름 속에 있던 달처럼 얼굴을 내밀었다. 방정맞게 눈물의 둑이 무너졌다.

이 땅에 발 딛고 사는 한, 누구든 풀어야 할 매듭이 있다. 매듭은 쌍방으로 풀어야 하지만, 여러 사람이 힘을 모으면 쉽게 풀 수 있다.

7시 30분에 시작한 연극이 10시 넘어 끝났다. 연기자와 관객이 일체가 되어 내면의 바다로 깊이 빠졌다. 집에 이르러 곧바로 운동화를 신었다. 걷는 것을 하루쯤 건너뛸까 하다가 외상값을 남긴 것 같아 밖으로 나왔다. 밤공기가 새콤달콤했다. 전주 역전에 있는 마중길로 향했다. 마침 최용선 작가 조각전을 했다.

눈여겨보면, 돌멩이 하나도 다 작품이다. 바람이 깎고 비가 씻고 햇살이 쓰다듬어. 내게 걷기와 글쓰기는 더 단단히 매야 할 자유로운 매듭이다. 우리 삶에는 풀어야 할 매듭이 있고, 매듭지어야 할 것이 있다. 만날 이 길을 차를 타고 지나가기만 했지 처음으로 걸었다. 자정의 강을 건너온 시간 속에서 고요가 웃자랐다. 걷지 않은 날, 나는 이 땅에 없을 것이다. 쓰지 않는 날, 그날 부고를 보낼 것이다.

(2018. 7. 7.)

힘

이른 아침부터 빗방울이 묵직하게 쏟아진다. 오늘 훈용이가 삼성 서울병원에 가는 날이다. 윈도 우브러시가 차창에 떨어지는 빗방울을 털어내느라 진땀을 흘린다. 날밤을 꼬박 새운 훈용이가 차에 타자마자 잠이 들었다. 아내도 고개를 45도로 풀고 한잠 거들었다. 라디오에서 흘러나오는 음악소리가 빗소리와 윈도 브러시 소음에 묻혀 가물가물하다.

졸음이 누 떼처럼 몰려왔다. 이인휴게소에 이르렀을 때 비의 기세가 한물갔다. 커피와 김밥을 샀다. 아내는 온밤을 훈용이 건사하느라 잠을 설쳤다. 게다가 시간에 쫓겨 아침을 건너뛰었다. 병원에 도착하기 전 요기하지 않으면 늦은 오후까지 입에 아무것도 넣을 수 없다. 아내는 김밥보다 더 먹고 싶은 것이 잠이라고 했다. 커피를 반쯤 남겨 아내에게 건넸다.

비는 어떤 곳에서는 멈칫거렸고 어떤 곳에서는 몸을 통째 풀었다. 비도 비려니와 공사를 하는 구간이 많았다. 차도 비의 몸짓에 장단을 맞춰 가다 서다를 되풀이했다. 병원에 이르자 큰아들이 미리 와 있었다. 학교 일로 바쁜데 나와 아내가 도움을 청했다. 안압을 잴 때 훈용이가 눈을 제대로 뜨면 진료를 쉽게 끝낼 수 있다. 다른 아이가 평범하게 할 수 있는 것을 훈용이는 절대 하지 못한다. 궁여지책으로 수면제를 먹여 재워야 안압을 잰다.

이 과정이 녹록하지 않다. 잠드는 과정이 어찌나 첩첩 산인지 진을 다 빼놓는다. 잠이 들었다가 정작 안압을 재려고 하면 깨기 일쑤이다. 이런 일을 몇 차례 반복하고 나면 온몸과 마음이 으스러진다. 진료를 준비하는 간호사도 애를 먹고 의사 선생님도 여간 힘들어하지 않으신다. 이런 상황에서도 의사 선생님은 우리 부부로 위로해주시고 큰 도움을 주지 못해 미안하다고 하신다.

간신히 안압을 재고 진료를 마쳤다. 말귀를 알아들으면 20분 만에 끝낼 것을 4시간 이상 잡아먹었다. 이 일을 스물두 해째 하고 있다. 큰아들은 그 통에도 짬짬이 노트북으로 보고서를 올렸다. 늦은 오후가 되었는데도 녀석과 밥 먹을 시간이 없었다. 짠한 마음으로 큰아들을 보내고 귀갓길에 올랐다. 병원에서 양재 IC까지 빠져나오는데 50분 이상 걸렸다. 멈췄던 비가 폭발적으로 내리고 배가 고팠다.

휴게소에 들러 아내와 내가 교대로 밥을 먹었다. 수면제 기운으로 깊이 잠들었지만, 훈용이를 혼자 차에 두면 안 되기 때문이다. 내가 먼저 밥을 먹고 아내와 교대했다. 아내가 밥을 먹으러 간 사이 메일을 확인했다. 새벽이슬이란 아이디로 "일상의 쉼을 주셔서 감사합니다."라는 제목으로 쓴 글이 눈에 들어왔다.

최 교수님! 안녕하세요?

저는 정창원 고문과 함께 근무하는 김성민입니다. 교수님께서 쓰신 수필집 『아픔을 경영하다』를 읽고 제가 위로를 많이 받았고, 마음이 치유되었습니다. 감사한 마음을 이렇게나마 전합니다. 아내가 위암 판정을 받아 가정이 갑자기 변한 것에 채 익숙해지기 전에 저도 위암 수술을 받았습니다. 아내와 함께 이겨내며 살아온 시간이 3년째 되었습니다.

교수님!

사무실 창 밖 푸른 잎 사이로 내리는 빗소리가 마음을 시원하게 해줍니다. 누군가에게 이렇게 내리는 비는 아픔일 수 있고, 희망일 수 있겠지요. 교수님의 수필집을 읽으며 공감하고 아파하며 주위를 돌아볼 수 있는 마음의 쉼을 주셔서 감사합니다. 연단의 시간을 통해 지난날 아픔을 치유하고 회복하고 있습니다. 앞으로 많은 사람을 이해하고 사랑하겠습니다. 입술이 아닌 일상에서 교수님처럼 그려내는 삶을 살아가겠습니다.

교수님!

다시 한 번 고개 숙여 감사드립니다. 더 많은 독자들이 교수님 글을 통해 용기와 위로를 받았으면 좋겠습니다.

부끄러움이 앞섰고 뒤따라 힘이 났다. 밤 9시가 되어서야 집에 도착했다. 부모님께 인사를 드리고 그 길로 바로 작업실로 향했다. 작업실에서 운동복으로 갈아입고 천변으로 나섰다. 구름 사이로 달이 떴다가 이내 사라졌다. 어둠 속에서도 물은 물길 따라 여전히 흘렀고, 꽃이란 꽃은 잠들지 않고 동안童顏 그대로였다. 두 시간 남짓 걷고 작업실에 들어오자마자 하늘이 울면서 폭우가 쏟아졌다. 힘을 내서 힘쓰고 있다. 새벽 1시 15분, 요란하게 내린 비도 잠들었다.

(2018. 6. 28.)

단풍처럼
고운 이름들

투자

어제 고려대학교에서 '한국리터러시학회'가 주관하여 2018년 추계 전국학술대회를 열었다. 한국리터러시학회'는 2010년 대학작문에 종사하는 연구자들이 모여 만들었다. 대학 작문에 대한 관심을 모으고 연구 결과를 생산적으로 논의하는 학술공동체이다. 대학 작문에 대한 이론과 실제에 대해 연구하고 있다.

오전 10시에 시작하여 아침 일찍 출발해야 했다. 주중 내내 이런저런 일에 매달리고 시달리다 차표 예매하는 것을 놓쳐 오가는 길이 녹록지 않았다. 전날 인터넷을 뒤져 7시 5분에 출발하는 상행 고속버스표와 저녁 6시 50분에 내려오는 기차표를 겨우 구했다. 주말 서울 오가는 길이 모두 언덕을 오르는 것처럼 평평하지 않았다.

새벽 공기가 칼날처럼 뾰쪽했다. 택시를 타고 고속버스까지 가는 길목 풍경이 꽁꽁 얼어 새파랬다. 차에 올랐다. 대부분 사람이 차에 오르자마자 끊긴 잠의 길이를 복구하여 잠이 들었다. 아침 뉴스를 토해내는 텔레비전은 목소리를 감추고 자막만 밖으로 연신 내밀었다.

쏟아져 나온 문장 대부분이 문제였다. 우리는 이렇게 문제의 시대를 살고 있다.

정안휴게소에 이르렀다. "미래는 이미 시작되었다." 이 말을 미국 저널리스트 융이 한 것이라고 친절하게 안내했다. 짤막한 이 말이 날 강렬하게 잡아 흔들었다. 미래는 늘 이미 시작되었지만, 우리는 있던 자리를 벗어나지 못하고 있는 게 아닐까. 얼마 전 종강한 '인문고전 읽기' 시간에 학생들에게 『고령화 쇼크』를 읽고, 노후를 어떻게 준비할 것인지 발표하게 했다.

적은 돈이나마 매월 저축하겠다고 한 학생이 있었고, 건강하게 노후를 보내기 위해 운동을 시작하겠다고 한 학생이 있었다. 또 노후생활이 지루하지 않게 취미생활을 하겠다는 학생이 있었고, 자격증을 여러 개 따 노후에도 경제활동을 하겠다는 학생도 있었다. 노후라는 말이 자신과 전혀 무관한 것이라고 여겼는데, 다가올 미래를 미리 생각하고 준비하니 마음이 놓인다고들 했다.

시작 시간을 넘겨 「대학 글쓰기 교육에서 '평가' 연구의 동향과 분석」 발표를 들었다. 대학에서 글쓰기 교육은 대부분 의사를 소통하는 능력과 논리적 사고능력을 기르기 위해 한다. 또 대학 글쓰기 교육이 주로 학생을 평가하는 위주로 진행한다. 이렇다 보니 연구자 논문이 이쪽 방향으로 몰려 있다. 이밖에 자신을 드러내는 글쓰기나 경험을 바탕으로 한 글쓰기를 하고 있다. 어떤 글쓰기든 학기를 마무리하면 대부분 학생이 글 쓰는 일과 담을 쌓는다.

대학 글쓰기 교육에 관한 인식도 천차만별이다. 대학에서 글쓰기 교육이 중요하다는 총론에는 수긍하면서도, 교과목에서 어떻게 다룰 것인지에 대해서는 인색하다. 교과부가 대학의 존폐 기준을 취업과 연계하여 휘두르다 보니, 당장 돈이 안 되는 것은 계륵 취급을 받는다. 대학에서 글쓰기 교육은 교양 영역에서 주로 담당한다. 정부는 교양교육의 중요성을 강조하지만, 대학교육 현장의 인식은 그렇지 않다. 교양을 전공 하부 지대에 있는 마당쇠쯤으로 여기기 일쑤다.

학술대회에 참석하여 강의를 들을 때 간혹 거창한 주제에 끌릴 때가 있다. 「윤이형 소설의 SF적 상상력 연구」도 이런 부류에 속했다. 윤이형 작품에 드러난 SF적 상상력을 통해 포스트 휴먼 문제를 다루겠다고 선언한 결말이 너무 공허했다. SF적 상상력이란 개념과 포스트 휴먼이란 개념이 모호했고, 결말을 일관성 없이 흐지부지 마무리 해버렸다. 여러 질문을 받은 발표자가 고개를 숙여 자신의 미흡함에 대해 반복하여 사과했다. 본인은 어떤 심정이었는지 모르지만, 빌빌 꼬지 않고 사과하는 모습이 황홀했다.

점심때 천안 모 대학교 교수님과 함께 밥을 먹었다. 꽤 오랜 시간 글쓰기 교육 정보를 주고받았다. 대학에서 글쓰기 교육을 하고 있는 사람으로서 겪은 애환을 고스란히 느꼈다. 오후 기조 강연은 '질적 연구 방법'이었다. 최근 우리 사회는 가성비를 따지는 시대이다. 피로 사회, 미디어 사회, 머니 사회, 외면 사회, 외로움 사회이기도 하다. 이런 사회는 치유, 심층, 반성, 수용, 성장, 공감, 열망이 필요하다. 이 일을 1인칭 관점에서 바라보는 힘을 길러야 한다. 즉 자신을 드러내는 글쓰기를 해야 한다.

기조강연을 듣고 대학 글쓰기 교육을 집중적으로 다룬 6분과 강의를 선택했다. 「홍익대학교 교양 글쓰기 현황과 방향성」, 「통합적 리터러시 능력 함양과 발명자로서 인간 —경희대 후마니타스칼리지 중핵교과 사례를 중심으로—」, 「지식 융합 시대와 창의적·통합적 사고 함양 —성균관대학교 글쓰기 수업과 주제 찾기 훈련—」, 「글쓰기 과목의 교양성과 전공 교과로의 연계성 —연세대 글쓰기 교과 분석을 중심으로—」 이들 발표를 통해 대학 글쓰기 교육 현장에 몸담고 있는 사람들의 처절한 몸부림을 보았다.

대학 글쓰기 교육을 제대로 하려면, 정부나 학교가 아낌없이 투자해야 한다. 투자라는 말속에 돈 냄새가 어지럽게 풍긴다. 투자는 돈뿐만 아니라, 정성을 쏟는 것을 의미한다. 교과부는 교양 영역에서 소양교육을 통해 인성을 기르라고 강조한다. 그러나 대부분 대학이 처한 현실은 인성교육보다 학교 재정을 먼저 고민하고 있다. 여섯 식구 입에 풀칠해야 하는 나는 가장과 선생 틈바구니에 끼어 외롭게 떨고 있다.

쪽달이 지칠 줄 모르고 서울에서 집까지 따라왔다.

(2018. 12. 9.)

초록강[*]

인문고전 읽기 시간, 학생들과 초록강을 거슬러 올라갔다. 우리 가운데 유난히 툭 불거져 눈에 띄는 연어가 있다. 승용이와 승희다. 승용이는 겉은 멀쩡하지만, 말을 잘 하지 못한다. 승희는 한눈에 봐도 몸이 너무 왜소하고 아예 의사소통이 어려울 정도로 장애가 심하다.

안도현의 『연어』를 읽고 각자 초록강의 생애에서 만난 폭포에 대해 이야기했다. 신아는 초저체중으로 태어났다. 숨 쉬는 것이 곤란해 목에 구멍을 뚫었다. 말이 어눌할 수밖에 없었다. 이곳저곳으로 전학을 다녔다. 가는 곳마다 사람들에게 놀림을 당하고 외면당했다. 하룻날도 울지 않은 날이 없었다. 엄마에게 왜 날 이렇게 낳았냐고 만날 따지고 덤벼들었다. 그때마다 엄마는 미안하다는 말만 했다.

동원이는 아버지가 시골교회 목사님이다. 출석하는 교인이 몇 명 되지 않아 사는 것이 버겁다. 아버지는 공사판에 일용직으로 일을 나가시고 어머니는 식당에서 시간제로 일하신다. 동원이는 그런 부모를 만난 게 싫다고 했다. 때로는 목회자 자녀가 굴레 같다고 했다. 그는 애써 참았던 눈물을 빗물처럼 쏟았다. 비 온 뒤 하늘이 청명하듯 슬픔을 잠시 퍼내서 그랬을까. 어려운 상황에서도 늘 기도하시는 부모님을 존경한다며 애써 눈물을 거뒀다.

민수는 쉰 초반에 입학했다. 사업을 하면서 사채를 빌려 쓴 게 인생을 바꿔놓았다. 매일 200만 원이 넘는 돈을 결제해야 하는 고통 때문에 가족과 함께 죽을 생각을 밥 먹듯이 했다. 교회 장로님 도움으로 어려운 문제를 해결하고 목회자가 되려고 결심했다. 대학생이 넷이나 있는 다섯 식구 가장으로 경제적으로 간당간당하게 산다. 그러나 지금은 마음의 집이 평화스러워 행복하다.

지수는 항우울제 약을 먹고 있다. 초등학교 5학년 때 아빠가 바람을 피워 부모가 이혼했다. 이 일로 엄마 역시 우울증을 앓고 있다. 시골 외할머니 집에서 엄마랑 함께 살고 있다. 사람을 만나는 것이 싫어 집에서 거의 혼자 지낸다. 앞으로 사회복지사가 되어 자신과 같은 어려움을 겪는 어린이를 도우려고 한다. 어렸을 때 너무 많이 울어 지금은 눈물이 바싹 말랐다. 지수 눈의 처마가 흐릿했다.

재민이는 강의시간에 맞춰 오는 날이 거의 없다. 늘 뒤쪽 창가에 앉아 핸드폰에 시선을 말아 넣고 있다. 재민이는 지금 이 순간이 폭포라고 했다. 재민이는 어렸을 때부터 공부하는 것이 가장 싫었다. 부모님은 걸핏하면 공부 잘하는 누나와 비교했다. 누나는 집에서 공주처럼 대접받았지만, 재민이는 딴 집 사람 취급당했다. 집에서 기르는 반려견이 친밀하게 지내는 유일한 식구다. 재민이를 안아줬다.

남규는 실용음악과에서 영상편집을 공부하고 있다. 오랫동안 드럼을 전공하다 얼마 전에 영상편집으로 바꿨다. 전공을 바꾸면서 고민을 많이 했다. 그 마음을 고스란히 이해한다. 난 대학에서 문학을 전공하기 전에 한때지만 건축을 공부했다. 예나 지금이나 문학이 밥벌이가 되지 않았기 때문이다. 열정은 결기를 일으키는 원천이다. 문학에 대한 열정은 건축을 미련 없이 포기하는 결기가 되었다.

지훈이는 강의시간 내내 손톱을 뜯었다. 강의를 마치고 연구실로 불렀다. 초등학교 3학년 때부터 손톱 뜯는 버릇이 생겼다고 그랬다. 이 버릇의 뿌리는 부모님이었다. 지훈이는 외아들이다. 두 사람은 지훈이 보는 앞에서 싸우지 않는 날이 별로 없었다. 지훈이는 집이 너무 싫어 몇 번 가출하려고 했으나, 아버지가 무서워 단념했다. 지금은 예전과 달리 아버지가 잘해주신다.

혜진이는 초등학교에 다니는 아들이 있는 주부이다. 남편은 술주정이 심해 술만 먹으면 때렸다. 아들을 데리고 집을 나와 보호소에서 생활하기도 했다. 어렸을 때 아버지가 술에 취해 어머니를 때리는 것을 보며 자랐다. 그런 아버지를 보고 자신을 진정으로 사랑해주는 사람을 만나는 게 꿈이었다. 비록 그 꿈은 풍비박산이 되었지만, 아들에게 좋은 엄마가 되려고 몸이 닳도록 열심히 산다.

초록강을 거슬러 오르는 연어가 만난 폭포를 서로 합치니 거대하다. 겉으로는 태연한 척하면서 속으로는 이들이 겪은 아픔을 더디게 측량했다. 아픔에도 종점은 있다. 내가 이래서 아프다고 아픔을 밖으로 퍼내고, 다른 사람과 함께 나누면 가벼워진다. 아픔은 우리가 허락한 만큼 아프다. 아픔을 겪고 상류에 오른 연어만이 알을 건강하게 낳을 수 있다.

가을의 水深은 단풍 빛깔로 헤아릴 수 있다. 초록강 주변에 있는 나무마다 제 몸에 매단 잎을 짙게 물들이고 있다. 누군가에게 아픈 사연을 꺼내려면 용기와 신뢰가 있어야 한다. 우리는 동료가 꺼낸 아픔을 경청하고 아낌없이 손뼉을 쳤다. 안아주고 쓰다듬어주었다. 같이 울고 함께 웃었다.

우리 생애 초록강에 곧 첫눈이 포근하게 내릴 것이다.

---

*초록강: 안도현의 『연어』에 나오는 강 이름

(2018. 10. 18.)

첫 만남

봄이 손바닥까지 왔다. 툭 건드리면 햇살이 굴러서 떨어질 것 같다. 월요일 첫 강의는 '인문고전 읽기'이다. 스무 명 정도 된 학생이 수강을 신청했다. 아직 수강신청 정정 기간이라 변수는 있다. '인문고전'에 '읽기'를 붙였지만, 언어활동 능력을 포괄적으로 기르는 강의이다. 한 명씩 나와 자신을 소개하였다.

해원이는 사회복지학과 2학년이다. 작년 1학기 때 '글쓰기전략'을 수강했다. 다리가 불편하지만, 전혀 내색하는 법이 없다. 오히려 웃음이 넘쳐 탈이다. 글쓰기능력을 향상하려고 이 과목을 수강했다. 정민이는 해원이와 단짝이다. 우리 학교가 비록 작지만, 좋은 교수님이 많이 계셔서 좋다고 했다. 그 틈에 나도 슬며시 끼워줬으면 좋겠다. 후배들에게 불편한 일이 있으면 언제든지 찾아오라고 했다. 1년 사이에 참 많이 달라졌다.

유정이는 신학과에 입학한 신입생이다. 가야금병창을 오랫동안 하다 건강 때문에 포기했다. 글 쓰는 능력을 기르려고 '글쓰기전략'까지 수강 신청했다. 강의시간 내내 시선을 내 눈에 묶고 있었다. 정욱이 역시 신학과 신입생이다. 의대를 가려고 열심히 공부했다. 그 꿈은 다리가 골절되면서 함께 분질러졌다. 병원에서 "할 수 있다 하신 이"란 찬송가를 듣고 가슴이 뜨거워졌다. 내친김에 신학의 문으로 들어섰다.

주홍이는 올해 스무 살이다. 나이에 비해 언행이 얼마나 진중한지 영락없이 목회자 물색이다. 아버지가 장로이다. 영호는 서른한 살이다. 키가 훤칠하고 곱상하게 생겨 나이에 비해 앳되다. 한국농업대학을 졸업하고 닭을 기르다 신학과에 입학했다. 민호는 사회복지학과 신입생이다. 어렸을 때부터 사회복지사를 꿈꿨다. 목사님께서 권하신 것이 힘이 되었다.

현지는 사회복지학과를 다니다 작년에 자퇴했다. 스스로 늦게 철이 들어 다시 입학했다. 너무 철들지 말라고 한마디 했다. 철은 본질과 형식 둘 다 들어야 한다. 의성이는 홍익대학교 디자인학과에 다니다 자퇴했다. 영암 군청에서 근무한 이력도 있다. 이제는 사회복지자가 되려는 꿈을 꾸고 있다. 젊음의 뒤안길을 돌아 스물여섯이 되었다.

내 이름과 같은 재선이 역시 사회복지사가 되려고 한다. 글을 잘쓰고 싶어 이 과목을 수강했다. 상하는 모 대학 영상의학과를 자퇴했다. 사람들 마음을 읽고 싶어 상담심리학과에 입학했다. 사람들 앞에서 말하는 것이 익숙하지 않아 할 말을 메모하여 나왔다. 바람직한 습관이다. 은찬이는 기타를 전공하려고 실용음악과에 입학했다. 음악학원에 다니면서 드럼도 열심히 공부하고 있다.

민환이는 7년 동안 공군에서 부사관으로 근무했다. 비행기를 정비했다. 비행기를 정비했던 자신이 작곡을 전공하게 될 줄 꿈에도 몰랐다. 순기는 32년 동안 소방공무원을 하고 정년을 맞이했다. 젊음의 가면을 쓰기라도 한 듯 예순이란 나이가 무색했다. 게다가 색소폰을 전공한다니. 눈에서 눈부시게 강렬한 섬광이 터져 나왔다.

승범이 음색은 완연히 여자이다. 많은 사람이 그렇게 느낀다고 했다. 드럼을 전공하려고 실용음악과에 입학했다. 지수는 보컬을 전공하려고 실용음악과에 입학했다. 차분한 목소리로 아침에 일어나는 것이 너무 힘들다고 고백했다. 웅희는 지수와 함께 남원국악예술고를 졸업했다. 전공도 지수와 같다. 학교 앞에서 자취한다. 김치가 떨어지면 말하라고 했다.

이경용 어르신은 올해 일흔둘이다. 신학과를 졸업하고 상담심리를 공부하고 계신다. 교회를 개척하여 목회도 하신다. 자식 농사를 잘 지어 교수와 치과의사인 아들이 있다. 지금까지 내 강의를 여러 과목 수강하시거나 청강하셨다. 해원이와 정민이, 이경용 어르신을 빼면, 다 신입생이다.

대다수 학생이 교양필수 과목이기도 하지만, 글쓰기능력을 기르고 싶어 수강했다. '인문고전 읽기'는 단순히 읽고 쓰는 능력을 기르는 것으로 그치면 안 된다. 글쓰기 기술을 부리는 기능인이 아니라, 앎을 일상이나 사회 현장에서 실천하는 사람이 되어야 한다. 종강할 무렵 장기기증서약을 할 계획이다. 시험도 무감독시험으로 치를 것이다. 둘 다 희망하는 사람에 한해 한다. 지난해까지 수강생 가운데

9할 이상 참여했다.

'인문고전 읽기'를 통해 가치관을 올바르게 정립한 결과이다. 대다수 학생이 조별 과제를 하면서 상대를 배려하는 마음과 공동체 의식을 높였다. 게다가 직업에 대한 소명의식과 윤리의식을 깨달았다. 나는 글쓰기에 관해 짧고 얄팍한 앎을 줬을 뿐, 이들과 함께 평생 학습해야 할 학생이다. 영호가 손을 높이 들었다. 질문할 것이라는 기대와 달리 수업시간이 다 되었다고 했다.

강의실 귀퉁이에 걸려 미동 없던 해가 사라졌다. 시장기가 몰려왔다. 오늘 하루 생애 반쪽이 벌써 떨어져 나갔다. 심호흡을 동글게 말며 강의실을 나왔다. 온몸에 첫 만남의 나이테를 새기며 단풍나무 아래 섰다. 첫 만남은 설레게 시작하는 것, 눈을 서로 지그시 맞추며 살아갈 채비를 하는 것이다.

(2018. 3. 12.)

지훈이

강의시간에 한 학생이 눈에 띄었다. 그는 맨 뒤에 앉아 손톱을 줄곧 뜯었다. 강의시간 내내 내게 눈길 한 번 주지 않았다. 외면하고 강의를 했다. 이지훈. 그는 왜 그렇게 손톱 뜯는 일에 몰두하고 있을까. 강의를 마치고 지훈이와 연구실에서 만났다.

그는 잘 빚지 않은 항아리 같았다. 사고능력과 표현능력이 많이 부족했다. 그의 손을 잡자 당황했다. 손톱을 얼마나 많이 뜯었는지 손톱 주위가 상한 사과 같았다. 이런 행동을 일으킨 배후에 그가 겪고 있는 불안심리가 똬리 틀고 있을 것이다. 부분이 차지하는 비율이 전체보다 클 리 없다. 그러나 하나를 보면 열을 알 수 있다는 말은 부분이 전체보다 크다는 개연성을 보인다.

가장 하고 싶은 게 뭐냐고 물었다. 각설하고 없다 했다. 어느 때가 가장 행복하냐고 물었다. 모른다고 했다. 하고 싶은 게 있냐고 물었다. 역시 모른다고 했다. 앞으로 어떤 사람이 되려고 하느냐고 물었다. 모른다는 말을 계속하는 게 싫증났는지 고개를 푹 숙였다. 지훈이가 잡은 손을 빼려고 했다. 나에게 일방적으로 잡힌 손을 견디기 힘든 구속이라고 여길성싶었다. 자연스럽게 놔줬다.

가장 큰 불만이 무엇이냐고 물었다. 꽉 닫고 있던 입술을 어렵사리 열었다. 자기가 한 말을 아무에게도 말하지 말아 달라고 했다. 그의 눈빛이 애절하게 젖었다. 지훈이는 초등학교 5학년 때부터 손톱을 뜯었다. 아버지와 어머니는 교육계에 몸담고 있다. 이런 부모 밑에서 그는 외아들로 외롭게 자랐다. 아버지와 어머니는 만날 싸웠다. 두 사람이 대판 싸우고 나면 여진이 그에게 밀어닥쳤다. 아버지는 이런저런 이유를 들어 그를 윽박질렀다. 어머니는 하는 짓이 아비 닮았다며 아버지에 대한 분노를 그에게 곧바로 풀었다.

집이 싫었다. 집안 곳곳에 깨진 유리 조각이 있는 것처럼 일상이 뾰쭉뾰쭉했다. 부모님이 싸우지 않는 날은 언제 싸움이 터질지 몰라 불안했다. 마음이 늘 얇은 유리잔에 든 물 같았다. 지금까지 부모님에게 칭찬 들은 일이 단 한 번 없었다. 만날 잘못했다고 혼만 났다. 세상에 태어난 것을 후회했다. 때로는 자신이 집에서 기르는 개만도 못하다고 생각했다.

그래도 자신을 반갑게 대해주는 것은 개밖에 없었다. 만나서 이야기할 친구가 없어 개와 놀았다. 화창한 날은 햇볕이 싫었고 비 오는 날을 비가 싫었다. 개가 밖에 나가자고 끙끙대면 겨우 콧바람만 쐬고 귀가했다. 그는 마음에 짓무른 곳이 많았다. 짓무른 것을 오래 두면 썩는다. 과일도 마찬가지다. 짓무른 곳을 도려내고 깎아야 먹을 수 있다.

요즘도 부모님이 싸우느냐고 물었다. 예전처럼 싸우지 않는다고 했다. 싸운 이유를 물었더니 주로 자기 때문에 싸운다고 했다. 자신의 부족한 부분에 대해 부모님께서 책임을 서로에게 떠넘긴다는 것이다. 어떤 상황인지 영상이 명료하게 새겨졌다. 순간 지훈이 얼굴이 지워지고 내 앞에 아들 훈용이가 나타났다. 훈용이는 낮과 밤이 바뀐 생활을 하고 있다. 소리를 지르거나 자기 몸을 때리면서. 이런 통에 온 식구가 잠을 제대로 못 잔다. 일상이 뒤죽박죽 될 수밖에 없다.

의사는 수면제 처방을 권했다. 나도 그랬다. 아내는 훈용이에게 수면제 먹일 생각을 전혀 하지 않는다. 나는 고생을 왜 사서 더 하느냐는 것이고, 아내는 내성이 생길 것을 염려해서다. 22년째 현재 진행형 시제다. 오래전 어떤 지인이 그랬다. 자신이 아는 사람이 장애를 앓는 자녀 때문에 만날 싸우다 결국 이혼했다고. 날 위로한답시고 한 전화였다. 위로의 말은 자칫 생각한 것처럼 온기를 담기 어렵다. 자칫하면 상대 마음을 결빙시킨다. 지훈이 손을 다시 잡았다. 눈과 입이 닫힌 훈용이를 생각하며 말했다.

지훈아! 너는 세상에서 가장 소중한 사람이야. 너는 세상에 단 한 사람밖에 없기 때문에. 너는 행복한 사람이야. 앞을 볼 수 있잖아. 그래서 네가 보고 싶은 것을 마음대로 볼 수 있잖아. 너는 말할 수 있잖아. 싫으면 싫다 하고 좋으면 좋다 하고 아프면 아프다고 할 수 있잖아. 너는 네 손으로 직접 밥을 먹을 수 있잖아. 몸이 건강하기 때문에 가고 싶은 곳이 있으면 얼마든지 갈 수 있고. 부모님이 다 계시잖아. 부모님이 너 때문에 주로 싸운다고 그랬지. 널 사랑하기 때문에 그래. 네가 이제 많이 컸으니 사랑하는 방법을 달리해 달라고 말씀드려.

　내 시선이 그의 마음에 닿았을까. 지훈이가 울었다. 한참 후 꽃에 불안하게 앉아있던 나비와 같은 표정이 맑게 개었다. 앞으로 열심히 공부하겠단다. 자신과 같은 처지에 있는 사람을 돌봐주는 사회복지사가 되는 게 꿈이란다. 마음에 품고 있던 꿈을 세상에 처음으로 꺼냈다고 그랬다. 지훈이를 꼭 안았다. 훈용이 냄새가 물씬 났다.

(2018. 10. 30.)

저 지금
행복해요

　지천이 연둣빛으로 지극히 환하다. 점심을 먹고 연구실 소파에 앉아 몸을 기댔다. 잠잠하던 치통이 꼬리를 흔들며 일어났다. 치통에다 목감기, 어제 아침부터 입술에 핀 열꽃으로 몸이 영 말이 아니다.

　"교수님! 점심 잘 드셨어요? 혹시 지금 강의하고 계신지요? 지난 시간에 제출하지 못한 리포트를 내려고요."

　'자기 표현적 글쓰기'를 수강하는 나은빛 학생이 톡을 톡 건넸다. 그녀는 늦은 나이에 사람 마음을 읽고 싶어 모 학과에 입학했다. 언제나 얼굴에 웃음꽃을 피워 인상이 늘 봄날과 같다. 겉모습만 보면 부유한 집안 고명딸이 낭만을 불쑥 즐기려고 학교에 왔을 성싶다.

　"연구실에 있습니다. 다녀가십시오."

한참 후에 연구실 문을 두드리는 소리가 났다. 리포트와 커피, 가방을 든 양손이 무거워 보였다. 지난 시간에 낸 리포트가 다른 사람이 자신을 어떻게 생각하는지에 관해 글을 써오라는 것이었다. 그녀가 쓴 리포트를 한눈으로 훑어보았다. 꽤 여러 사람 이야기를 질서 정연하게 잘 정리한 글이었다.

"교수님! 이 강의가 너무 좋습니다. 심사숙고하여 매주 글을 써야 하는 부담이 있긴 하지만, 제 자신을 돌아보는 시간입니다."

그녀가 멈칫멈칫 가족에 관한 이야기를 풀기 시작했다. 자녀가 몇이냐고 물은 게 실타래가 되었다. 대학생 아들과 딸이 있지만, 아들이 무슨 학과를 다니는지 잘 모른다고 그랬다. 콩나물 몇 시루쯤 된 의문부호가 머릿속에 목판화처럼 찍혔다. 그녀는 큰아이가 5살 때 남편과 떨어져 살았다. 술을 좋아하는 남편이 두 아이를 데리고 일방적으로 나가버렸기 때문이다.

세월이 독하게 흘러 최근 딸을 만났다. 남편이 스스로 하늘로 길을 내고 떠나버린 후였다. 스무 해 가까이 되어서 만난 딸에게 자신을 엄마라고 표현하는 게 민망스러웠다. 이 땅 어딘가에 자신은 살아있었지만, 딸은 엄마가 없는 것이나 마찬가지였다. 고맙게 딸은 정말 잘 커주었다. 아빠가 홀로 고독하게 떠난 모습을 선명하게 기억하고 있으면서도, 딸은 몸과 마음이 골고루 잘 자랐다.

이런 딸이 "엄마!"라고 불러주었을 때, 그녀는 눈물의 둑이 허물어졌다고 그랬다. 그때 기억이 떠올랐는지 안경을 벗고 눈물을 닦았다. 그녀는 아들이 몹시 보고 싶다고 했다. 그런데 이유야 어떻든 어른들 문제로 엄마 자리를 지키지 못한 죄책감 때문에 아들을 볼 자신이 없다고 그랬다. 게다가 아들을 위해 엄마로서 무엇인가 해 줄 수 있는 능력이 없는 자신을 탓했다.

"지금 어떻게 생활하고 계세요?"

그녀는 자신이 앓은 아픔을 하나님께서 하나님 일을 하게 하시려고, 예비하신 것이라고 믿었다. 교회 근처에서 방을 얻어 지내지만, 거의 교회에서 살다시피 한다. 눈물을 흘려 빤질빤질해진 그녀 눈가에 봄꽃 같은 웃음이 만발했다. 맘속에 똘똘 말아뒀던 이야기를 꺼내고 나니, 종이비행기처럼 날 것 같다고 그랬다. 그녀에게 날마다 일기를 쓰라고 했다.

"저 지금 행복해요. 학교 다니는 것도 재미있고요."

아픔을 마음의 우물에 오래 가둬두면, 속이 썩어 문드러진다. 어떤 식으로든 퍼내야 한다. 웃자란 슬픔을 그대로 두면 안 된다. 잘라내고 꺾어야 퍼렇게 앓지 않는다. 아파할 일을 외면하거나 묻어둘 필요 없다. 통째로 꺼내 부디 뜨겁게 앓아야 한다. 아픔은 아파본 사람이 잘 안다. 아픔은 어느 날 아무런 인기척 하나 없이 홍시 떨어지듯

툭 떨어지는 것을. 아픔은 느닷없이 찾아와서 연달 없이 눌러앉은 손처럼 낯설게 다가온단 것을.

그녀를 승강기 타는 곳까지 바래다주었다. 지금 행복하다고 했지만, 이 말을 하기까지 그녀가 앓았을 아픔을 측량해보았다. 그녀가 그토록 보고 싶은 아들을 빨리 만나, 서로 "엄마!"와 "아들!"을 맘껏 부를 수 있길 바랐다. 비가 한소끔 내리려는지 하늘이 흐릿하다. 하늘도 제 안에 있는 아픈 무엇인가를 훌훌 털어버리려는 기세다. 빤질빤질해진 내 눈가를 닦고 연구실을 나섰다.

(2019. 4. 24.)

저
죽고 싶어요

"교수님! 저 죽고 싶어요. 지금 서울 가려고요. 한강에서 빠져 죽고 싶어요."

이른 새벽, 첫 강의가 있어 평소보다 일찍 일어났다. 수염은 하루 사이에 속력을 내며 왜 이렇게 까칠하게 자랄까. 면도를 하고 있을 때 모 학과 ○○가 덜컹거리는 목소리로 전화했다. 순간 내 마음이 놀랍게도 차분해졌다. 전주에서 서울까지 가는 도중 얼마든지 마음을 바꿀 여유가 있다고 생각했다. 서울 가기 전에 날 만나고 가라 했다.

오전 강의를 마치고 연구실에서 ○○를 만났다. 지난밤 잠을 얼마나 설쳤는지 눈이 촘촘하게 충혈되었다. 왜 죽고 싶은지 물었다. ○○가 주위를 두리번거리다 연구실 문을 안에서 잠가 달라고 했다. 스테이플러에 결속된 종이 같은 입술을 한참 후에 뗐다. 세상에서 자신을 받아주는 사람이 아무도 없다 했다. 아버지나 어머니, 누나도 자신을 무시한다고 그랬다.

　○○는 항우울제 약을 먹고 있다. 군대에서도 먹었다. 이 사실을 선임하사와 상담하면서 비밀로 해달라고 부탁했다. 그런데 선임하사는 부대원이 다 있는 곳에서 허물없이 술잔 돌리듯 소문을 냈다. 선임하사에게 이것을 따졌다가 구타를 되게 당했다. 잠을 자다가도 이 생각이 나면 가위에 눌려 깼다. 그 선임하사를 만나면 당장 죽이려고 마음먹고 있다.

　마음속에서 이 일을 지우려 했지만, 이렇게 할수록 잔인한 기억은 메마르지 않고 울울해졌다. 친구를 만나 이런 이야기를 하면 처음 몇 번은 잘 들어주었다. 세 번 이상 귀담고 들어주는 친구가 없었다. 너무 힘들어 아버지께 말씀드렸다. 이때마다 아버지는 다 지나간 일을 끄집어낸다며 귀찮아하셨다. 어머니는 사내자식이 너무 약하다며 못마땅하게 여기셨다. 누나는 몸이 뚱뚱하니까 그런다고 놀렸다.

　○○는 이런 집안 분위기가 이골이 나 집을 나왔다. 며칠 전 가족이 다 모여 외식을 했다. 이 자리에서 사소한 문제로 누나와 말다툼을 했다. 귀갓길 비가 까닭 없이 내렸다. 아버지가 차를 세우더니 욕을 하면서 내리라고 하셨다. ○○는 갈 만한 곳이 마땅히 없어 몇 시간 동안 비를 맞고 아는 선배 집에서 잤다. 이른 아침 눈을 뜨니 선배가 아침 운동을 나가고 없어 내게 전화했다.

　○○가 소리를 크게 내며 엎드려 울었다. 그의 온몸이 혼연일체가 되어 파도처럼 일렁거렸다. 상처가 얼마나 겹겹이 두꺼웠으면 날개를 펴지 못하고 퍼덕거리고 있을까. ○○ 손에 화장지를 쥐여 줬

다. ○○가 제 안의 우물에 있는 눈물을 다 퍼내도록 바라보았다. 슬픔을 몇 삽 푹 파서 바람에 날리면 막힌 혈류가 뚫리며 한 펄지쯤 후련해진다.

살다 보면 살다 보면 마음 가난해져/ 어느 생애쯤 처마에 그렁그렁 매달린/ 빗방울 같은 눈물 흘려야 할 때 있다/ 비 서럽도록 실컷 쏟아지고 나서야/ 단단한 슬픔 일시에 헐거워진 하늘/ 그때야 새들 서로 길 따라 걷는다/ 살다 보면 살다 보면 마음 흐려져/ 가슴 끝까지 눈물 만수위로 차올라/ 가벼워지게 펑펑 퍼내야 할 때 있다/ 슬픔과 내통한 눈물 雨鬱하게 쏟고서야/ 비로소 한갓지게 개여 청명해진 마을/ 속 비워 낸 풍경 눈 후련하게 환하다.
(「슬픔과 내통한 눈물」 전문)

○○ 손을 꼭 잡았다. 그동안 참 힘들었겠다며 그의 마음을 쓰다듬었다. 너무 많이 아팠겠다며 그의 마음을 어루만졌다. ○○가 죄송하다고 했다. 내가 부모님을 만나도 되겠냐고 했더니, 주저하지 않고 전화번호를 알려주었다. 며칠 후 ○○ 아버지와 통화했다. ○○에게 들은 이야기와 ○○가 처해 있는 마음을 가지런히 말씀드렸다. ○○ 아버지께서 내 말을 한참 들으시다 울컥 울음을 마디마디 자르셨다.

다음 날 ○○ 어머니와 통화했다. ○○가 죽고 싶다는 말을 상투적으로 쓴다고 하였다. 감정에 호소하는 수법으로 이용한다고 들려왔다. 설령 그러할지라도 아들이 너무 아프니까 낫게 해야 하지 않겠냐고 필사적으로 말씀드렸다. ○○ 어머니께서 감사하다고 하셨다.

살다 보면 주전자에 결명차 차를 끓이다 깜박 잊고 태워먹을 때가 있다. 우리는 바로 눈앞에 있는 존재의 의미를 사소하게 여기며 살 때가 많다.

아픔의 이불을 누가 덮고 잤든 누군가는 이불을 개어 윗목에 놓아야 한다. ○○는 지금 아픔의 수면에서 비몽사몽하고 있다. ○○가 이 수면에서 빨리 깨어나 일어나게 해야 한다. ○○ 마음의 방에 어지럽게 깔아놓은 불안한 이불을 개어줘야 한다. 요즘 ○○의 삶을 눈여겨보며 자주 통화한다. 전화할 때마다 ○○ 목소리가 수화기 밖으로 튀어나온다.

정원 곳곳마다 小菊이 노랗게 눈뜨고 있다. 갈 볕이 따스하게 눈여겨본 꽃이 유별스럽게 예쁘고 당당하게 핀다.

(2018. 10. 20.)

단풍처럼
고운 이름들

    단풍이 아리랑 조로 떨어져 내린다. 떨어진 단풍은 저 누울 곳을 찾아 굽이굽이 쌓인다. 꽃잎이 비처럼 우수수 떨어지는 것을 꽃비라 한다. 이럴진대 단풍이 비처럼 떨어지는 것을 단풍비라고 해도 한숨 쉴 사람이 없지 않을까.

    우리 학교에 있는 단풍나무는 대부분 산 단풍이다. 산속에 자리 잡은 인연일 테다. 잎이 작고 빛깔이 층층이 고와 봄날 꽃보다 아름답다. 얼마 전 연구실 문에 누군가 단풍잎을 한 장 놓고 갔다. 내가 원고지에 붓글씨로 쓴 「가을 나무」라는 시에다 붙여놓았다. 잘못 배달한 소포 같지 않다. 마치 지중해풍의 지붕을 올린 집처럼 원고지에 쓴 시와 단풍잎이 잘 어울렸다.

    속살 드러내기 전/ 부끄러운 기색 얼얼합니다/ 부끄러움 형형색색이니/ 눈 어데 둘지 모르겠습니다/ 부끄러움도 이렇게/ 눈부실 줄 몰랐습니다/ 당신 앞에 처음 섰을 때/ 저도 가을나무였지요.

오늘 아침 첫 강의로 '인문고전 읽기'를 했다. 『목민심서』를 읽고 자기 전공과 연계하여 글을 쓰고 발표하였다. 수강생 스무 명 가운데 여섯 사람이 신체장애를 앓고 있다. 게다가 세 사람은 정신장애를 앓고 있다. 장애를 앓는 학생은 발표를 잘 하지 못하고, 글을 잘 쓰지 못할 것이라는 생각은 편견이다. 은정이는 강의시간에 자주 밖으로 나간다. 습관적이다. 특별한 일이 아니면 나가지 말라고 타일렀다. 도훈이는 날마다 지각한다. 시간 개념이 아예 없다. 거의 핸드폰을 눈에다 넣고 산다.

주희는 발음을 잘하지 못한다. 어머니와 함께 학교에 다닌다. 바이올린을 켤 때 가장 행복하다. 리포트를 꼬박꼬박 잘해온다. 서희는 외할아버지와 함께 강의를 받는다. 피아노를 칠 때 가장 좋다. 요즘 외할아버지 차를 타고 학교에 오는 것이 싫어졌다. 학교 버스를 타고 오가면서 여러 사람을 만나고 싶기 때문이다. 발표할 때 글자 한 자도 빼먹지 않으려고 안간힘을 쓴다.

장애 학생 대부분 어떤 일을 해보지도 않고 미리 포기하는 사람이 많다. 우리 학교는 다른 학교에 비해 장애 학생이 많은 편이다. 장애 학생을 차별하는 일이 거의 없다. 나는 장애 학생에게 발표할 기회를 많이 준다. 언젠가 홀로 서려면 스스로 자립의 근력을 길러야 한다. 차가운 세상과 맞닥뜨리려면 견디는 방법을 익혀야 한다.

동현이는 초등학교 때 태권도를 했다. 운동을 열심히 하여 전국대회에 나가 우승했다. 중학교 2학년 때 무릎 부상을 입어 태권도를 포기했다. 아버지한테 만날 맞고 자랐다. 누군가 손만 올려도 자신을 때릴 것 같은 트라우마에 빠져있다. 180cm 정도 되는 신장이지만, 바람이 불면 낙엽처럼 떨어질 것 같다. 영혼이 연약해 요즘 폭포를 만나 고민하고 있다.

송희는 피아노를 전공하는 4학년 학생이다. 1년 6개월 동안 필리핀에서 선교했다. 이때 빈민가에 사는 어린이들에게 피아노를 가르친 게 계기가 되어 피아노를 전공하고 있다. 나이가 마흔 초반이다. 성적 장학금을 받지 못하면 학교 다니는 게 간당간당하다. 장학금을 받으려고 앞만 보면서 달린 학교생활을 문득 뒤돌아보았다. 지난 9월 6일 '아픔에도 종점이 있다'는 내 문학특강을 듣고 그랬다.

길을 걷다가 몇 번쯤은/ 뒤돌아 바라봐야 한다/ 발자국은 잘 따라오는지/ 멀쩡하다고 믿는 것 속에/ 솎아내 버릴 것은 없는지/ 속 깊이 간직해야 할 사연/ 잡동사니로 버리지 않았는지/ 앞만 보고 길 걷는 것은/ 보행이 아니라 이기이다/ 몇 번쯤 눈 맑게 밝히고/ 길 뒤돌아 바라봐야 한다/ 애절하게 이름 부르며/ 함께 가자 하는 이 없는지/ 귀 막히고 마음까지 닫혀/ 아름다운 침묵 건성으로/ 행여 빠뜨리진 않았는지/ 길을 걷다가 몇 번쯤은/ 앞 보듯 뒤돌아봐야 한다. (「길을 걷다가 몇 번쯤은」 전문)

이들은 한결같이 단풍처럼 고운 이름이다. 이들을 위해 나는 새벽마다 기도한다. 단순히 언어능력을 학습하는 시간이 아니라, 서로에게 도전을 주는 시간이 되게 해 달라고. 그저 학점을 따는데 그치지 않고 마음을 울리게 하는 수업이 되게 해 달라고. 나태한 마음을 내려놓고 늘 최선을 다하는 강의가 되게 해 달라고. 오늘은 강의를 마치고 감사의 기도를 드렸다. 아름다운 단풍의 계절을 주심에. 수업시간을 통해 단풍처럼 고운 이름을 만나게 해 주심에. 서로 자아를 성찰하는 시간 주심에.

구름 걷힌 햇살이 눈부시다. 강의를 마치고 연구동으로 오는 길목마다 단풍이 더미로 쌓여 온기가 있다. 단풍 더미에 발목까지 푹 빠뜨리고 싶다. 나뭇잎을 내려놓은 나무가 전혀 낡아 보이지 않는다. 내 곁에 있는 단풍처럼 고운 이름들. 이들을 틈만 나면 꺼내 뒤집어 쓰고 싶다.

(2018. 10. 29.)

현태

목요일 첫 강의는 '인문고전 읽기'이다. 서른 명 남짓 된 학생이 수강신청을 하였다. '인문고전 읽기'는 우리 학교 기본 인성교육 교과목에 들어있는 교양필수 과목이다. 강의 첫날부터 한 학생이 눈에 도드라지게 띄었다. 바로 현태이다. 현태는 한 모 학생과 맨 뒷자리에 앉아 당최 강의에 집중하지 않았다. 오로지 핸드폰에 눈을 빠뜨리고 수업은 안중에도 없었다.

보다 못해 앞자리로 나와 앉으라고 몇 번 권했다. 마지못해 앞자리에 앉은 현태 표정이 불안할 뿐만 아니라, 불만을 가득 담은 모습이었다. 쉬는 시간이 끝나자 앞자리에 도저히 앉아 있을 수 없다고 했다. 뒤로 앉으라고 허락했다. 현태는 자리를 뒤쪽으로 옮기자마자 또 핸드폰에 정신을 빼앗겼다.

문제는 4주 차쯤 되었을 때 터졌다. 안도현이 쓴 『연어』를 읽고 자신이 만난 삶의 폭포와 이것을 어떻게 극복했는지 발표하는 시간이었다. 언어활동은 말하기와 듣기, 읽기와 쓰기를 종합적으로 수행하는 능력이다. 말하는 것도 중요하지만, 다른 사람이 말하는 것을 잘 들어야 한다. 이른바 경청하는 능력을 길러야 소통하고 공감하는 능력이 웃자란다.

현태와 한 모 학생은 다른 학생이 발표하는 것을 전혀 듣지 않았다. 둘 다 핸드폰만 들여다보았다. 마치 먼 나라에서 온 이방인처럼 비밀스럽게 보였다. 아예 무리를 벗어난 낙오자처럼 낯설게 보였다. 참다못해 두 사람을 앞으로 불러냈다. 인내의 둑이 허물어지자 움츠리고 있던 분憤이 불꽃처럼 폭발했다.

"너희들은 도대체 뭐 하러 학교에 다니느냐? 내가 그렇게 몇 번 주의를 줬으면 듣는 시늉이라도 해야지. 그렇게 기본이 안 되어 있으면서 무슨 공부냐? 수강신청 취소하고 그냥 나가. 알았어?"

열 사람 정도 발표를 마칠 무렵, 현태가 발표하겠다고 손을 들었다. 현태는 먼저 책을 읽지 않았다고 이실직고했다. 그는 3남매 가운데 첫째로 태어나 부모에게 기대를 받고 자랐다. 5살 때부터 학습지를 시작했고 초등학교 때 이미 기숙학원에 다녔다. 이런 통에 현태는 만나서 놀거나 이야기할 친구가 없었다. 오로지 1:1 강의를 통해 사육당했다.

중학교 때는 기숙사에서 생활했다. 순전히 공부에 전념하라는 부모님 뜻이었다. 현태는 이런 부모님 뜻과 달리 공부하기보다 노는 데 집중했다. 현태가 발표를 마치자 녀석을 안아주고 싶었다. 그가 안는 것을 격하게 거부했다. 현태 손을 잡으며 그동안 참 고생했다고 한마디 건넸다. 학생들에게 현태 마음을 위로하는 뜻으로 박수를 보내자고 했다.

새벽에 일어나면 기도를 먼저 한다. 우리 학교 학생 가운데 어렵고 힘들게 학교에 다니는 사람이 많다. 몸이 허물어진 사람, 마음이 찢긴 사람, 물질이 턱없이 궁한 사람, 관계가 얽히고설킨 사람, 막대기처럼 외롭고 고독한 사람, 신체가 부자유한 사람이 많다. 이들이 믿음을 통해 이런저런 아픔을 꽃무늬로 만들게 해달라고 간구한다. 현태도 이 가운데 속한 사람 가운데 한 학생이다.

한 주가 흘렀다. 뒤쪽에 붙박이로 있던 현태가 무슨 일인지 앞자리에 앉았다. "교수님! 저 오늘부터 수업시간에 핸드폰 보지 않으려고 아예 놓고 왔습니다." 현태 표정이 한결 밝고 평화스러워 보였다. 가르치는 일이 갈수록 힘들다고 하지만, 현태 같은 학생을 보면 힘이 난다. 내가 왜 강단에 서 있어야 하는지 이유가 명료해진다. 모 대학교에서 몇 주 글쓰기 특강을 하면서 현태 이야기를 여러 차례 했다.

오늘은 에릭 프롬이 쓴 『소유냐 존재냐』를 읽고 자기 삶에 적용하여 발표했다. 현태가 열서너 번째로 나왔다. 현태는 7살 때부터 어린 동생 기저귀를 갈아줄 정도로 일찍 철이 들었다. 그러나 부모가 강압적으로 시킨 공부 때문에 친구가 없어 핸드폰에 집착했다. 휴대폰을 열두 번이나 구입했을 정도로 휴대폰에 의지했다. 단 한순간도 몸에 핸드폰이 없으면 불안하고 허전했다.

이러한 삶이 현태 입장에서 소유적인 삶이었다. 현태는 여러 과목 가운데 '인문고전 읽기'시간을 유일하게 기다린다고 그랬다. 이 세상 어떤 사람이 휴대폰을 보지 말라고 해도, 자신은 볼 수밖에 없는 상황이라고 했다. 그런데 나와 약속한 것을 지키려고 '인문고전 읽기'시간에는 핸드폰을 보지 않겠다고 했다. 현태 말을 듣는 동안 알 수 없는 울림이 온몸을 전율케 했다. 아니 눈물을 울컥 쏟을 뻔했다. 한 번 뜨거워진 가슴이 좀체 식을 줄 몰랐다.

　오월의 초록이 파릇파릇하게 익고 있다.

(2019. 5. 9.)

글쓰기
상담 신청

개강한 지 사흘이 지났다. 휴식 모드에 길들어져 있던 신경이 온전히 작동하지 않아 쉽게 피곤하다. 「글쓰기전략」 강의시간에 수강생들에게 글쓰기가 왜 어려운지 물었다.

자료는 있는데 어떻게 풀어써야 할지 모르겠다. 생각은 있는데 그것을 글로 표현할 수 없다. 일기는 쉽게 쓰는데 논리적인 글은 쓰기 어렵다. 글을 쓰는 것이 어렵다는 생각에 사로잡혀 있다. 어떻게 써야 할지 방법을 잘 모르겠다. 지금까지 체계적으로 글쓰기에 대해 공부한 적이 없다. 학생을 호명할 때마다 목소리 색깔이 다양하듯 글 쓰는 것이 힘든 이유가 여럿이었다.

글쓰기는 읽기, 말하기, 듣기와 같은 언어활동 가운데 한 영역이다. 논리적인 글을 잘 쓰려면 우선 책을 많이 읽고, 읽은 내용을 토대로 말하기와 듣기를 통해 토론이나 토의를 해야 한다. 이 과정을 거쳐 자료를 선택하고 조직하여 글을 써야 한다. 이때 적용해야 할 기준과 원칙이 있다. 오류를 파악할 줄 알아야 한다.

대학에 갓 입학한 신입생은 대부분 글쓰기에 대해 두려움을 막연하게 가지고 있다. 글쓰기를 제대로 학습하지 않은 재학생도 역시 그렇다. 두려움과 자신감은 인과의 측근이다. 두려워하면 자신감을 잃고, 자신감이 없으면 두렵다. 세상에서 가장 무서운 병은 불치병이나 희귀병이 아니다. 원인을 찾지 못하고 끙끙 앓는 병이다. 글을 쓸 때 필요한 기준과 원칙을 명확하게 알면, 글쓰기에 대한 자신감이 생긴다.

생명체는 호흡이 멎으면 목숨이 위독하다. 글도 날마다 꾸준하게 써야 한다. 매일 밥을 먹듯이 글을 써야 한다. 오늘 쪽 편지를 한 통 받았다. 2년 전 학교를 졸업한 ○○○이 보냈다.

"교수님!

안녕히 잘 지내고 계시지요?

저, ○○○에요.

늦은 시간에 죄송합니다. 다름이 아니라, 학교 다닐 때 교수님 강의 들으면서 논리적인 글을 썼는데, 졸업한 후 혼자 글 쓰는 게 쉽지 않아요. 교수님께서 제 글을 좀 피드백해주셨으면 해서 연락드립니다. 이메일 주소 주시면 쓰는 대로 글 보내드릴게요. 바쁘실 텐데 죄송해요. 교수님!"

○○○는 ○○에서 전 가족이 우리나라로 이민했다. 우리말을

부리는 능력이나 글을 쓰는 능력이 탁월했다. 그동안 페이스북을 통해 ○○○가 큰 수술을 한 고통과 실연의 아픔을 믿음으로 다스리는 모습을 죽 지켜봤다. 가끔 캄캄했던 소식을 점등하며 댓글로 서로 안부를 밝혔다. 평소 학생들에게 졸업한 뒤에도 글쓰기 상담이 필요하면 언제든지 연락하라고 한다. 이 말을 마음에 넣을지라도 특별한 일이 아니면, 졸업생이 글쓰기 상담하는 것을 주저할 수밖에 없다. 마치 자기 치부를 드러낸 것 같아 두렵고 부끄럽기 때문이다.

지금도 몇몇 졸업생은 글쓰기 상담을 꾸준하게 청하고 있다. 자신이 속한 기관에서 행사를 치를 때 필요한 인사말이나 안내문, 설교에 이르기까지 상담 내용이 다양하다. 설교학 전공자가 아닌 데다, 믿음이 부족하여 내용은 손보지 않는다. 다만, 정확하고 적절하게 표현했는지, 문장 사이에 유기성은 존재하는지, 논거는 타당한지, 글이 신뢰성·효용성·공정성을 확보하고 있는지에 대해 살핀다.

○○○이 보낸 쪽 편지를 읽으며 흐뭇했다. 세상에 내 도움이 필요한 사람이 있다는 것은, 눈을 뜰 수 없을 만큼 황홀한 일이다. 글 쓰는 감각이 시들시들해지는 것이 답답해 감각을 회복하려고 용기를 낸 것이 갸륵했다. 겨울 끝물에 이르러 억수로 비가 왔다. 생각이 희뿌연해지며 온몸이 땅 밑으로 푹푹 빠지는 것 같았다. 급기야 책상에 앉아 있다 낙과처럼 떨어져 방바닥에 드러누웠다.

강물 따라 흘렀다. 신발이 벗겨지고 물고기 떼가 몰려들었다. 물밖에서 무기력했던 물고기 이빨은 물속에서 날카롭고 예리했다. 물밖 세상에서 젖은 종이 같았던 지느러미가 물속에서는 단단한 근육이었다. 선혈이 낭자한 꿈을 꾸다 물 밖으로 첨벙첨벙 달려 나왔다. 두 시간 만에 답장을 보냈다.

"choijs117@hanmail.net"
"고맙습니다. 안녕히 주무세요. 교수님!"
"그래, 고맙다."

(2018. 3. 7.)

눈이 왔다

눈이 왔다. 간밤 눈 깜짝할 사이에 내렸다. 기상대 예보로는 다른 지역에 눈이 온다고 했는데, 번지수를 잘못 알고 왔다. 사람 같으면 허둥지둥 헤맸을 텐데 여유를 부리며 평화스럽게 눈이 쌓였다. 며칠 전 비에 말끔히 씻겨 내린 장독대가 눈사람이 되었다. 끼리끼리 등과 이마를 맞대고 있으니 풍경이 온화하다.

지난주에 종강했다. 강의를 끝냈지만, 오전에 학교에서 회의가 있고 오후에는 방학집중 글쓰기 특강을 시작한다. 서둘러 집을 나섰다. 학교에 가는 길이 눈이 얼어붙어 빙판이다. 눈길은 일상의 전용도로와 다르다. 살다 보면 우리 생애는 여기저기 파인 아스팔트를 땜질한 것처럼 울퉁불퉁하고 미끄럽다.

학교로 가는 지름길은 산속을 지나야 하는 변방이다. 지면과 맞닿지 않은 곳에서 차바퀴가 움찔움찔 놀랐다. 가슴이 말린 깨처럼 작아졌다가 하룻밤 물에 불린 토란대처럼 늘어났다. 반대편에서 간혹 오는 차가 삐딱하게 굴러와 그만 충돌할 것 같다. 한 번 들어선 길이 이

제 돌아설 수 없는 일방통행이다. 어찌 산속에 난 눈길뿐이랴. 인생길도 한 번 잘못 들면 돌아오는 것이 까마득한 것을.

회의를 마쳤다. 새롭게 시작하는 일은 생소하다. 요즘 대학은 이른바 '평가와 전쟁'을 치르고 있다. 선생이 학생을 가르치는 일에만 힘을 뺄 수 없는 시절이다. 더욱이 변방에 있는 대학은 신입생을 잘 모집해야 일 년 농사를 마칠 수 있다. 그래도 강의실에서 학생들과 부대끼며 삶을 공유해야 심장의 진동을 느낀다. 혈관의 혈류를 감지한다. 문학을 하지 않고 글 쓰는 일을 게을리했다면 내 삶의 뜰에 먼지바람이 얼마나 날렸을까?

오후 1시에 글쓰기 특강이 있다. 점심 먹을 시간이 어중간하다. 시간도 시간이려니와 혼자 식당에 갈 생각을 하니 한기가 몰려왔다. 학교식당이면 모를까 학교 밖으로 홀로 나갈 엄두가 안 났다. 요즘 혼자 밥을 먹는 혼밥족이 유행하는데, 천생 밥과 커피는 아직 맞상대가 있어야 먹고 마실 수 있다. 시대를 거스르고 유행과 역주행하며 사는 꼴불견이다.

귤 2개로 점심을 대신했다. 귤이 이토록 다디단지 몰랐다. 한꺼번에 먹지 않으려고 반달 모양으로 한 조각씩 떼어내 혀끝에 올렸다. 피곤하고 지친 몸 구석구석이 생기가 돌았다. 보았다. 거대한 꿈은 때로 사치에 불과하다는 푯말을 봤다. 의지를 갖추고 본 것이 아니라, 일순간 보였다. 차지고 기름진 것을 즐겨 찾은 식탐이 혀를 끌끌 차며 낯을 붉혔다.

눈이 멎었다. 글쓰기 특강에 참여한 학생이 스무 명이다. 학부생,

대학원생, 졸업한 목사님, 학부모, 목사님 부부에 이르기까지 눈빛이 한껏 투명하다. 각자 자신을 소개하며 글쓰기 특강에 임하는 각오를 말했다. 대다수 학생이 글쓰기 특강에 참여하지 못한 것을 시간 탓으로 돌렸다. 핑계이다. 핑계는 신용불량자를 만든다. 다른 핑계를 대면 몰라도 시간을 탓하는 것은 시간을 욕되게 한다. 시간은 차용증을 쓸 필요 없이 이자 한 푼 내지 않고 얼마든지 빌려 쓸 수 있다.

하루도 빠지지 말고 날마다 무엇인가 쓰라고 했다. 눈여겨보면 무엇이든 글 쓸 재료가 된다. 글 쓸 재료를 만들려면 치열하게 살아야 한다. 눈물이 날 정도로 책을 읽고 짬을 내 영화나 연극도 봐야 한다. 돈을 많이 들여 멀리 여행할 수 없다면, 김밥 한두 줄 싸서 시내버스를 타고 종점까지 오가 보라. 거기서 스치듯 만난 사람과 차창 밖 풍경을 눈여겨보면 글이 된다. 단, 어떤 경험이든 기록으로 남겨야 한다.

1시부터 시작한 강의를 중간에 5분 동안 쉬고 4시에 끝냈다. 허기가 피곤을 데리고 왔다. 사람도 유유상종하기 마련인데, 허기와 피곤은 친숙하게 어울린다. 연구실 소파에 앉아 잠시 눈을 붙인다는 것이 잠이 깊숙이 들었다. 다디단 꿀잠이었다. 채점하다 미뤄 둔 것을 마무리했다. 방학 때 해야 할 일이 목차처럼 떠오른다. 성적입력, 교육과정 초안 마련, 외부 특강 원고정리, 시집과 수필집 발간 준비, 여기에 자잘한 집안일까지.

바람을 쐴 겸 연구동에서 멀리 있는 주차장에 둔 차를 가지러 갔다. 날 선 바람이 코끝으로 먼저 달려들었다. 슬픔을 당하지 않았는데 눈물이 났다. 캄캄한 하늘에 귤 조각 같은 달이 떴다. 눈이 멎은 밤하늘이 달 때문에 점등한 것처럼 밝다. 귓갓길이 평평할 것 같아 마음이 평온하다. 살다 보면 우리 생애에 예고 없이 눈 내리는 날 있다. 분명히 눈은 멎는다. 무슨 일을 마음 가운데 끌어들여 중심을 잘 잡고 있으면 오던 눈이 그친다.

눈이 왔다. 그의 일생은 하루가 채 되지 않았다. 우리 남은 생애는 창창하고 청명하리라고 희망을 걸자. 당장 해야 할 일이 눈처럼 수북이 쌓여 있다. 안달하거나 닦달하지 말자. 계단 오르듯 오르다 숨 가쁘면 쉬었다 가자. 쉬엄쉬엄 하나하나 오르자. 부질없이 염려했던 것 눈처럼 멎으며 언젠가 녹고야 말 것이다.

(2017. 12. 26.)

기다림

어젯밤부터 하늘 구석구석 비가 날렸다. 길어진 비의 꼬리가 아침까지 끊어질 기미가 보이지 않는다. 바람과 몸을 섞인 비는 비바람이되어 단풍을 사정없이 솎아낸다. 비에 젖어 하느작거리며 떨어진 잎이 땅바닥에 한 몸으로 쌓인다. 질 때야 비로소 아름다운 것은 석양과단풍이다. 바람에 순순히 잎을 내준 나무 등이 구부정하다. 세월의 바람을 견딘 각角이리라.

산속에 있는 학교는 토요일 적막한 궤도를 타고 더 첩첩山中이다. 아침 9시 30분에 연구실에 도착했다. 산일 때문에 순천에 가시는 아버지를 전주역에 모셔다 드린 걸음으로 바로 왔다. 아버지께서 역에서 11시 2분 열차를 지루하게 기다리시는 동안, 나는 연구실에서 학생들을 설레게 기다렸다. 간호학과 3학년을 대상으로 자기소개서를첨삭하기 위해서다. 지난 수요일과 금요일 상담시간을 잡았다. 세상에 뜻하는 대로 모든 일이 잘 되면 얼마나 좋으랴.

세상엔 늘 이런저런 일이 혼연일체가 되어 얽힌다. 대부분 학생이 중간고사를 마치고 리포트가 밀려 있다고 했다. 어떤 학생은 실습을 다녀오지 않아 쓸 것이 없다고 했다. 다시 일정을 조정하여 오늘과 다음 주 금요일에 학생들을 만나기로 했다. 상담 일정을 조정하여 강의가 없는 어제 집안일을 하려고 맘먹었다. 어머니 모시고 병원 다녀오고, 시장 보고, 훈용이 데리고 미장원 다녀오려고 했다.

하영이가 문자를 했다. 토요일에 서울 집에 가므로 금요일 오전에 첨삭을 받고 싶다고. 다른 일은 몰라도 어머니 병원은 뺄 수 없는 말뚝이었다. 오후 1시 30분에 연구실에서 만나기로 했다. 하영이를 비롯해 다섯 사람이 자기소개서를 써왔다. 너 나 할 것 없이 1학년 때 가르쳐준 글쓰기와 관련한 지식을 도대체 어디에다 버렸을까? 학생들 앞에서 애써 태연한 척했지만, 눈앞이 캄캄했다. 어쩌면 이렇게 글을 처음 쓰는 사람처럼 죄다 한통속이 되었을까?

질문에 관한 핵심을 제대로 파악하지 못한 글이 많았다. 이런 글은 논점에서 벗어난 오류를 범할 수밖에 없다. 주장이 너무 추상적이어서 신뢰성이 떨어졌다. 게다가 주장을 뒷받침하는 논거가 막연하여 타당성이 결여되었다. 문장이 너무 길어 논지가 산만하고 비문법적인 문장을 많이 썼다. 대부분 애매문의 오류를 범했다. 실습을 다녀와서 다시 첨삭하기로 했다.

우리 학교 간호학과 학생은 쓸 말이 참 많다. 우리 학교를 설립한 서서평 선교사님은 90년 전 대한간호학회를 창립하셨다. 선교사님은 "성공이 아니라, 섬김이다."는 말씀을 실천하며 일생을 사셨다. 이 섬김의 리더십만큼 고고한 게 있겠는가. 우리 학교는 4년 동안 예배를 통해 예수님의 사랑을 배운다. 교양 인문고전 읽기 시간에는 다양한 언어활동을 통해 의사소통 능력과 문제를 해결하는 능력을 기른다. 특히『논어』강독을 통해 간호사로서 지녀야 할 소명의식과 직업윤리 의식을 키운다.

10시쯤 연구실 문 두드리는 소리가 났다. 명은이와 영보였다. 두 사람은 서남대학교에 다니다 우리 학교로 편입학했다. 결혼하여 아이가 있는 가정주부 만학도다. 명은이는 고등학교 때부터 아르바이트를 하며 용돈을 벌었다. 집안 형편이 어려워서 그런 게 아니다. 자녀를 강하게 기르려는 부모의 교육관 때문이었다. 이런 부모님 덕분에 어려운 문제가 생기면 잘 이겨내는 힘이 생겼다. 글쓰기와 관련한 교육을 체계적으로 받은 일이 없다. 명은이 글은 길다 못해 숨이 넘어갈 정도로 벅찼다. 논거는 갈피를 잡지 못하고 우왕좌왕했다.

영보가 쓴 글은 감수성이 짙게 묻어 있었다. 궂은일을 꽤 많이 했다. 영보가 쓴 문장 중간중간에 삶의 애환이 쓸쓸히 박혀 있었다. 간암 투병을 한 시어머니를 10년 넘게 모셨다. 얼마나 고생했냐는 물음표 끝에 터지는 눈물을 막으려고 제방을 쌓았다. 나는 영보가 쓴 글을 읽으며 문과 출신이라는 것을 직감했다. 학창 시절에 글짓기 대회에 나가 상깨나 받았을 것이다. 내 예측이 들어맞았다. 이러할지라도 영보가 쓴 글은 다른 학생이 쓴 글처럼 문장이 길었다. 논거도 타당하지 않았다.

두 학생이 다녀간 뒤로 아무도 오지 않았다. 하릴없이 허기가 찾아왔다. 학교 앞 식당에 들러 혼자 쌀쌀하게 점심을 먹었다. 연구실로 돌아와 학생들을 또 기다렸다. 손님을 초대해놓고 기다리는데 아무 기별 없이 오지 않는 것 같은 황망함이 밀려왔다. 한참 후 문 두드리는 소리가 났다. 편입학한 연정이었다. 연정이는 치기공학과를 졸업했다. 어렸을 때부터 부모님께서 사회 봉사 활동하시는 것을 보고 자랐다. 자녀교육은 과외나 학교교육을 통해서만 하는 것이 아니다. 연정이 글은 분량이 너무 적었다. 분량을 정해주지 않아도 양이 너무 적으면 글이 불성실하게 보인다.

연정이 상담을 마치자 혜영이가 왔다. 지금까지 첨삭 지도한 학생 가운데 가장 잘 썼다. 다만 긴 문장을 몇 군데 쓰고 논거를 비유적으로 쓴 게 잘못이다. 그들이 떠나고 나자 4시가 되었다. 창밖을 보았다. 비를 떼어낸 바람이 고삐 풀린 소처럼 허공을 휘젓고 다닌다. 그 발굽에 떨어진 잎이 눈처럼 소복하게 쌓인다. 익숙했던 풍경이 쓸쓸히 낯설다.

"똑똑"

문이 끄떡하지 않는다. 환청인가 보다. 또 한세월을 기다린다.

(2018. 10. 27.)

글쓰기의 힘

지난 학기 '반려동물과 생명공동체'라는 강의를 몇몇 교수님과 공동으로 강의했다. 이 과목을 수강한 학생들이 한일장신대학교 반려동물을 사랑하는 모임 이른바 '한반도'라는 동아리를 만들었다. 오늘 강의했던 교수님 몇 분과 동아리 학생이 모여 점심을 먹었다.

점심을 먹고 나서 A 카페에 들렀다. 그곳에서 우연히 동문 목사님을 만났다. 함께 앉아 학교와 신학생 미래에 대해 여러 이야기를 나눴다. 늦게 안 사실이지만, A 카페 사장님이 우리 학교 동문이었다. 갈수록 열악해지는 목회 환경에 대응하려면, 목사가 목회 외에 다른 직업을 가져야 한다고 했다. 큰아들이 신학을 공부하고 있어 그냥 흘릴 수 없는 말이었다.

동문 목사님께서 강조한 말 가운데 인상 깊은 게 관계 맺기였다. 목회자가 하나님과 관계만 잘하려 하고 성도와 관계를 잘못하는 사례가 많다는 것이다. 지난 화요일 겨울방학 글쓰기 특강을 종강했다. 8주 동안 스무 명 학생이 열심히 나와 글쓰기에 매달렸다. 자존감을 세우는 글쓰기를 비롯해 논리적인 글쓰기에 관해 공부했다.

한 치 앞을 보지 못한 한영이는 어머니 손을 잡고 나왔다. 말하는 것이 약간 어눌한 동희는 익산에서 학교까지 한 시간도 빠지지 않고 나왔다. 순천에서 운전하며 학교를 오간 편 전도사님과 김 전도사님, 군산에서 오간 김미화 학생, 졸업을 했는데도 휠체어를 타고 출석한 장은옥 학생과 그의 영원한 그림자 조서연 학생, 이 전도사님은 학비 때문에 추운 공사 현장에서 아르바이트를 하며 화요일은 공부하러 나왔다.

팔이 부러졌는데도 꼬박꼬박 참석한 이 사모님, 정년을 두 해 앞두고 글맛에 푹 빠진 ○○고등학교 교장인 친구도 익산에서 날아다녔다. 학교 문학 동아리 '어두문학회' 회원인 지인이는 시를 주로 써서 발표했다. 부안에서 하루도 빠지지 않고 참석한 늦깎이 신학생인 김 장로님, 내 강의를 다섯 번째 들으며 글이 뼈대를 갖춘 천민석 학생 역시 늦깎이 신학생이다. 이밖에 여러 학생이 잘 견디며 종강까지 함께 했다.

강의를 시작한 날 만든 이른바 '한일 글쓰기 방'을 종강한 지금도 문을 열어놓고 있다. 나는 거의 매일 이 방에 시를 올렸다. 강의실에서 글을 매일 써야 한다고 강조했던 터라, 입으로만 가르치지 않고 몸으로 보여주려고 했다. 지난 학기 말 뜬금없이 허물어진 허리 때문에 첫 주 강의를 하지 못했다. 이후 몇 주는 통증 완화 주사를 맞으며 이를 악물고 강의했다.

누구나 목표의식이 흐릿하면 핑곗거리가 따라다니기 마련이다.

'무능력'과 '무관심'은 별개다. 우리가 전혀 할 수 없는 일이 있고 아예 생각하지 않는 일이 있다. 우리는 자칫 자신이 무관심한 것을 무능력한 탓으로 돌리는 경향이 있다. 학생들에게 글쓰기를 가르치면서 글쓰기 능력과 동시에, 각자가 처한 환경을 따스하게 바라보는 눈을 가졌다. 그들을 품으려고 가슴 평수를 나름대로 넓히기도 했다. 글쓰기는 단순히 글 쓰는 기술만 익히는 게 아니라, 사람과 관계를 따스하고 끈끈하게 묶어준다. 오늘 '한일 글쓰기 방'에 시를 올렸다.

시 쓰기 전
그를 이해했다

그리고
끝내 용서했다

(「作詩」 전문)

시 아래 이 전도사님이 댓글을 달았다. "오늘 춥네요. 빨리 먼지 없는 봄이 왔으면 좋겠습니다." 아마 오늘도 공사 현장에서 몸을 부대끼고 있을 성싶다. 편 전도사님이 또 댓글을 달았다 "그러게요. 감기 조심하세요. 개강 다가온다. 힘내서 또 가야지." 순천에서 오가는 등굣길이 여전히 만만치 않을 성싶다. 김미화 학생이 그 아래를 힘 있게 채웠다. "아자아자~ 파이팅!! ^^"

지난주 학교 팟캐스트 '여기는 HU WORLD' 개국 방송을 했다. 진행자인 모 교수님께서 우스갯소리로 시집을 내면 돈이 되느냐고 물으셨다. 이때 한 말이 떠오른다.

"시는 제 심장이며 숨구멍입니다. 저는 잘 팔리는 시를 쓰는 시인보다 제 자신에게 충실한 시인이 되고 싶습니다. 아픈 사람에게 눈물이 되어주고 절벽에 서 있는 사람에게 손을 내미는 시인."

비록 방학 글쓰기 특강을 종강했지만, 학생들이 매월 둘째 주 금요일에 만나기를 원했다. 이 땅 어디든 도망칠 틈이 있겠나. 시퍼렇게 눈뜨고 뜨겁게 다시 만나야지. 만남에 유통기한이 어찌 존재하랴. 개학을 설레게 기다리는 마음의 뿌리는 도대체 어디서 뻗어왔을까?

허리에 머물던 통증이 무릎으로 미끄러져 내려왔다.

(2019. 2. 28.)

결백증일까?

　오늘 '논리적인 글쓰기' 강의를 끝으로 이번 학기를 종강했다. '논리적인 글쓰기'를 종강하면서 수강한 학생에게 한 학기 동안 내가 강의한 내용에 대해 각자 피드백하게 했다. 33명 수강생이 한 시간 넘게 발표한 내용은 대강 이렇다.

　다수 학생이 첫 수업을 9시에 시작하여 시간 맞추는 것이 어려웠는데, 강의를 5분 늦게 시작하여 여유를 갖고 수업에 참여할 수 있어 좋았다고 했다. 지각한 학생들이 많아 학생들과 서로 조율하여 강의시간을 5분 늦추었다. 이에 대해 모 학생은 강의시간을 5분 늦춘 것은 잘못된 것이라고 지적했다. 강의시간을 5분 늦추어도 어차피 지각한 학생은 지각한다는 것이다.

　둘째 주부터 만학도 몇 사람이 중심이 되어 수강생 전체가 먹을 수 있는 간식을 마련하였다. 첫 강의를 들으려면 이른 시간에 집에서 나와야 하므로, 밥을 제대로 먹지 못한 학생을 배려하려고 한 것이다. 때로는 젊은 학생이 이에 보답하려고 간식을 준비했다. 이렇게 주거니 받거니 하면서 마련한 간식은 단순한 먹을거리가 아니라, 서로를 배려하면서 베푼 나눔이자 사랑이었다.

조별로 실시한 토론 수업에 대해 다수 학생이 좋았다고 했다. 교양과목 다수가 함께 수업을 듣는 학생과 교제할 기회가 없는데, 토론을 통해 서로에 대해 이해하고 친밀하게 관계를 맺었다고 했다. 토론을 통해 소속감과 문제를 해결하는 능력을 기를 수 있어 좋았다고 했다. 그러나 조별로 토론할 시간이 부족했고 토론한 횟수가 적은 것이 아쉬웠다고 했다.

다수 학생이 글을 쓰는 원칙이나 기준을 적용하여 글을 쓰고 쓴 글에 대해 오류를 파악할 수 있는 능력을 길렀다고 했다. 아직 완벽하게 하지 못하지만, 자신감이 생겼다는 단서를 조심스럽게 달았다. 몇몇 학생은 다른 과목 리포트를 쓸 때 '논리적인 글쓰기' 강의 들은 것을 적용하여 글을 쓴다고 했다. 모 학생은 그동안 자신이 쓴 글이 정말 부끄러웠고 치욕적인 것 같았다고 고백했다.

그런데 부끄럽고 치욕적인 것은 정작 나였다. 모 학생이 호의적인 것은 다수 학생이 앞에서 말했으므로 다른 지적을 하겠다고 운을 뗐다. 토론할 시간이 부족하여 토론이 무의미했다고 한 것까지는 괜찮았다. 그러나 내가 학생들을 편애한다는 말을 듣는 순간 얼굴이 달아올랐다. 또, 지난주 토론한 '한국교회의 문제점과 해결방안'에 대한 논제에 대해 문제를 제기했다. 교회를 다니지 않은 학생은 교회가 안고 있는 많은 문제를 알고 나면, 교회에 나갈 생각을 하지 않을 수 있다는 것이다.

출석을 부를 때나 학생이 쓴 글을 공개하여 첨삭할 때 글씨가 보이지 않아 돋보기를 낀다. 돋보기를 끼면 앞에서 네다섯 줄까지 앉아 있는 학생 얼굴은 보이지만, 그 뒤에 있는 학생은 얼굴을 전혀 볼 수 없다. 그래서 앞에 앉은 학생에게 질문을 주로 한다. 이런 상황을 설명하며 해명했지만, 내 깊은 심중에는 강의를 열심히 경청하고 수업 태도가 좋은 학생을 더 품었던 것이 사실이다.

십여 년간 '한국교회의 문제점과 해결책'에 대한 논제를 가지고 토론하고 글쓰기를 했다. 그동안 이 논제에 대해 특별하게 문제를 제기한 학생이 없었다. 그런데 이번에 그 학생이 교회에 나가지 않는 학생을 전도하는 차원에서 문제를 제기하는 것을 듣고 뜨악했다.

학생들에게 강의에 대해 피드백하면서 긍정적인 것보다 앞으로 개선해야 할 것을 주로 이야기하라고 권했다. 그런데 막상 강의를 5분 늦게 시작한 것과 학생들을 편애하고 논제에 문제가 있다는 것을 지적하자 순간 억울하고 기분이 구겨졌다. 강의를 5분 늦게 시작한 것은 대다수 학생이 원하여 한 것이고 다수 학생이 좋았다고 했다. 학생을 편애했다고 한 것은 순전히 돋보기를 껴야 글씨를 보는 시력 때문이었다. 논제에 대한 문제는 학문적인 차원으로 다룬 것이지 신앙적인 차원에서 다룬 것이 아니었다.

얼굴이 화끈거리는 것을 애써 억지로 내리누르며 불편한 마음을 서둘러 뜯어고쳤다. 마치 마파람에 게 눈 감추는 순간 같은 시간이었다. 학생들에게 강의한 내용 가운데 개선해야 할 것을 마음껏 말하라고 큰소리친 배후에는 내 교만함이 어느 정도 버티고 있었다. 학생이

지적한 내용을 다음 학기에 잘 반영하여 한 사람이라도 속이 출출해
지지 않는 강의를 해야겠다고 마음먹으니 평온해졌다.

결벽증일까?

(2017. 12. 15.)

감사의 뿌리

오늘부터 학생들이 이번 학기 성적을 열람하는 날이다. 학생 상하가 페이스북에 쓴 내 글에 댓글을 달았다.

"제 학점에도 비가 와요 교수님!"

"ㅋㅋㅋ. 미안! 너도 최선을 다했지만, 샘도 최선을 다해 줬단다. 속상해하지 마라."

"저는 수업 그 이상을 들었습니다. ㅎㅎ 선생님에게 수업을 들었다는 자체로 행복한 걸요. 저는 날씨가 더워 의지대로 비를 맞는 중입니다."

"그래, 고맙다. 너무 맞지 마라. 내일 글쓰기 특강 나오너라."

혼명한 하늘이 찢어진 것 같다. 비가 폭포처럼 떨어진다. 지금도 비를 맞고 있는지 마음이 놓이지 않았다. 상하에게 전화했다. 상하가 비를 맞고 나니 시원하다고 했다. 목소리가 힘이 넘쳤다. 학점에 대해 설명하자 흔쾌하게 수긍하였다. 감사하다는 말을 잊지 않았다.

오늘 밤 대천에서 문학특강이 있다. 연구실에서 원고를 점검하였다. 커피를 끓였다. 의기소침한 기운이 커피 냄새를 맡자 싱싱해졌다. 상하가 문자를 했다.

교수님! 안녕하세요? 사회복지학과 18학번 김지영입니다. 성적을 확인하고서 문자 남깁니다. 제가 몸이 아파 성실하게 리포트를 쓰지 못하고 시험도 잘못 치렀는데, 학점을 잘 주셔서 감사합니다.

한 학기 동안 좋은 수업 해주셔서 감사합니다. 장마철이라 비가 많이 오는데, 감기 조심하시고 항상 건강하시길 기도할 게요. 저는 항상 제 자신이 불행하다고 생각했습니다. 교수님 수업을 받고 교수님께서 말씀하신 것을 들으며 감사하며 살아야겠다고 다짐했습니다.

일주일이 힘들어도 월요일 오전 교수님 말씀을 듣고 한 주를 감사하며 살려고 노력했어요. 감사하는 마음을 가지니, 우울증 약도 스스로 절제하게 되었어요. 다 교수님 덕분입니다. 저에게 작은 일에도 감사하는 마음을 가지게 해주셔서 감사합니다.

지영이에게 전화했다. 아파하지 말자고. 잘 견디며 이기자고. 그래도 우리는 사지가 멀쩡하지 않으냐고. 육신이 멀쩡하니까 삼성 이건희 회장보다 부자 아니냐고. 전주에 오면 전화하라고. 맛있는 것 사주겠다고. 지영이가 흐느껴 울었다. 울음 중간중간에 감사하다는 말을 빠트리지 않고 꼭꼭 끼워 넣었다. 지영이 울음소리를 오래 정독하였다.

두 학생에게 준 학점은 높은 점수가 아니었다. 그런데 원망하지 않고 감사해하니 내가 미안했다. '인문고전 읽기' 강의시간에 나는 학생들에게 수업을 가르치는 교수가 아니라, 강의를 진행하는 진행자라고 한다. 내 자신이 삶에서 실천하지 못한 것을 학생들에게 가르치는 것은 모순이다. 그래서 함께 배우는 마음으로 강의한다.

신애가 전화했다. F학점을 고쳐줄 수 없냐고. 일언지하에 불가능하다고 못을 박았다. 매주 책을 읽고 토론하고 글을 쓰는 것을 학생들이 달가워할 리 없다. 학습능력은 개인에 따라 차이가 있다. 이런 차이는 그렇다 손치고 성실하지 않으면 희망이 없다. 한 학기 내내 학생들이 쓴 글을 일일이 서면 첨삭했다. 서면 첨삭을 통해 이해하지 못한 학생은 글쓰기 상담을 통해 대면 첨삭을 했다. 한 사람이 많게는 4회에서 5회까지 한 학생도 있다.

신애에게 다음 학기에 다시 수강하라고 했다. F학점은 학업성적이 아니라, 성실 점수란 말을 덧붙였다. 강의실에서 학생들에게 언어활동 능력을 향상하는 것보다 살아가는 태도가 더 중요하다고 강조한다. 최선을 다해 치열하게 살지 않으면, 돌밭 같은 세상을 당당하게 살 수 없기 때문이다. 나태의 그림자가 내게 엄습하면, 학생들 앞에서 한 말을 떠올린다. 일어나서 뛴다. 감사해야 할 사람은 학생들이 아니라, 정작 나 자신이다.

대천까지 가는 길이 비바람 때문에 만만치 않을 것 같다. 시간을 앞당겨 미리 출발하려고 한다. 가스레인지에 라면을 끓이려고 물을 올렸다. 이 시각, 수돗물과 가스가 나와서 감사하다. 선풍기가 돌고 냉장고 전원이 끊이지 않음. 날씨가 볼썽사납지만, 이런 날 만날 사람 있음이. 갈 곳 있는 것이 감사하다. 내가 쓴 詩 이야기를 할 수 있음이, 낮은 점수에도 감사할 줄 아는 제자들이 있어 무엇보다 감사하다.

세상에! 구름 사이로 햇살이 삐금하게 고개를 내밀었다. 감사의 뿌리가 무량하게 뻗는다.

(2018. 7. 2.)

돌의 울음

아중호수
목교를 날다

비가 올라치면 몸이 먼저 눈치를 챈다. 푹 가라앉고 졸리고. 학생들이 쓴 리포트를 첨삭하다 작업실에 들러 눈을 붙이려고 연구실을 나왔다. 색장동 오르막길을 넘어 내리막길에서 가속이 붙었다. 속력의 고삐를 70Km로 강제했다. 감시카메라가 엿보고 있기 때문이다. 감시의 사각을 벗어나자마자 직진하던 행로를 재빠르게 바꿔 좌회전 구역에 차를 댔다. 차선을 변경한 것은 전혀 계획하지 않고 내린 결단이다.

아중호수에 들르고 싶었다. 물빛과 물 냄새가 못내 그리웠다. 적당한 곳에 차를 주차하고 호수로 내려갔다. 아중호수 명물은 물빛이나 물 냄새보다 호수 위에 만들어 놓은 나무다리이다. 아중호수 목교는 차라리 길이다. 이 길은 햇살 방향으로 접속어를 몇 개 거느리고 있다. 물과 길을 순행과 역접으로 잇는다. 물과 길이 만나는 곳에 마을이 있고 사람 냄새가 난다.

목교를 걸으며 평소 오가던 길을 바라봤다. 역광의 풍경이 처음에는 생소하게 보이다가 익숙하게 다가왔다. 가시권에서 더 멀어진 풍경은 세속의 허물을 벗고 신선함을 더 부풀렸다. 딴엔 날렵하게 달린다는 차의 속력이 자벌레 발걸음처럼 속도가 더뎠다. 나무란 나무는 봄을 맞아 각자 제 몸에 새로 쓴 쪽빛 문장을 달고 있다. 쪽빛이 모여 사는 물가 마을엔 그 빛을 물에 씻고 있다. 지상과 수면이 온통 한통속이다.

멈춰야 비로소 풍경을 볼 수 있다. 바쁘게 사는 것과 열심히 사는 온도는 다르다. 바쁘게 사는 것은 시간에 쫓겨 종횡무진하는 것이다. 열심히 사는 것은 선택의 의지를 갖고 시간을 조정하며 사는 것이다. 그동안 앞만 보고 바삐 걸었다. 내 삶엔 핑계가 너무 많이 따라다녔다. 바쁘다. 부족하다. 아프다. 귀찮다. 힘들다. 그래서 품지 못했고, 내어주지 못했고, 힘 쏟지 않았다. 살다 보면 우리 생애 핑계가 신용불량자를 만든다.

눈이 맑아졌다. 목교는 아중호수 머리에서 시작하여 다리에서 끝난다. 정확하게 말하면, 복사뼈 인근이 종점이다. 길은 가다 끊기면 길이 아니라 곤두박질치는 절망이다. 다행히 절망을 지울 수 있게 다리를 연장하는 공사를 하고 있다. 연장도 연장하기 나름이다. 20년 다 된 것 생명을 연장한 세월호 절망이었다. 20년 다 된 고리원자력발전소 희망일 수 없다.

아중호수 목교는 차라리 허공이다. 허공에 떠 있으면서도 깊은 물빛을 닮아, 추락의 권력을 외면하는 당당한 배짱이다. 물새가 날아오른다. 새는 몸으로 하늘을 가르지 않고 마음을 퍼 올린다. 자신을 비워낸 자리에 허공을 품어 솟아오르고, 자신을 덜어낸 자리에 바람을 보듬고 흐른다. 길이 아닌 길을 절대 가지 않는다.

허공에 꽃들이 집을 짓느라 공사가 한창이다. 꽃은 몸으로 피는 게 아니라, 마음을 허공에 열어놓는다. 자신을 부정한 자리에 허공을 넉넉하게 받아들이고, 자신을 낮추고 허공을 높이 우러러본다. 꽃은 어느 곳에 마음을 열어야 할지, 어느 곳에 자리 잡고 자세를 낮춰야 할지 잘 안다. 꽃이 만발한 산이 달팽이 걸음으로 내려와 호수에 풍덩 빠져 물빛으로 물들고 있다. 빠지다와 물듦은 유의어 이웃쯤이다.

꽃은 필 자리 알고 핀다// 누군가의 주어로/ 누군가의 목적어로/ 누군가의 서술어로/ 누군가의 보어로// 아무 데나 몸 풀지 않는다.

「꽃의 처신」 전문)

목교를 걷다 앉고 싶은 마음이 생기는 곳에 의자가 있다. 산책 나온 오후 햇살들이 오순도순 자리를 잡고 소곤거렸다. 그들 틈에 끼어 앉았다. 비밀스러운 이야기를 나누었는지 말이 끊겼다. 미안하여 자리를 떴다. 아중호수 머리맡에 이르자 전신을 드러낸 호수가 한눈에 살갑게 들어왔다. 봄날이 그린 거대한 수묵화였다. 잠시 후 석양이 낙관처럼 선명하게 찍혔다.

바람이 불었다. 바람도 그림자가 있다. 바람이 그림자를 데려오지 않고 혼자 오면 어김없이 비가 온다. 참 별일이다. 이렇게 몸이 가벼워지고 눈앞이 환해지다니. 비 몸살로 쿵쿵 앓아야 할 몸이 풀처럼 풀풀 일어섰다. 풀처럼 풀풀 푸르러졌다. 점점 고요해지는 호수 아무것도 시비하지 않고, 혼자 남은 의자 누구도 탓하지 않았다. 징하게 청명한 풍경을 마음에 넣고 목교를 또 걸었다. 아니 허공을 날았다. 꽃으로 피었다.

그 풍경에 우묵하게 안겨 詩心의 심지에 불을 붙였다.

(2018. 4. 14.)

아중 목교를
헤엄치다

　애지중지한 것을 놓고 온 기분이랄까. 며칠 전 아중호수 목교를 거닐며 석양을 보고 왔다. 저녁이면 호수 목교에 불이 켜져 야경이 마치 봄날 꽃밭과 같다. 그 풍광을 먼발치에서 바라만 봤을 뿐, 직접 밟지 못했다. 오늘 맘먹고 저녁 무렵 아중호수를 찾았다. 어차피 밤늦은 시간에 아중천변을 산책할 시간을 앞당겨 장소를 아중호수로 바꿨다.

　엷은 어둠이 내린 호수 목교는 가슴마다 불빛을 이름표처럼 매달았다. 점이 모여 선을 이루듯 목교 불빛은 아무렇지 않게 곡선을 완만하게 그렸다. 그 선을 따라 걸으면 어둠은 두께를 두껍게 쌓는데, 마음은 자꾸 쾌청해진다. 같은 물인데도 사랑하기 좋은 곳이 따로 있다. 짝짓기를 하는 개구리 울음소리가 불빛이 별로 없는 곳에서 울울창창하다 푹 꺼진다. 아무 일 없었던 것처럼.

　불빛을 머금은 수면이 흔들린다. 초저녁까지 점처럼 보였던 건너편 가로등 길이가 수면에서 길어졌다. 관절이 내려앉도록 서 있다 보니 초저녁을 지날 때쯤 잠이 몰려왔는지 모른다. 수면에 잠자리를 마련하고 허리를 길게 펴느라 그의 키가 크게 보였을지도. 불빛이 水天에 흐드러지게 만발하였다. 목교 불빛은 차라리 불로 이루어진 숲이다.

목교 불빛을 따라 걸으면 뜻밖에 물고기가 된 것 같다. 허공은 부레 같고 손발은 지느러미와 같다. 길을 갈 때 발 딛기 좋은 곳을 골라 걷기 마련이지만, 불빛 풍성한 목교를 걸을 땐 굳이 평평한 곳을 고를 필요가 없다. 수면처럼 높낮이가 일정하여 발을 내키는 곳 아무 데나 두면 된다. 물고기는 지나온 곳에 흔적을 남기지 않는다. 목교를 아무리 걸어도 발자국이 찍히지 않는다.

밤 소풍을 나온 사람이 꽤 많다. 연인이 지나간다. 무심코 넘길 수 없는 각별한 어휘가 푸릇하다. 더할 나위 없이 보드랍고 뜨끈뜨끈한 사연이 궁금하다. 그들이 하는 사랑이 행여 옛사랑이 되거나, 한때의 사랑으로 구겨지지 않기를 바랐다. 그들도 때로는 아플 것이다. 사랑은 따뜻하고 편하고 자유롭지만, 잘못하면 상처가 되고 아픔이 된다. 그래도 누군가를 사랑할 때 세상이 아름답다.

목교 난간에 거미가 집을 한 채 지었다. 변변한 세간 하나 없는 살림이지만 초라하지 않다. 그는 먹잇감을 찾아 방황하지 않는다. 안절부절하지 않고 허기를 기다림으로 걸어 잠근 채 세월을 경청한다. 어쩌다 하룻밤이 한생인 부나방이 물길을 잘못 들어 방문하면 조용히 문을 열어준다. 그에게 더할 나위 없는 성찬이지만, 묵힌 편지를 읽듯 서두르지 않는다.

건너편 철로에서 열차가 서너 번 오갔다. 물속 고요가 일시에 흔들렸다. 저 열차에 몸을 싣고 남녘 땅끝에 달랑 도달했으면. 언젠가 우리나라 섬을 돌아다니며 시를 쓰려고 한다. 오래전에 쓴 「섬 2」란 시가 떠올랐다.

바다 건너 저 산은/ 언제부터 바다를 알았을까/ 누군가를 안 순간부터/ 함께 앓아야 하고/ 함께 앓지 못해 아프면서// 뭍에 속해 있으면서도/ 떨어져 살아야 하는 생애/ 가까워질 수 없는 거리에서/ 누군가의 섬으로 떠서/ 평생 아픔 바라보면서// 사랑이란 별것 아냐/ 어디에 발 딛고 있든/ 마음 붙잡고 사는 것/ 가라앉지 않는 섬처럼/ 그대 맘에 떠 있으면서.

불빛 질 줄 모르는 아중호수 목교는 이 밤 적어도 섬이다. 수면의 끝을 잡고 물 위에 팽팽하게 떠 몸이 달아 저를 사랑하는. 사랑앓이를 하느라 하얗게 속 타고 몸 볼그레하게 열꽃 피우며. 불빛 받아 황홀해진 수면 물의 감촉으로 시심 일렁이다 시 한 편 쓰고야 마는 시인이다. 비록 함초꽃 피지 않고 소금 알갱이 데리고 온 파도는 없지만, 불빛에 물비늘 파닥이는 바다 어디쯤이다.

몽돌에 달빛 내려앉은 해변은 없지만, 불빛이 반짝반짝 날개를 달고 비상한다. 아중호수 목교 불빛은 詩를 비추는 등대이다. 은빛을 따라 물고기처럼 헤엄치다 보면 고사목처럼 말랐던 詩心이 숭숭해진다. 절뚝거리는 詩心을 여기까지 이끈 것은 마음에서 이는 불길이었다. 그 불길의 불빛을 따라 아중호수 목교 불빛을 만났다. 불빛과 불빛이 만나 극빈한 마음이 환해졌다.

잠에서 깨어나면 일상이 딱딱한 의자 같은 날 있다. 삶이 무뎌지면 짭조름한 바닷바람을 쐬고 싶은 날도 있다. 이런 날 아중호수에 들르라. 몸속에 있는 지느러미를 꺼내 불빛 맑은 목교를 헤엄쳐 보라. 빈 털터리였던 맘이 싸목싸목 부유해질 것이다.

(2018. 4. 16.)

선물 1

"똑똑"

연구실 문을 두드리는 소리가 났다. 모 교수님께서 손에 큼지막한 쇼핑백을 들고 들어오셨다. 약간 멋쩍어하시면서 탁자에 내려놓은 쇼핑백에 롱코트가 들어 있었다. 얼마 전 지나가는 말로 닳아지기 전에 달라고 한 적이 있었다. 체형이 비슷하여 안성맞춤으로 내 몸에 딱 맞았다. 언젠가 한 벌 사야겠다고 마음먹었지만, 새삼 바람으로만 끝나고 말았다.

새것을 드리지 못해 미안하다는 말을 몇 번이나 하고 교수님은 서둘러 연구실을 나가셨다. 옷을 입고 거울 앞에 섰다. 얼굴만 겨우 볼 수 있는 작은 거울 속에 비친 내 모습이 다른 사람처럼 보였다. 10여 년 전에 산 반 패딩을 입을 때와 달리 키가 커 보였다. 게다가 근사해 보이기까지 했다.

교수님께 따뜻하게 잘 입겠다고 문자를 드렸다. 잠시 후 답글이 왔다. 새것을 드리지 못해 죄송하다 하시며 그저 편하게 입어주길 바란다고 하셨다. 다시 답 글을 보냈다. 새것보다 더 좋다고, 진심이라고, 잘 입겠다고 했다. 인사치레로 한 말이 아니라, 새것보다 더 마음에 들고 편했다. 우선 새 옷을 받았다면 적지 않은 옷값과 무엇인가를 보답해야 한다는 것 때문에 부담스러웠을 것이다.

30여 분 후 학교 근처에 있는 식당에서 저녁을 함께 먹기로 이미 약속한 터였다. 롱코트를 입고 나갔다. 그 교수님 외에 다른 교수님과 동행했다. 실은 다른 교수님께서 옷을 먼저 달라고 했기 때문에 옷의 출처에 대해 잘 알고 계셨다. 우리가 옷을 달라고 한 것은 99%가 농담이었다. 농담으로 한 말을 진심으로 받아들여 옷을 그냥 주신 것이다. 또 마다하지 않고 기다렸다는 듯이 덥석 받아 입었다.

늦은 시간 초승달을 앞세우고 귀가했다. 아내가 롱코트를 입은 나를 보고 깜짝 놀랐다. 자초지종을 듣고 나서 믿을 수 없다는 표정을 지으며 일전에 아웃도어를 주신 분이냐고 물었다. 아니라고 했다. 이어서 핀잔이 쏟아졌다. 농담을 해도 농담 나름이지 어떻게 입고 있는 옷을 달라고 할 수 있느냐, 상대는 그 말을 듣고 얼마나 부담스러워했겠느냐, 그 교수님은 사모님한테 뭐라고 했겠느냐와 같은 것이었다.

99% 농담이었다고 변명했다. 아내는 핀잔의 엔진을 멈추지 않고 계속 가동했다. 사람 감정을 어떻게 수치로 정량화할 수 있느냐, 그렇다 하더라도 진심이 1% 개입했지 않느냐, 학생들에게 논리적인 글쓰기를 가르치는 사람이 왜 그렇게 합리와 담을 쌓을 수 있느냐, 사람이 왜 그렇게 뻔뻔할 수 있느냐, 유머를 구사한답시고 제발 너무 나가지 말라는 것이었다.

"당신한테 잘 어울리긴 하네요."

아내가 핀잔의 가속페달을 더 이상 밟지 않았다. 아내가 염려한 것과 달리 나는 그 교수님의 진심을 결단코 오독하지 않았다. 비록 지나가는 말로 옷을 달라고 했지만, 내가 한 말을 오해하거나 불편해하지 않을 것이란 믿음이 내 안에 자라고 있었다. 그래서 옷을 받은 것에 관해 부담을 거의 느끼지 않았다. 간단한 소찬에 커피나 한잔 사는 것으로 보답하려고 했다.

우리는 세상살이하면서 이런저런 선물을 주고받는다. 선물은 주는 사람이나 받는 사람이 기쁜 마음으로 해야 한다. 값이 비싼 것은 좋은 선물이고 값이 싼 것은 그저 그런 선물일 수 없다. 연인에게 "사랑한다."는 말을 하는 것보다 값진 선물이 없을 것이다. 새것이 가치 있는 선물이고 쓰던 것은 무가치한 선물이 아니다. 판박이처럼 생긴 이모티콘으로 감정을 표현하는 것보다 몇 자 안 될망정 정성들여 쓴 문장이 더 의미 있는 선물이다. 손편지에 우표를 붙여 보낸다면 더할 나위 없을 것이다.

참 성탄절이 바로 눈앞에 왔고 세밑이 며칠 남지 않았다. 성탄 카드와 연하카드를 만들어 보냈던 것이 이제 까마득한 옛일이 되고 말았다. 한때는 화선지에 어쭙잖은 붓글씨를 써서 낙관을 눌러 지인들에게 줄기차게 보냈다. 요즘은 대부분 사람이 스마트폰으로 성탄절과 새해를 축하하고 축복한다. 똑같은 그림 영상이나 음악을 여러 사람한테 받으므로, 가난한 시절 밥상에 징그럽게 올라왔던 시래깃국처럼 물린다.

선물은 꼭 다른 사람한테 받는 것만이 아니다. 자신을 스스로 위로하고 격려하는 말도 귀한 선물이다. 우리가 모두 올 한 해 잘 살아왔다. 돈을 얼마나 벌었는지, 승진되었는지, 평수가 큰 집으로 이사한 것보다 중요한 선물이 있다. 우리 심장이 멎지 않고 이 순간까지 뛰고 있잖느냐. 숟가락 들 수 있는 손이 있고 젓가락질할 수 있는 손가락이 있지 않으냐. 신발 신고 걸을 수 있는 다리가 있지 않으냐. 혈관에 피가 멎지 않고 흐르고 있지 않으냐. 그래서 감히, 감사해야 하지 않겠느냐.

세밑, 자신에게 칭찬을 한마디씩 선물로 건네자. "험한 세상, 힘들었지만 잘 버텨 준 내가 대단해.", "늘 잠이 부족하고 피곤했지만, 쓰러지지 않고 달려온 널 사랑해.", "좋은 사람들 만나 행복한 시간 보낸 내가 기특해.", "상처 준 사람 몇몇 때문에 숨 막혔지만, 참고 견딘 것 참 잘했어.", "사랑하는 사람, 그리워하는 사람 있어 시심 꺾지 않은 내가 부러워."

창밖에 햇살이 맑고 정갈하게 소복이 쌓이고 있다. 이 겨울, 저 햇살은 추위를 멀쑥하게 견디게 하는 푸짐한 선물 아니겠는가.

(2017. 12. 23.)

선물 2

아중천이 끝나는 곳에서 소양천이 시작한다. 내川는 사람이 이름을 붙였을 뿐, 자기 이름에 관해 시비하지 않고 삼시세끼 묵묵히 흐른다. 소양천에서 초포 다리로 가는 길은 자전거 전용도로이다. 방죽길이 있지만 좁아서 차와 맞닥뜨리면 비켜서야 하는 게 귀찮다. 자전거전용도로는 자전거 타는 사람보다 걷는 사람이 훨씬 많다. 사람보다 더 많은 것은 꽃이다. 개망초가 지천으로 피어 소금이 농익은 염전처럼 새하얗다.

잘 알고 지내는 지인이 입원했다. 그는 평소 건강관리를 꼼꼼하게 했다. 꼼꼼하다 못해 철두철미하다. 매일 헬스장에서 운동을 하고, 축구나 걷기를 꾸준히 했다. 어렵고 힘든 사람을 돌보는 일도 열심이었다. 빗길을 운전하다 교통사고를 냈다. 귀동냥으로 그가 입원했다는 말을 듣고 병원에 들렀다. 알리지도 않았는데, 찾아온 날 보고 깜짝 놀랐다. 깁스를 하거나 붕대를 감고 있지 않아, 큰 사고가 아니라고 여겼다.

사고는 이렇게 났다. 막상 듣고 보니 멀쩡한 외모만 가지고 판단할 일이 아니었다. 세상 일이 다 그렇지만. 점심 약속 장소로 가는 길에 비가 내렸다. 그렇다고 차 바퀴가 미끄러질 정도로 내린 비는 아니었다. 눈을 떠보니 병원이었다. 자신이 운전한 차가 날개를 달았는지 반대편 차로로 날아가 떨어져 있었다. 산 지 얼마 되지 않은 차를 폐차했다. 그는 자신이 다시 태어났다고 했다. 반대편에서 차가 왔으면 저세상에 가 있었을 것이라며 몸서리쳤다.

우리 운명은 찰나에 결정된다. 살려고 아등아등 버텨도 낙엽 지듯이 저세상으로 떨어진 사람이 있다. 생명줄을 놓고 사는 것 같은데도 아무 일 없이 잘 사는 사람이 있다. 그가 말했다. 하나님께서 살려주신 것이라고. 그는 목사님과 장로님 때문에 시험에 빠져 교회 나가는 것을 오랫동안 방학했다. 그가 출석하는 교회 모 장로가 목사를 쫓아냈다. 쫓겨난 목사가 교인을 데리고 인근에다 교회를 세웠다. 귀동냥으로 들은 사연이다. 사실이라면 시장통에 있는 商道마저 그 교회는 없는 셈이다.

마침표 없이 쓴 문장처럼 눈앞에 개망초가 널려 있다. 병원에 있는 지인이 떠올랐다. 병원에 두 번째 들렀을 때, 그가 들꽃이 보고 싶다고 했다. 만날 자유롭게 다니다 병실에 갇혀 있으니 자연의 향이 그립다 했다. 바람만 오고 갈 뿐, 자전거 전용도로 근린엔 사람 그림자 하나 없었다. 개망초를 꺾었다. 강아지풀도 뽑았다. 기생초도 몇 송이 꺾어 개망초 사이에 끼워 넣었다. 게다가 문패 없는 밭에서 도라지꽃 몇 송이를 슬쩍했다.

한 송이 한 송이 모은 꽃이 다발이 되었다. 아중천변에 이르자 오가는 사람이 날 쳐다봤다. 아니 꽃다발을 봤다. 등에서 땀이 흘렀다. 그들 눈빛이 자연을 보호할 줄 모르는 무뢰한으로 취급하는 것 같았다. 불빛이 적은 곳만 골라 밟고 서둘러 작업실에 도착했다. 고리타분한 공기가 슬그머니 꼬리를 감췄다. 꽃향기가 치맛자락을 날리며 방 안 가득 넘쳤다. 내 몸이 나비처럼 가벼워졌다.

꽃다발 꽂을 만한 것을 찾았다. 허름한 살림살이는 부스러기 나오는 것조차 인색하다. 냉장고 위에 머루와인을 넣은 둥근 종이상자가 눈에 들어왔다. 그 안에 물을 담을 만한 것만 있으면, 구색이 딱 맞다. 냉장고에서 작은 생수통을 꺼냈다. 꽃대를 가지런히 끈으로 묶고 키를 맞춰 잘랐다. 꽃대 중간 부분을 은박지로 쌌다. 종이상자와 생수통 머리도 꽃대 키에 맞춰 잘랐다. 꽃을 꽂으니 참 근사했다. 그가 하나님께서 살려주신 것이라고 고백한 것이 뜬금없이 떠올랐다. 겉에다 성경말씀을 한 구절 쓰기로 했다.

주는 나를 용서하사 내가 떠나 없어지기 전에 나의 건강을 회복시키소서. (시편 39편 13절)

원고지에 붓펜으로 이 말씀을 썼다. 순간 "주는 나를 용서하사"란 말씀을 그가 어떻게 받아들일지 몰라 고민했다. 위로해주려다 상처를 줄지 모른다는 생각이 물안개처럼 피었다. 그냥저냥 살면 편한 세상, 모기에 물리고 사람들 눈총 피해가며 만든 꽃다발이다. 그가 좋아할지 전혀 감감한 일이고. 공연히 일을 벌이는 건 아닌지 기가 꺾였다.

엎어진 물은 일단 닦아야 한다. "주는 나를 용서하사"란 말씀을 빼고 글씨를 써서 붙였다. 이왕 주기로 마음먹었으니, 이미 내 품을 떠난 것이다. 지칠 줄 모르고 흐르는 땀이 눈에까지 들어왔다. 사워를 했다. 그에게 잠시 들르겠다고 전화했다. 필요한 것 없느냐고 묻기도 전에, 아무것도 가져오지 말라고 단속했다. 오히려 냉장고에 먹을 것이 많이 있다며 가져가라고 했다.

병실 문을 열었다. 양쪽 귀에 이어폰을 끼고 있는 그가 모로 누워 있었다. 그가 쓰는 사물함에 꽃다발을 살며시 올려놓았다. 옆자리에 있는 할아버지께서 꽃이 예쁘다고 몇 차례 각주를 달았다. 건너편에 있는 중년 남성은 꽃을 보고 환히 웃었다. 등을 두드리자 그가 모로 된 자세를 풀며 나를 쳐다봤다. 시치미를 뚝딱 떼고 그에게 물었다.

"이게 무슨 냄새냐?"

"그러게. 어디서 좋은 냄새가 나네."

그가 드디어 꽃을 보았다. 자리에서 일어나 꽃을 코에 갖다 댔다. 정말 맡고 싶은 냄새였다고 했다. 좋아하는 모습이 그냥 꽃이었다. 지금까지 살면서 가장 좋은 선물을 받았다며 웃음꽃을 연신 피웠다. 그 꽃은 어떤 바람 앞에서도 끄덕하지 않을 꽃이었다. 그가 시편 말씀을 보고 눈물을 흘렸다. 그가 세상에서 가장 좋은 선물을 받았다면, 나도 세상에서 가장 좋은 선물을 한 것이다. 모기에 몇 군데 물리고 사람 눈길 피하느라 힘 좀 들었지만. 돈 한 푼 들이지 않은 선물이었다.

(2018. 7. 5.)

돌의 울음

입춘이 왔다. 명색이 입춘 이름값을 하지 못하고 한파주의보가 내렸다. 제주도와 서해안 일대는 대설주의보까지 겹쳤다. 추위 때문에 요 며칠 밤에 산책하는 것을 접었다. 아침에 원각사나 다녀오려고 길을 나섰다. 묵방산에서 웅크리고 있던 바람이 먹잇감을 발견한 허기진 들짐승처럼 맹렬하게 덤벼들었다. 머리끝이 띵해지며 피가 멎는 것 같았다.

마스크 틈을 뚫고 나온 입김이 안경알에 달라붙었다. 사방이 온통 안개가 자욱하게 낀 것처럼 어둑했다. 무엇인가 "핑" 외마디 소리를 내며 발밑을 잽싸게 빠져나갔다. 잠시 후 언덕 아래 콩밭에서 "퍽" 하는 소리가 났다. 다름 아닌 돌멩이었다. 날아간 거리와 신음소리를 가늠하면 엄지손 두 배쯤 될 성싶었다. 최근 '피터 싱어'가 쓴 『동물해방』이란 책을 읽고 있다. 동물도 우리 신경계와 비슷하게 신경학적인 반응, 즉 고통을 느낀다. 동물도 사람처럼 자극을 받으면 혈압이 오르고, 눈이 팽창하며, 땀을 흘리고, 맥박이 빨리 뛴다고 한다.

이 말을 떠올리며 돌이 느낄 고통을 측량했다. 등산화에 짓밟힌 돌은 발톱에 피멍이 시퍼렇게 들었거나 정강이뼈에 금이 갔을지 모른다. 이가 몇 개 부러졌거나 정수리가 터져 피범벅이 됐을지 모른다. 우리 같으면 "사람 살려!"라고 외치거나, 응급차를 불렀을 것이다. 가슴까지 꽁꽁 언 콩밭으로 날아 떨어진 돌은 아무 말 한마디 하지 않았다.

세상살이하다 보면 만날 징징대는 사람이 있다. 이 세상 아픔을 마치 저 혼자 이고 진 것처럼 질질 짜는 사람이 있다. 나 역시 이런 사람 이웃에 살고 있다. 이번에 발간할 수필집 교정을 마무리하고 출판사에 원고를 오늘 보냈다. 내용을 보니 대부분 집안 이야기, 학교 이야기, 내가 쓴 글과 관련한 이야기로 시시콜콜하다. 운명처럼 달라붙은 아픔을 탓하며 애창곡 부르듯이 꽤 징징대며 살아왔다.

돌은 생각할 줄 모르고 입이 없어서 아프다고 말하지 않을까? 고통을 자각하는 신경이 없어 아픔을 느낄 수 없을까? 돌은 언어를 부릴 줄 몰라 아픔을 표현하지 못할까? 귓문을 열어젖히고 우주의 음성을 경청했다. 돌이 나지막하게 흐느끼는 소리가 들려왔다. 그 소리는 터놓고 내보낼 수 없는 아픔을 꼭꼭 누르는 울음소리였다. "왜 힘없는 자신을 매정하게 밟느냐?"고 항변하는 소리였다.

누군가 내디딘 발에 치여 아파하고 우는 사람이 많다. 암울한 역사의 뒤안길에서 군홧발에 짓밟혀 심장이 찢어지고 숨통 막힌 사람이 많았다. 불평등하고 불공정한 사회구조는 거대한 발이다. 이 발바닥에 밟히고 짓눌려 우는 사람이 우리 주위에 많다. 우리 사회는 이

들이 내는 곡소리를 외면하는 난청 사회이다. 비민주적인 정권에서는 더욱 그랬다.

힘 있고 가진 것 많은 사람은 약하고 허기진 사람을 한낱 돌멩이처럼 여길지 모른다. 이들이 울음을 꾹꾹 삼키며 살고 있으니 아픔의 깊이와 넓이를 잴 줄 모른다. 내가 신은 등산화에 밟혀 콩밭으로 떨어진 돌멩이가 느낄 아픔을 생각한다. 행여 어느 누군가를 이 돌멩이처럼 밟은 적은 없었던가? 때로는 혼잣말이나 생각으로, 뾰쪽한 글이나 등 뒤에서 험담으로, 짓밟은 일이 없었던가? 몇 이름이 떠올라 딴엔 무척 낯이 달아오른다. 용서 바라는 방법이 무엇인지 찾고 있다. 겨울잠에 빠진 묵방산이 움찔 깨어났다.

발에 짓밟힌 돌멩이/ 콩밭에 픽 쓰러졌다/ 발톱이나 정강이/ 시퍼렇게 피멍 들고/ 갈비뼈 금 지났거나/ 이 몇 개 나갔을 터/ 아침 거른 들고양이/ 축난 힘 꺼내 울고/ 통증 알아차린 새떼/ 닮은 울음으로 날자/ 겨울잠 푹 든 묵방산/ 움찔 깨어 눈 비볐다. (「돌의 울음」 전문)

(2018. 2. 5.)

추위를 밟고
떠나다

올겨울 들어 가장 추운 날이다. 널브러진 냉기가 날 선 바람이 되어 코를 벨 것 같다. 바람 좀 쐬려고 잡은 날 하필 추위가 오르막으로 가파르게 올랐다. 혼자라도 떠나려고 마음먹었더니 탱탱해진 마음이 탄력을 잃지 않았다. 동행한 知己까지 있으니 의외로 뾰쪽한 추위가 무슨 대수이랴.

최근 미세먼지 때문에 안색이 좋지 않았던 하늘이 새파랗다. 이런 하늘을 올려다보며 감탄한 것이 얼마 만인가. 하늘 밑에 가지를 달고 서 있는 것 죄다 바람 부는 방향으로 돌아눕는다. 살다 보면 불시에 부는 바람처럼 아플 때가 있다. 이때 아픔과 맞서면 안 된다. 아픔의 방향대로 심신을 맡기고 그 무게만큼 인내해야 한다. 그 각도만큼 겸손해야 한다.

겨울 옥정호 속살이 깊게 드러났다. 곳곳이 얼었다. 얼지 않는 곳은 물이 오가는 물길과 수심이 깊은 곳이다. 결속과 결빙의 원리는 사촌쯤 된다. 다른 사람과 좋은 관계를 맺으려면 물길처럼 서로의 마음을 오가야 한다. 마음과 생각이 깊어야 많은 것을 품을 수 있다. 소통과 배려는 서로를 결속하는 힘이다. 조직을 견고하게 하고 구성원 사이에 신뢰감을 두껍게 한다.

길을 달리는 것은 믿음이다. 자동차 타이어가 온전하고, 운전하는 동료가 졸지 않고, 안전운전할 것이라는 믿음이 무너지지 않아야 한다. 길은 즐겁게 떠나야 한다. 혼자일 때도 그렇지만, 여럿일 때는 더욱 그렇다. 마음속에 울울창창하게 자라는 찌듦의 나무를 벌목해야 한다. 차마 내려놓지 못한 집착의 나무뿌리를 캐내야 한다. 먼 길 마실가듯 가볍게 떠나야 한다.

길은 직선로만 있는 것이 아니다. 굽잇길이 있다. 평평한 대로만 있는 것이 아니다. 오르막길이 있는가 하면 내리막길도 있다. 이정표가 있는 곳이 있고 물어가야 할 길도 있다. 4차로가 있는가 하면 외길의 일방통행로가 있다. 때로는 길을 잘못 들어 되돌아와야 할 때가 있다. 우리는 그 길에서 많은 사람과 만나기도 하고 헤어지기도 한다. 인생은 길을 걷는 여정이다.

창평 슬로시티 마을에 이르렀다. 예스러운 풍경이 추위에 잔뜩 움츠러들어 울컥했다. 마을에 유일하게 남은 일본식 목조주택 문도 자물쇠로 잠겨있다. 봄날 커피를 마시며, 마루에 앉아 앞산을 보고 있으면, 시상이 꿈틀거렸다. 아낙이 덤으로 내준 엿과 떡은 성급하게 일어서려는 발길을 붙잡은 손목이었다. 추위는 초록의 풍경만 지운 것이 아니라, 그 손목의 여운마저 지웠다.

창평 장터 국밥은 온기가 오롯했다. 국물보다 고기가 더 많았다. 인정이 푸지게 넘쳤다. 몸 구석구석 촘촘히 박힌 추위의 파편이 하나씩 빠져나갔다. 살다 보면 허기가 추위를 데려오고, 추위가 허기를 따라다니기 마련이다. 얼큰한 국밥이 몇 술 들어가자 익숙하게 한기가 물러갔다. 매운 고추를 한 입 베어 물었다. 이내 온몸에서 열기가 부풀어 올랐다.

창평은 한과와 엿이 유명하다. 장터에 가면 한과와 엿을 언제든지 살 수 있다. 콩엿을 네 봉지 샀다. 한적한 시골 카페에 햇살이 올망졸망 모여 수다를 떨었다. 우리도 그들 틈에 끼어들었다. 매실차 뒤 끝이 새콤했다. 우리 곁에 마음을 열고 추억을 떠올릴 수 있는 사람이 있다면 삶이 춥지 않다. 내가 한 말을 귓문 열고 들어주는 사람이 있으면 삶이 허하지 않다. 주머니 사정 뻔히 알면서도 커피 값을 서로 내려는 손길 있으면 삶 외롭지 않다.

무월마을은 대낮에도 달이 떠 있다. 무월을 안내하는 이정표는 모두 달 모양이다. 무월에 들어서면 마음이 환하게 밝아진다. 마냥 그립다.

산등성이 넘은 댓바람/ 돌담에 눈발처럼 쌓이고/ 겨울 해 붉은 꽃으로/ 어쩔 수 없이 진 허공/ 그 길 따라서 오던 낮달/ 까치집 대문 두드린다// 산맥 몇 개쯤 거슬리고/ 돌담 몇 번쯤 넘어서야/ 당신 마음에 낮달처럼/ 휘영청 떠 있을 수 있으랴/ 무월에서 낮달을 만나듯/ 당신 눈빛 곱게 만나랴.

「무월에서 낮달을 만나듯」 전문)

마을회관에서 재식이 할아버지와 재회했다. 올해 아흔셋이시다. 남향 햇살이 빼곡한 마루에 앉아 먼 산을 바라보며 혼자 계셨다. 무월에서 돌담 대신 유일하게 탱자나무로 울타리를 치고 사신다. 탱자나무가 돌담보다 도둑을 더 잘 지킨다고 하셨다. 내심 할아버지 소식이 궁금했는데 건강하셔서 마음이 놓였다. 산중에 들이닥친 손에게 연신 손을 흔드시며 하얗게 웃으셨다. 할아버지 얼굴에 뜬 달을 앞산이 어루만졌다. 대낮이 달빛으로 교교하다. 추위가 몇 발짝 뒤로 성큼 물러섰다.

(2018. 1. 25.)

착시錯視의 미학

우리 속담에 "남의 떡이 더 커 보인다."라는 말이 있다. 내 떡은 왠지 작고 맛이 없는 것 같다. 다른 사람이 가진 떡은 콩고물이 많이 붙어있고, 모양도 잘 생기게 보인다. 떡만 그렇겠는가. 이웃집 정원 잔디는 파릇파릇하게 보인다. 자기 집 잔디는 어째 사흘 동안 피죽 한 그릇 못 먹은 것 같다. 다른 사람은 잘 먹고 잘 사는데, 나만 콕 집어 못 사는 것 같다.

시지각 경험이 실재와 일치하지 않은 현상을 착시錯視라 한다. 기하학적 착시 가운데 뮐러–라이어 착시가 있다. 길이가 같은 수평 선분에 화살표를 어느 방향으로 그렸느냐에 따라 길이가 달라 보인다. 이런 현상이 일어나는 것을 과학적으로 아직 화끈하게 규명하지 못했다. 다행히 세상엔 과학적으로 밝히지 못한 일이 많아, 시인이 시를 쓰며 살 수 있다.

"오뉴월 더위는 암소 뿔이 물러 빠진다."고 그런다. 오뉴월은 음력 5월과 6월로 양력으로 치면 7월과 8월이다. 요즘 연일 폭염경보와 폭염주의보를 내릴 정도로 찜통이다. 이렇게 무더워 염소나 소뿔이 빠질 지경이라는 것이다. 게다가 비까지 오지 않아 지천이 바싹바싹 마르고 바싹바싹 밭을 정도다. 작물이 잘 자라지 못할 정도로 심하게 비가 오지 않은 것을 '왕가뭄'이라 한다.

삼복은 초복, 중복, 말복이다. "삼복 모두 가물면 왕가뭄"이다. 삼복 때 농작물이 한창 자라므로, 비가 내리지 않으면 가물어 농사짓는 것이 힘들다. 특히 "초복날 소나기는 한 고방의 구슬보다 낫다."라고 했다. 벼는 한창 자랄 때를 놓치면, 성장점이 멈춰 수확량이 준다. 후박하게 내리는 비는 더할 나위 없이 좋겠지만, 지나가는 소나기라도 큰 도움이 된다. 비가 내리지 않아 가물면 논이 짝짝 갈라진다.

우리 삶도 삼복이 있다. 우리 삶의 삼복에도 가뭄이 찾아온다. 다른 사람 삼복은 그리 무더워 보이지 않을 수 있다. 내 삶만 무덥고 가물어 힘들어 보일 수 있다. 따지고 보면, 여름을 나려면 누구나 무더위와 가뭄을 견뎌야 한다. 무더위와 가뭄의 화살표를 어느 방향으로 치느냐에 따라, 우리 삶의 통증 강도가 달라진다. 오늘도 폭염의 종점이 보이지 않는다. 오히려 최고조에 이르렀다.

함박눈이 펄펄 내렸던 추억을 꺼낸다. 바깥이 눈부시다. 언제 저렇게 눈이 많이 내렸담. 숲이 숲스럽고 강이 강스럽고 꽃이 꽃스러운 건 요렇게 고요하기 때문이다. 소리 소문 없이 하얗게 쌓이는 고요를 첫눈으로 맞는다. 그날 그랬다. 어머니는 까치발로 텃밭을 내려다보시며 소녀처럼 웃으셨다. "야! 눈이 영 이쁘게 온다야. 꽃 화상이어야. 오매!" 어머니께서 대빗자루를 들고 나서는 아버지 앞을 가로막으셨다. "첫눈은 쓸지 말고 그냥 놔둡시다."

그 겨울 예쁘게 내렸던 첫눈이 폭설로 돌변했다. 쓸자마자 돌아서면 눈이 성을 거대하게 바로 쌓았다. 아랫마을 몇몇 집은 수도가 막혀 마을회관에서 물을 길어다 밥을 했다. 막힌 건 수도만이 아니었다. 눈으로 막힌 마을길을 개발위원장이 트랙터로 한나절 치우고 나서야 사람이 겨우 오갔다. 새도 비로소 날았다. 텃밭 모퉁이에 배추 구실하지 못할 거라고 버린 배추 몇 포기가 동배추로 푸르게 견뎠다. 냉랭한 추위를 시퍼렇게 참으며 단단해졌다.

"후드득후드득"

열기熱氣를 넘어 화염火焰으로 불덩이가 된 땅에 빗방울이 떨어진다. 소나기도 아니고 먼지잼도 아닌, 우는 아이 입에 젖병 물리자마자 빼버린 계모처럼. 마음만 뒤숭숭하게 뒤집어놓고 오던 길로 바로 가버린 사람처럼. 그래도 온 건 온 것이다. 비라고 해서 그렇게 눈치 없겠느냐. 서서히 간을 보다 떨어질 자리 어디인가 보고 올 테니까, 무턱대고 처음부터 정 다 쏟을라고. 비 몇 줄기 왔다고 잠자코 있던 풀벌레들이 환호한다.

여전히 나무 그늘은 쓸모없고 땅은 유전처럼 불타고 있다. 서재 옆을 흐르는 계곡은 화상을 입고 덴 지 오래이다. 폭염, 귀 활짝 열어젖히고도 잘못 들은 환청의 그림자라고 치자. 눈 넓게 뜨고도 잘못 본 착시의 그림자라고 치자. 이미 불덩이 된 땅은 오락가락 헷갈리게 내리는 비에도 식을 줄 모른다. 빗소리 점차 굵고 길어진다. 세월은 저 갈 길 가고 더위는 저 올 곳 때맞춰 온다. 이들이 가고 오는 길과 때는 정해져 있고 일정하다. 우리의 기울어진 감각이나 질긴 췌근가 길고 짧게, 짧고 길게 느낄 뿐.

오늘 날씨 참 뜨뜻하다.

(2018. 7. 21.)

진정한 위로

　말言은 잘하면 본전이고, 못하면 안 하느니만 못하다. 특히, 마음에 상처를 깊이 입은 사람은 말로 위로받기 어렵다. 오늘 다달이 만나소찬을 먹는 교수님 몇 분과 여수와 순천을 다녀왔다. 날씨가 가마솥의 사골처럼 팔팔 끓었다. 한 달 전 날짜를 잡을 때만 해도 답사하는 것 위주로 계획을 짰다. 오래전 들이닥친 폭염이 좀체 물러갈 기미를 보이지 않았다. 애당초 세운 계획을 어느 누구도 사족 하나 달지 않고 바꿨다. 잘 먹고 시원한 곳에서 쉬었다 오는 것으로.

　고속도로를 옆에 두고 국도를 택했다. 남원에 있는 대정저수지에 들렀다. 한여름날 지상에 있는 초록이 죄다 이곳으로 모인 것처럼 초록천지天池였다. 가시연을 온몸으로 띄워 꽃을 피웠다. 추위보다 살벌한 폭서暴暑를 견디고 있는 소나무는 몸붓으로 '暴暑圖'를 그려냈다. 대정大井이란 이름만으로도 천둥을 잘 설유할 것 같았다. 세상은 폭염에 가뭄까지 겹쳐 인색한데, 저수지는 깊은 속을 드러내지 않았다. 날아가는 새 그림자까지 품어 안았다.

한여름 낮 초록이란 초록/ 이곳으로 행방 다 틀었다/ 큰 샘이란 이름만으로도/ 천둥까지 곱게 설유하시어/ 하늘로 돌려보낼 널찍한 품/ 비 한 방울 얼씬하지 않고/ 세상천지 폭염 쏟아지건만/ 겸허하게 온종일 좌정하시어/ 깊은 속 드러낸 일 없으셨다/ 가시연꽃 온몸으로 띄워/ 아픔까지 곱닿게 기르시니/ 슬픔 눈물겹게 곤궁해지다/ 가시 있는 꽃으로 피는 것/ 몸으로 견디신 세한의 추위/ 이제 暴瀑까지 받아들이시며/ 暴瀑圖 몸붓으로 그려내신다.

(「대정제」 전문)

인근에 있는 서도역은 KTX 선로를 놓으면서 지금은 열차 대신 레일바이크가 다녔다. 서도역은 우리나라 역 가운데 가장 오래된 목조 건물이다. 예스러운 풍채가 반가웠지만, 낱장마다 세월의 흔적으로 얼룩졌다. 노쇠한 모습이 측은했다. 사람이나 건물이나 나이를 많이 먹으면 초라하고 외로워진다. 보수공사를 하는 작업인부들이 나무 그늘에 모여 담배를 피웠다. 이열치열인가. 담배를 보름쯤 피웠는지 주변이 담배연기로 온통 매캐했다.

순천만으로 향했다. 순천만 가는 길에 모교인 도사초등학교가 있다. 시내에 있는 학교가 문을 닫는 판인데도, 교문이 열려 있는 게 왠지 떳떳했다. 어렸을 때 그렇게 높고 크게 보였던 정문 소나무가 왜소해 보였다. 이러면 늙어가는 징조이다. 순천만 입구에 있는 식당에서 짱뚱어탕을 먹었다. 요즘 추어탕이나 짱뚱어탕이 하도 짝퉁이 많다. 진짜라고 애써 믿으며 먹는 수밖에 없었다. 부모님이 생각나 포장을 부탁했는데, 상해서 안 된다고 했다. 밖에서 이런 음식을 먹을 때마다 식구들이 언제쯤 떠오르지 않을까.

밖에 코만 내놔도 곧 델 것 같았다. 순천만 옆구리가 내려다보이는 카페에 들렀다. 안이 어떻게 시원하던지 커피 값이 아깝지 않았다. 얼마 전 15년 동안 기르던 '코니'를 하늘로 보내고, 오늘 참석하신 교수님이 계신다. 사람과 조금도 다를 바 없이 장례 치른 것을 페북을 통해 봤다. 두 딸을 하늘나라로 보낼 때처럼 울었다. 영원한 결별이 주는 아픔을 표현할 어휘는 어느 사전에도 없다. 그냥 슬프고 많이 아팠다. '코니' 이야기를 잠깐 꺼냈다.

여수 백야도로 갔다. 요즘 섬은 더 이상 섬이 아닌 곳이 많다. 웬만한 곳은 다리를 놓아 섬의 흔적을 지웠다. 백야도도 마찬가지다. 백야 등대에서 바다를 내려다봤다. 바다는 내 詩의 우물이었다. 바다를 보면 詩의 숲이 흔들리며 시어가 토실하게 떨어졌다. 언젠가 섬에 토굴 하나 짓고 안간힘을 쓰며 시와 절실하게 살고 싶다. 오동도 인근에 있는 동백식당에 이른 저녁을 예약했다. 와온마을에 가서 저녁노을을 보려는 심산이었다. 오동도로 가는 도중 회양면 버스정류장 허리에 있는 식당에 들렀다. 막걸리 잔을 가볍게 돌리던 아낙들이 서둘러 잔을 비우고 일어섰다. 콩 국물로 갈증을 고소하게 달랬다.

살아생전 요런 성찬에 대한 기억은 몇 되지 않는다. 말 그대로 육해공을 총망라한 것이었다. 와온의 낙조를 보려면 파도처럼 일어서야 했다. 멸치를 사서 서로 나눴다. 남자는 나이 먹을수록 밖에 나왔다 집에 들어갈 때 빈손으로 가면 안 된다. 살림 밑천이 크게 되지 않겠지만, 밑반찬거리라도 들고 가야 한다. 나는 미역도 샀다. 요즘 같은 무더위는 입맛을 사정없이 강탈한다. 이럴 때 오이냉채에 미역을 함께 넣으면 입맛이 되살아난다.

와온마을에 이르렀다. 하늘에 떠 있는 달이 "와, 온?", "왜 왔니?"라고 하는 것 같았다. 臥溫이란 이름은 이 마을 뒷산이 소가 누워 있는 형상이고, 겨울에도 날씨가 따뜻하여 붙였다. 해넘이가 아름다운 곳이다. 와온의 노을을 보려면 저녁을 미뤘어야 했다. 이런 때는 "금강산도 식후경"이란 말이 까매져 두서없이 들린다. 노을 대신 달과 별을 실컷 봤다.

오동도 앞 동백회관/ 덤으로 내준 꼬게 무침/ 기언치* 한 입 욕심내다/ 臥溫에 포도시* 도달했다/ 소문으로 떠 있던 석양/ 개안하게* 떨어진 자리/ 달 따시게 누워 있으니/ 난 臥溫에 온 게 아니라/ 덴되* 臥月에 와 있다/ 석양 꼴도 보지 못했지만/ 별 꼴깨나 무던히 봤으니/ 난 臥溫에 온 게 아니라/ 별천지에 개풋히* 와 있다.

* 기언치: '기어이', * 포도시: '겨우', * 개안하다: '시원하다',
* 덴되: '오히려', * 개풋하다: '가뿐하다'의 전라도말
(「와온」 전문)

작업실에 10시 넘어 도착했다. 산책을 마치고 자정쯤 돌아와 페이스북을 열었다. '코니'를 보낸 교수님 글을 읽었다.

"당신들과 오늘 하루를 함께 하며 내가 얼마나 큰 위로를 받았는

지, 아마 당신들은 모르실 것입니다. 아무에게도 내색할 수 없는 아픔을 함께 식사하는 것으로 달래주셨고, 아무리 해도 채울 길 없는 빈자리를 함께 차 마시는 것으로 채워주셨습니다. 그대들로부터 하나님의 은혜를 누립니다. 감사합니다. 주님! 감사합니다. 그들.”

  그랬다. 두 딸이 하늘나라로 황망하게 갔을 때, “고생했다.”, “기도하겠다.”, “하나님의 뜻이 있을 게다.”라고 여러 사람이 말했다. 아무 말도 귀에 들어오지 않았다. 이런 일을 겪고 나서 나는 버릇이 생겼다. 뼈저리게 아픈 사람에게 말을 걸지 않는. 손을 잡아주거나 등을 토닥토닥해주는. 그리고 오랫동안 바라보고 지켜보기만 하는.
  우리는 어느 누구도 ‘코니’에 관한 말을 길게 꺼내지 않았다. 그저 함께 있고 함께 밥을 먹고 함께 커피를 마셨을 뿐이다. 진정한 위로는 이렇게 함께 있는 것이다. 아픔에 관한 말을 섞지 않고 그냥 함께 하는 것이다.

(2018. 7. 27.)

아찔하다

"후드득, 후드득"

잠결에 눈을 떴다. 빗소리다. 4시 28분. "한겨울에 무슨 비?" 의문형 문장이 불쑥 고개를 내민다. 창문을 열어젖혔다. 제법 굵은 빗소리가 통통하게 들린다. 달콩이(개 이름)가 인기척을 느끼고 쿵쿵거린다. 올겨울 눈이 별로 오지 않아 가물었다. 마을 어귀에 집을 짓는 인부들 망치소리가 모처럼 멎고 오늘은 온종일 발을 뻗고 쉴 수 있겠다.

날이 밝았다. 주일 예배를 드리러 가는 길이 온통 빗물이다. 비가 내린 양을 눈雪으로 환산하면 아찔했을 것 같다. 살다 보면 우리 생애 곳곳에는 아찔한 것이 지천으로 깔렸다. 높은 산이나 깎아지른 낭떠러지만 아찔한 것이 아니다. 파란 신호가 빨간 신호로 바뀌는 순간, 가속페달을 밟고 신속하게 지나치면 아찔하다. 내 차 앞으로 예고 한마디 하지 않고 차가 급하게 끼어들면 아찔하다.

우듬지에 단 한 송이 핀 꽃에 꿀벌이 앉으면 꽃이 서둘러 떨어질

지 몰라 아찔하다. 허공에 거미가 상량식을 마치고 입주하면 지붕 없는 벽에 금이 갈지 몰라 아찔하다. 풀잎에 맺힌 이슬이 행여 미끄러져 무릎을 다칠까 아찔하다. 빈 들판처럼 서 있는 나뭇가지에 있는 까치집, 문패 없는 폐가가 될지 몰라 아찔하다. 늘 한 자리에 묵묵히 서 있는 산, 온데간데없이 떠날까 봐 아찔하다.

바람은 아찔하다는 것과 이웃사촌쯤 된다. 바람에 흔들리는 갈대목이 꺾어질지 몰라 아찔하고, 짧은 치마가 바람에 뒤집힐지 몰라 아찔하다. 바람을 가르며 허공을 비행하는 새 깃털이 하나라도 빠져 냉기가 몸에 닿을까 아찔하다. 원각사 처마에 매달린 風磬 소리가 낙상할지 몰라 아찔하다. 빨랫줄에 걸린 빨래가 바람 따라 집을 나서버릴지 몰라 아찔하다.

대숲은 바람의 몸짓이다. 대숲은 바람이 지나는 곳으로 일목요연하게 일제히 아찔하게 기울었다 유연하게 제 모습으로 되돌아온다. 바람의 향방에 따라 대숲이 哭을 하면 대나무 잎은 만장처럼 아찔하게 휘날린다. 바람이 지나간 대숲은 한동안 수전증을 앓은 사람 손처럼 아찔하게 떤다. 그 손으로 내민 죽 향이 흔들의자처럼 흔들리다가 멎는다.

날씨가 삼박하게 추워지면서 길고양이 울음소리가 날카롭게 아찔하다. 쓰지 않은 개집을 외진 곳에 두고 밥그릇에 고봉으로 밥을 올려놓았다. 고양이에게 쫓긴 들쥐 꼬리가 아슬아슬하게 아찔하다. 들짐승이나 사람이나 겨울은 아찔하다. 난방비 때문에 등이 따셔도 아찔하고 등이 차가워도 아찔하다. 난방비만 아찔한 것이 아니라, 전기요

금도 덩달아 몸집을 불러 아찔하다.

집에서 온 부재중 전화도 아찔하다. 팔순 넘은 부모님과 복합장애를 앓은 아들에게 무슨 일이 생긴 것 같아 아찔하다. 오랫동안 연락을 툭 끊고 산 사람이 느닷없이 전화하여 근황을 물으면 아찔하다. 더욱이 자신은 중학교나 고등학교 동창이라고 하는데, 그 이름이 전혀 기억나지 않을 때 아찔하다. 게다가 내 근황을 샅샅이 파악하고 있으면서, 무슨 물건이나 회원권을 사 달라 하면 아찔하다.

지금은 좀 뜸해졌다. 얼마 전까지만 해도 나와 관련된 일을 신문사에서 싣거나 모 일간지에 내가 칼럼을 기고하면, 이런저런 곳에서 전화가 왔다. 대부분 물건을 사달라고 하는 것이 대부분이다. 이럴 때뿐만 아니라, 전화를 서너 번 하거나 문자를 보냈는데도 응답이 없으면 아찔하다. 반대로 전화를 할 상황이 되지 않아 전화를 못 했는데 오해를 받으면 아찔하다.

얼마 전, 아끼는 제자가 찾아와 사랑하는 남자 친구와 헤어질 것 같다고 했다. 아찔했다. 너무 사랑하여 결혼까지 하려고 했는데, 남자 친구가 다른 여자를 만난다는 것이다. 내 앞에서 눈물을 흘리며 아파하는 제자에게 마땅히 해 줄 말이 없었다. 또 다른 제자가 남자 친구와 헤어져 깊이 앓았다. 이 제자를 생각하며 쓴 시이다.

네 비보 여러 번 읽는다/ 변하지 않을 것 같았던 사랑 끝났다고? / 끝난 사랑 이미 먼 과거 거지/ 이별 앞에서 의연해야 한다는 걸 깨달았다고?/ 의연함과 깨달음 이별 뒤차 타며 오고/ 사랑 시름시름 아픈 거야/ 여러 각도에서 봐도 그대로지 않아/ 네 아픔도 영원할 일 아냐/ 지금 그 아픔 실컷 추종해라/ 어느 세월엔가 지겨워진 아픔 때문에/ 네 정신 광활하게 맑아질 거야/ 행여 다신 사랑하지 않겠다고 마음먹지 마라/ 아플지라도 다시 사랑해라/ 폭폭 앓으며 사랑해야 한다. (「소브다에게」 전문)

서로 사랑할 때는 모르지만, 이별은 아찔한 허방이다. 두 제자가 허방에서 아찔하게 벗어나 폭폭 앓으며 다시 사랑에 빠지면 좋겠다. 다시 사랑하지 않겠다는 것은 거짓말이다. 사랑은 아플지라도 해야 한다. 아찔하게 허방에 또 빠질지라도.

(2017. 12. 25.)

무월無月마을

여행은 여럿이 떼를 지어 우왕좌왕 떠나지 말 일이다 불쑥 홀로 떠나라. 몇 해 전 나 홀로 고요하게 다녀온 창평의 삼기마을, 무월이 또 그립다. 전주에서 순창까지 국도를 시원스레 뚫어놓아 생각보다 먼 거리가 아니다. 게다가 겨울 티를 내지 않고 햇살이 촘촘하여 결심한 대로 서둘러 떠났다.

순창에 들어서자 점심때가 와락 와서 식당에서 각진 허기 달래었다. 어디 가나 혼자서 먹는 밥은 내 돈 주고 먹는데도 눈칫밥이 되기 쉽다. 혼자 먹는 혼밥이 대세지만, 서둘러 밥을 먹고 잠시 끊긴 여정의 길에 섰다. 우람한 자태로 길 양쪽에 서 있는 메타세쿼이아 잎만 몇 개 외롭게 달았다. 저렇게 거목으로 크는 동안 나무는 얼마나 많은 바람 다스리고 품었을까.

때로는 바람을 등지며 제 스스로 바람 길을 터주고 그 결대로 자랐을 터. 때로는 바람이 제 몸에 새긴 문신 운명처럼 여기고 곡선으로 휘었을 터. 나무는 옛 일들 옷 벗듯 잊지 않고 몸 깊숙이 나이테로

빠짐없이 기록했다. 세월을 연필 삼고 제 몸을 공책 삼아 자신의 출생 내력이나 자란 환경을 다 적었다. 그래서 나무는 한 그루 한 그루가 삶이며 일생이고 역사이며 시집이다.

창평 삼지 마을에 들어서면 옛것을 품 안에 안고 있어 어머니 품과 같다. 정겨운 담과 흙길, 돌담 밑을 반반하게 흐르는 물줄기, 오래된 고 씨 고가. 오롯이 솟아 있는 일본식 목조 건물, 차를 선뜻 꺼내 준 여인네의 옅은 미소가 꽃과 같다. 평일이라 인적이 뜸해 적막이 한적한 풍경과 봉합되어 산중이 따로 없다. 낭창한 남도 말씨로 안으로 들어오라는 안내를 받고, 오래된 목탁에서 차를 마셨다. 마루에서 바라본 용마루 위에 걸친 풍경이 나긋하게 다가와 청명했다.

출발의 뿌리를 물어 전주라고 대답하자 전주는 사람 살기 좋다 했다. 이 땅덩이 어디든 사람 살기 좋지 않은 어느 곳 하나라도 집어낼 수 있으랴. 사는 게 팍팍할 때 불러낼 사람 있고, 넋두리 들어줄 이 있으면 살만하지. 눈물이 날 때 곁에서 등을 내밀어 언덕이 되어주고, 손수건을 꺼내 줄 이 있으면 살만하지. 예스럽고 고고한 풍경에 정신을 놓고 한참을 나무처럼 제자리에 서 있었다.

무월이란 이름은 자칫 잘못 달과 전혀 관계없는 마을로 오독하게 만든다. 알고 보니 무월은 마을 동쪽 망월봉에 달이 뜨면 신선이 달을 만진다 하여 붙었다. 달빛이 얼마나 화사하면 무월이라 이름 하여 대대손손 달빛으로 흘렀으랴. 산등성이 찰랑찰랑 뛰어넘은 댓바람이 돌담마다 눈발처럼 수북하게 쌓였다. 겨울 해가 붉게 피어 할 수 없이 져버린 비인 허공에 새들 무리가 그 길을 밟고 따라왔다. 산맥 몇 개 거슬리고 돌담 몇 번 넘어서야 당신 맘에 달처럼 휘영청 떠오르랴.

무월이라 하면 누구나 달을 먼저 떠올리려 애쓰지만, 정교한 돌담이 일품이다. 삼기 마을 돌담이 자연에 가깝다면 무월의 돌담은 인위의 측근이다. 그런데도 사람 손길이 깊이 배어있고 눈 밖에 나지 않아 이물 없고 이녁처럼 친근하다. 이 통에 유일하게 돌담을 거부하고 탱자나무 울타리가 한군데 누워 있다. 일흔다섯 최 씨 어른은 딱딱한 돌담보다 그래도 사철 푸른 탱자나무 더 좋단다. 이 덕에 최 씨 어른 탱자나무 울타리는 무월마을 명물이 충분하게 되었다. 돌담을 따라 흐르던 시선이 변복하여 서 있는 가시 달린 나무에 뚝 머문다.

무월마을 사람들 이름은 문패에 적은 순간 누구든 전각으로 작품이다. 집집마다 붙여놓은 문패는 일일이 직접 파서 생애도 이름처럼 아름답다. 무월은 지붕만 없을 뿐, 하나의 거대한 박물관이자 미술관과 다름없다. 이곳은 돌멩이, 쇠붙이, 나뭇 가지, 전봇대, 눈길 닿는 모두가 예술이다. 맹목적으로 수직으로 서 있는 전봇대에 요강을 올려놓은 해학을 경청하라. 입술이 눈썹까지 치켜 올라 목젖이 드러난 돌하르방 웃음을 읽어 보라.

세월이 무심하게 흐르고 옛 것을 쓸모없는 것으로 여기는 세상이다. 이제는 웬만한 시골에도 수돗물이 들어와 우물이 사라진 지 오래이다. 우물은 단순히 식수를 공급하고 아낙들이 빨래하는 빨래터가 아니다. 그곳에서 아낙들은 고부간의 갈등을 물 흐르듯 실어 보내고 시집살이를 달랬다. 처녀애 젖가슴을 남몰래 훔쳐보려는 총각들의 시선이 음흉하게 집중했다. 무월에는 이런 샘이 지금도 두 군데나 봄꽃처럼 활짝 피어 변함없이 흐른다.

　마을을 한 바퀴 돌고 돌아 내려오다 석양이 장미처럼 피는 것을 보았다. 그 풍경에 만취해 넋을 잃고, 시심에 빠진 찰나 제법 살찐 낮달을 보았다. 낮달은 무월이란 이름을 배경 삼아 숨 가쁠 지경으로 가슴에 떠올랐다. 오랜 세월 감깨나 매달고 까치에게 몸을 내준 감나무에 낮달이 딱 걸렸다. 까치 떼가 일제히 날개를 활짝 펴고 허공으로 올랐다가 이내 곧 귀가했다. 감나무에 걸렸던 낮달이 가지를 벗어나 흔들리며 달빛을 쏟아냈다.

　산 그림자가 무릎까지 조곤조곤 내려오고, 그리움처럼 겨울밤이 살포시 다가왔다. 낮달은 휘영청 밝디 밝은 명월이 되어 묵정밭 같은 마음에 사랑처럼 떠올랐다. 무월로 느닷없이 흘러와 낮달에 만월까지 다 봤으니 이 호사를 어이하랴.

(2018. 1. 6.)

아픔
내려놓기

참척지통慘慽之痛

낮 길이가 일 년 가운데 가장 긴 하짓날이다. 해가 토해낸 볕이 초록 위로 눈부시게 쌓인다. 초록은 동색이 아니라 볕이 앉은 자세에 따라 두껍거나 얇아진다. 눈길을 주는 시간에 따라 짙거나 옅게 빛난다. 학교에서 회의를 마치고 손 전화를 보니 정 선생한테 전화가 왔다. 전화를 했다. 짓눌린 목소리를 듣고 좋지 않은 일이 일어난 것을 예감했다.

"선생님! 기도 부탁해요. 우리 다운이 지금 기적이 필요하답니다."

정 선생 아들 다운이는 올해 스물네 살이다. 취업할 때까지 용돈마저도 부모님에게 신세 지지 않으려고 지게차 운전을 하며 아르바이트를 했다. 지게차에 실은 짐이 쏟아지는 바람에 머리를 심하게 다쳤다. 원광대학교 병원에서 머리를 수술하였다. 의사는 수술해도 예후가 좋지 않다며 수술을 권하지 않았다. 정 선생이 간절하게 원해서 수

술했다. 수술을 마친 의사가 기적을 바라야 한다고 했다. 정 선생 사모님과 다운이는 성당에 열심히 다니지만, 정 선생은 지금까지 종교는 자신과 상관없는 것으로 여기며 살아왔다.

지난 일이 떠올랐다. 큰딸을 하늘로 날려 보낸 지 얼마 되지 않아 둘째 딸이 산소호흡기에 의지해 생사를 오갔다. 이때 큰여동생이 교회에 가서 무릎을 꿇고 기도하라고 했다. 그렇게 하면 하나님께서 분명히 살려주실 것이라고 다그치기까지 했다. 집 인근에 있는 교회로 가서 기도했다. 얼마 후 둘째 딸은 큰딸이 간 길을 따라 황망하게 가버렸다. 두 번이나 겪은 참척의 고통은 지금도 아픔의 뿌리로 박혀 질기게 자라고 있다.

차 시동을 걸기 전 두 손을 모았다. 아쉬울 때만 하나님을 찾는 염치없는 사람이 하는 기도를 하나님께서 들어주실지 모르지만, 다운이를 살려달라고 애원했다. 자식을 먼저 보낸 부모 마음이 어떠한지 잘 안다. 그 마음을 표현할 어휘를 사전 어느 곳에서 찾을 수 없다.

'慘慽之痛'은 참척의 고통을 의미한다. '慘'은 참혹하다는 말이고 '慽'은 슬프다는 의미이다. 너무 슬퍼서 참혹하거나 참혹할 정도로 슬프다는 것이다.

지난 목요일 뉴욕 주립대학교 교수인 친구 인봉이를 만났다. 올해 대학을 졸업한 둘째 딸 한솔이랑 함께 자리했다. 처음 본 한솔이가 날 얼마나 살갑게 대하던지 순간 딸 생각이 나서 울컥했다. '慘慽之痛'과 상대적인 말이 '天崩之痛'이다. 하늘이 무너지는 고통과 슬픔을 의미한다. 부모님이 돌아가신 슬픔을 의미한다. 부모님이 아직 살아계셔서 나는 아직 '天崩之痛'을 겪지 않았다.

하루가 아무 일 없이 흘렀고 다른 날이 또 왔다. 아침 일찍 김 선생님이 전화했다. 다운이가 귀천했다는 것을 알리는 부음이었다. 부랴부랴 장례식장으로 갔다. 넋을 잃고 있는 정 선생 손을 잡아주는 일밖엔 해줄 것이 없었다. 나는 두 번에 걸쳐 경험한 慘慽之痛을 통해 침묵이 백 마디 말보다 더 위로가 된다는 것을 알아챘다. 절벽에 매달린 사람에게 힘내서 올라오라고 말한 것보다 말없이 손을 내미는 것이 더 힘이 된다. 기도도 마찬가지이다. 기도한다고 말로 한 것보다 티 내지 않고 조용하고 절실하게 해야 한다.

저녁에 다시 장례식장에 갔다. 정 선생이 지금까지 살면서 처음 하나님을 찾았다고 했다. 다운이가 이 세상보다 더 편하고 좋은 곳으로 갔으면 좋겠다는 말을 여러 차례 했다. 조문객이 발 디딜 틈이 없을 정도로 많았다. 조문객 대부분이 다운이 또래였다. 다운이는 성당에서 청년회장을 두 번이나 했다. 어려움에 처한 친구가 있으면 자기 일을 다 젖혀두고 물불 가리지 않고 도와주었다. 군대생활을 한 동기들도 거리를 따지지 않고 전국에서 다 왔다. 이런 모습을 보고 정 선생은 다운이가 세상을 헛살지 않은 것 같다고 했다.

다음 날 다운이를 생각하며 시를 썼다. 밤에 장례식장에 들러 정 선생에게 조심스럽게 시에 대해 이야기했다. 고맙다고 했다.

스물네 살 시퍼런 청춘/ 무엇 그리 폭폭하여/ 대낮 길고 긴 하지 날/ 저녁 풍경처럼 스러졌느냐// 일어나야 한다/ 꼭 일어나야만 한다/ 아빠 엄마 애간장 녹이는/ 기도소리 들리지 아들아!// 개망초 맨발로 피는 유월/ 햇살 초록 품으로 안기고/ 뒷산 그림자도 돌아오는데/ 너는 왜 그리 말이 없느냐// 이름 한 번 더 불러볼 걸/ 손 한 번 더 꼭 잡아볼 걸/ 한 번이라도 더 안아줄 걸/ 사랑한다고 더 말해줄 걸//

사랑한다 아들아/ 사랑한다 아들아/ 우린 널 절대 보내지 않았다/ 넌 하나님 품에 영영 살아있다// 화사하고 청명한 세상에서/ 지지 않는 꽃으로 피어 있어라// 아픔 한 가닥 없는 세상에서/ 가물지 않는 강으로 흘러라// 아빠 엄마가 함께 피어 있을게/ 누나가 더불어 함께 흐를게/ 풍경처럼 널 바라볼게/ 사랑하는 아들아 사랑하는 아들아.

(「길 떠나는 아들에게」 전문)

아무 일 없었다는 듯이 주일이 왔다. 교회에 다녀오자마자 금상동 성당에 있는 하늘자리 봉안당으로 갔다. 다운이 장례미사를 마치고 정 선생한테 시를 주었다. 저녁 무렵 홀로 뜬 낮달이 어둑해지자 가까이에 별을 하나 매달고 떴다. 달빛을 밟으며 천변을 걷고 있을 때, 정 선생이 문자를 보냈다.

"사랑한다 한 번 더 말해줄 걸, 왜 그리 인색하게 살았는지 뼈가 저립니다. 앞으로는 그렇게 살지 않으려고 해요. 감사합니다. 고맙습니다. 아들 좋은 곳으로 가라고 기도들 해주셨는데. 다음에 납골당에 들러 다운이에게 전하겠습니다. 항상 건강 잘 챙기세요."

어둠은 깊어지고 달빛은 두터워지고 있다. 삶은 시집 26쪽에 있고 죽음은 27쪽에 있다. 삶과 죽음은 시집 한 쪽 차이일 뿐이다. 다운이가 편안하게 잘 잤으면 좋겠다. 정 선생님과 사모님, 딸 가람이도.

(2018. 6. 24.)

엄마가
된다는 것

심한 설사 때문에 오늘 교회에 가지 못했다. 아내와 훈용이는 주일에 교회 가는 것이 유일하게 하는 외출이다. 아내가 시내버스로 교회에 다녀오겠다며, 훈용이 밥 먹일 것과 안약 넣을 것을 여러 차례 반복하였다. 시내에 있는 교회까지 가려면 시내버스와 택시를 번갈아 타고 1시간 이상 가야 한다. 마을 앞에 있는 시내버스정류장만 해도 집에서 10여 분 이상 걸어가야 한다. 시내버스는 오전과 오후에 고작 세 번씩 오간다.

훈용이 아침은 아내가 만들어 주었다. 거의 미음에 가깝게 만든 밥을 훈용이에게 먹였다. 강냉이보다 작은 치아는 있으나 마나다. 찻숟가락 두 술 정도 된 밥을 떠서 훈용이 혀에 올려주었다. 제 입속으로 무엇이 들어오는지 전혀 보지 못하고 입만 벌리는 모습이 마치 제비 새끼 같았다. 작은 그릇으로 한 공기밖에 안 되는 묽은 밥을 먹이는 데 한 시간 이상 걸렸다.

훈용이 손톱이 제법 길었다. 손톱을 깎아주려고 손을 잡았다. 뼈만 남은 손가락이 앙상했다. 자기 몸 잡는 것을 본능적으로 거부하는 습성이 나왔다. 늘 그렇듯이 어디서 그런 힘이 발산되는지 내 손을 사정없이 꼬집었다. 움푹 들어간 상처만큼 통증이 깊었다. 그렇다고 큰 소리를 내거나 혼내는 시늉을 하면 더 심하게 한다. 꾹꾹 참으며 낮고 부드러운 목소리를 일관되게 내야 한다.

열 손가락을 다 깎고 나니 모악산 대원사쯤 오른 것 같았다. 발톱은 손톱 깎는 것보다 더 힘들었다. 손힘보다 발힘이 더 세기 때문이다. 물을 한 컵 먹이고 잠시 쉬면서 노래를 들려주었다. "퐁당퐁당 돌을 던지자. 누나 몰래 돌을 던지자. 냇물아 퍼져라 멀리멀리 퍼져라. 건너편에 앉아서 나물을 씻는 우리 누나 손등을 간질어 주어라."

노래를 불러줄 때 편곡을 잘 해야 지겨워하지 않는다. 랩으로 부르기도 하고 판소리풍이나 민요풍으로 다양하게 불러줘야 한다. 아내가 하는 것을 어깨너머로 배운 것이다. 훈용이가 진정한 기미를 보이자 발톱을 깎았다. 발톱을 다 깎고 나자 모악산 수왕사쯤 당도한 것 같았다. 어떤 사람에게는 평범한 길이 어떤 사람에게는 해발 구천구백 미터인 것이 있다. 어떤 사람에게는 모래와 같은 것이 어떤 사람에게는 바위인 것이 있다.

훈용이는 물을 참 좋아한다. 씻자고 했더니 알아서 옷을 벗었다. 면도하고 머리를 감긴 다음 몸을 씻겼다. 양치질하고 입안을 물로 씻어냈다. 온 얼굴에 웃음꽃이 만발하여 한때나마 봄날이다. 머리를 드라이어로 말린 다음 보습제를 발라주었다. 훈용이의 하얀 눈이 해거름 녘처럼 붉었다. 저 눈에 아침 해 뜨고 저녁 달 밝아온다면, 저 눈에 봄꽃 피고 여름 숲 찾아온다면, 단풍 물들고 눈발 날리는 모습 환히 비친다면.

훈용이가 연신 입을 나에게 갖다 댔다. 훈용이의 입술이 달짝지근했다. 오전이 거품처럼 금방 사라졌다. 훈용이 점심을 준비했다. 물컹하게 만든 계란부침을 밥에 넣고 참기름을 쳤다. 배추김치를 가위로 자디잘게 잘라 넣고 비볐다. 집안에 뭉클한 향기가 떠돌아다녔다. 침이 꼴깍 넘어갔다. 밥을 못 먹은 지 사흘째다. 밥 냄새가 이렇게 향기로웠단 말인가. 훈용이에게 밥을 먹이는 동안 뱃속에서 거품이 한 잎 한 잎 피어나는 소리가 들렸다. 곧 상의 한마디 하지 않고 허기가 유출되었다.

어제 먹다 남긴 죽을 먹었다. 양이 차지 않아 밥을 몇 술 더 떴다. 맨밥을 먹었는데도 꿀맛이었다. 설거지를 하고 훈용이 눈에 안약을 넣었다. 안압이 올라가는 것을 멈칫하게 하는 약이다. 훈용이가 내 등으로 올랐다. 업어달라는 무언의 명령이다. 훈용이를 업고 일어섰다. 등이 뻐끔했다. 아내는 버릇이 된다며 절대 업어주지 말라고 한다. 녀석은 무엇이든 진득하게 하는 법이 없다. 금방 내려왔다.

3시가 조금 지나 아내가 돌아왔다. 훈용이가 막 잠들었다. 그동안 아빠 노릇한 것보다 엄마 노릇한 것이 더 쉽다고 생각했다. 엄마 노릇도 아빠 노릇 못지않게 너무 힘들었다. 제 눈으로 앞을 보고, 제 손으로 밥을 먹고 제 입으로 말할 수 있는 자식이야 좀 덜하겠지만, 제 손으로 씻고 양치하고 면도할 수 있는 자식은 신경 쓸 일 없겠지만.

훈용이 옆에 잠시 누워 있겠다고 한 것이 깊숙이 잠들고 말았다. 잠든 순간만큼 천국이 따로 있을까. 오른팔이 저려 잠에서 깼다. 훈용이가 내 팔을 베개 삼아 온기를 가만가만 보태고 있었다. 잠든 훈용이는 앞을 전혀 보지 못한 아이가 아니었다. 말을 하지 못한 아이가 아니었다. 성장과 발육이 정지한 아이가 아니었다. 그냥 고요한 천국이었다. 훈용이 볼에 입을 맞추고 일어나 약을 먹었다. 묵방산 공제선에 해가 반쪽쯤 걸쳐있고 겨울 한 조각이 떨어져 먼 하늘로 날았다.

어머니께서 녹두죽을 끓이셨다. 정작 당신 입으로 들어갈 것은 거들떠보지 않으시면서, 아들을 위해 굽은 허리를 펴신 것이다. 녹두 틈에 숨어있는 돌을 어두운 눈으로 골라내신 것이다. 당신 잇몸처럼 닳은 주걱을 저으신 것이다.

(2018. 1. 22.)

신발 문수

며칠 사이에 정원이 화원이 되었다. 복수초가 잎을 내려놓자 영춘화가 제 이름대로 봄을 불렀다. 수선화가 속살을 노랗게 드러냈다. 이에 질 세라 백목련이 저마다 노래하듯이 입을 열었다. 백목련이 만개하기를 기다렸다 자목련이 아찔하게 속살을 보이기 시작했다. 꽃 둘레에 이장이 기르는 꿀벌이 떼 지어 소풍을 나왔다. 꿀벌이 신은 신발 문수가 궁금했다.

수선화 안방은 온통 노란 벽지를 발랐다. 그가 지은 미소는 바로 문으로 통한다. 문 앞에는 신발장이 아예 없었다. 벌은 신발을 벗지 않고 곧바로 방으로 들어갔다. 그가 신발을 벗었다면, 눈가늠으로라도 문수를 확인했을 것이다. 불청객처럼 수선화 문 앞에서 벌에게 문수를 나직이 물었다. 벌은 들은 체 만 체 아무 대답도 하지 않았다. 다만 수선화가 전율했을 뿐이다. 벌이 신은 신발은 꽃이었다.

화살나무는 겨우내 감고 있던 눈을 지그시 뜨기 시작했다. 자두나무와 매화는 개화를 서둘렀지만, 홍매화는 아직 단추 한둘만 풀었다.

감나무, 대추나무, 이팝나무, 단풍나무는 잎을 틔울 기미가 보이지 않았다. 단풍나무에 새 한 마리가 날아왔다. 묵방산에서 아마 마실 나왔으리라. 원각사 대숲에서 혼자 공기놀이를 하다 심심하여 이곳까지 왔을 것이다. 역시 그가 신은 신발 문수가 궁금했다.

단풍나무는 허공에 문을 내고 문짝을 달지 않았다. 길을 가던 바람이 다리가 아프면 나무에 잠시 머문다. 단풍나무에 앉은 새가 주변을 둘러보며 긴장을 풀지 않았다. 새는 허공에 난 길을 걷는다. 허공에 있는 길을 갈 때보다 지상에서 의심을 키운다. 그가 품은 편견을 깨려고 서너 걸음 다가갔다. 벌에게 물은 것처럼 새에게 문수를 물었다. 아무 말 없이 칼바람을 일으키고 사라졌다. 나뭇가지가 한참 흔들렸다. 새가 신은 신발은 나무였다.

현관에 있는 신발 한 켤레가 눈에 들어왔다. 먼 길을 고단하게 걸어온 듯 피곤하고 지친 모습이었다. 뒷굽은 형편없이 닳고 한쪽으로 기울어졌다. 옆에 있는 지퍼는 두 짝 모두 고장 나 낯설었다. 어머니께서 지난겨울 신은 신발이다. 순천에 사는 여동생이 새것을 사드렸는데, 한사코 허름한 이 신발에 발을 맡기셨다. 집에서 마을 회관으로 마실가는 데 군이 새 신발이 필요 없다는 것이다. 꿀벌과 새가 신은 신발 문수는 궁금해 하면서, 아직 어머니 신발 문수를 모른다.

신발장을 열었다. 가죽 냄새와 구두약 냄새가 엉켜 났다. 집을 지을 때 신발장을 식구 수에 맞춰 크게 만들었다. 여섯 식구 신발이 서로 얼굴을 맞대고 옹기종기 모여 있었다. 아버지 구두는 먼지 하나 묻지 않고 반짝거렸다. 외출하실 때 거의 정장을 입으시기 때문이다.

주일 예배드리려 갈 때나 아내는 구두를 신는다. 아내는 늘 잠이 부족하다. 아내 구두가 졸고 있었다. 아버지와 아내 신발 문수 역시 잘 알지 못한다.

여러 신발 가운데 꼬막처럼 생긴 몇 켤레는 훈용이 신발이다. 올해 스물한 살이지만, 대여섯 살 먹은 아이가 신은 신발 크기이다. 바깥에 나갈 일이라고는 유일하게 주일에 교회 가는 것이다. 이때 현관에서 집 주차장까지 걸어갈 때 신발을 신는다. 훈용이는 제 발에 신발 신는 것을 장애물처럼 여긴다. 차에 오르자마자 신발을 벗어버린다. 신발장 한쪽에 큰아들 구두와 진안에 있는 모 시설에서 생활하는 남동생 운동화가 있다. 훈용이 신발뿐만 아니라, 큰아들과 남동생 신발 문수도 모른다.

오래전부터 나는 구두를 신지 않았다. 특별한 날을 빼고 정장을 잘 입지 않아 자연스럽게 구두 신을 일이 줄었다. 구두나 등산화, 운동화는 제품에 따라 문수가 일정하지 않다. 기본적으로 알고 있는 문수와 달리 신으면 불편한 경우가 있다. 이것저것 직접 챙겨 신어봐야 편한 신발을 고를 수 있다. 돌아보니, 내 신발 문수만 줄곧 챙겨왔다. 꿀벌과 새 문수를 궁금해하며 오늘 시를 썼다.

나무에 앉은 새에게/ 신발 문수 물었더니/ 가득 깬 표정만 짓고/ 나무 전신 흔들렸다.// 목련에 앉은 벌에게/ 몇 문 신느냐 했더니/ 뽀얗게 날갯짓만 하고/ 꽃잎 신발 끈 쨈맸다. (「문수를 묻다」 전문)

눈여겨보지 않으면 무관심에 쉽게 편입되고 만다. 새와 꿀벌이 신은 신발 문수는 궁금해하면서, 그동안 식구들 신발 문수를 눈여겨보지 않았다. 형편없는 가장이다. 그동안 가죽 조각에 깊이 박힌 봉제선 실처럼 일관된 동선으로 살아왔다. 가파른 언덕이나 아찔한 내리막 앞만 보고 정신없이 걸었다. 여섯 식구 가장으로 앞만 보고 팽팽하게 달려왔지만, 식구들 신발 문수를 놓치고 살았다. 식구들 신발 문수가 궁금하다.

내일은 좀 일찍 일어나려고 한다. 신발장에 있는 식구들 신발을 꺼내 한 켤레씩 닦겠다. 훈용이와 남동생 운동화는 새는 곳이 없는지 눈여겨보고.

(2018. 4. 2.)

어머니의
장어국

이른 아침부터 바깥 주방에 있는 솥뚜껑 여닫는 소리가 잦다. 바깥 주방은 서재와 가까이 있어 잠결에도 어머니 동정을 가늠할 수 있다. 부모님뿐만 아니라, 요즘 내 입맛도 신통치 않다. 우리 집은 어머니께서 거의 매일 텃밭에서 자란 남새를 즉석에서 나물로 무치거나 겉절이 한 것을 먹는다. 농약을 하지 않고 기른 것이라 영락없이 건강식이다. 입도 이런 맛에 내성이 강해졌는지 제품에 입맛이 꺾였다.

오래전 숙모님이 순천 역전 새벽시장에서 바닷장어를 사 오셨다. 어머니 몸이 예전과 같지 않으시다. 예전 같으면 곧바로 장어국을 끓였을 텐데. 장어가 냉장고에서 오랫동안 숙면에 깊이 빠졌다. 며칠 전부터 아버지께서 장어국 이야기를 간간이 꺼내셨다. 입맛이 뚝 떨어졌을 때 장어국에다 밥 한 그릇 말아먹었으면 좋겠다고 하셨다. 이때마다 어머니는 당신 몸 부실한 것을 탓하셨다.

어젯밤 진안 모 시설에 있는 동생이 귀가했다. 한 달에 한 번 집에 들른다. 집에 오면 마을 이발소에서 머리를 깎고, 하다못해 생선 토막이라도 구워 먹인다. 장어국을 끓이려면, 손질하고 조리하는 과정에서 손이 많이 필요하다. 장어를 삶아 믹서로 간 다음 체로 거른다. 여기에 고사리, 토란대, 머위대를 삶아 넣는다. 고사리는 이웃에 사시는 신부님이 산에서 직접 뜯은 것이다. 토란대와 머위대는 텃밭에서 직접 길렀다. 장어국은 겨울보다 여름에 먹어야 제 맛이 난다. 이른바 여름 보양식이다.

장어국에 넣을 재료는 거의 삶아야 하므로 불을 가까이해야 한다. 일일이 씻는 것도 일이지만, 삶을 때마다 불결 더위를 감내해야 한다. 바깥 주방 머리에 수도가 있어 육안의 거리는 몇 뼘 되지 않는다. 몸이 불편한 어머니가 물을 갖다 나르기엔 힘겨운 거리이다. 어머니는 당신의 몸붓으로 늘 ㄱ자를 쓰고 사신다. 팔십이 넘은 생의 고단함을 당신 몸에 자음 한 자로 간결하게 쓰셨다.

어머니 꺾인 허리를 ㅣ자로 세운 것은 순전히 동생이다. 어렸을 때 경기를 앓았는데도 치료다운 치료를 하지 못했다. 그 시절부터 동생은 말문을 굳게 닫아버렸다. 이런 아들이 집에 온다고 하자, 어머니는 ㄱ 곁에 ㅣ를 붙여 '기氣'가 생긴 것이다. 이 '기氣'는 단순한 기운이나 힘이 아니라 모성이다. 어머니는 아침마다 이런 힘을 초인적으로 발동하신다. 당신 입에 넣을 것 같으면, 귀찮고 힘들어서 거들떠보지도 않을 연세이시건만.

하룻날도 빼지 않고 어머니는 내 도시락을 싸주신다. 어떤 날은 두 끼까지. 도시락 가방에 나도 몰래 슬그머니 만 원짜리를 두세 개 넣어

주실 때도 있다. 만날 그 밥에 그 반찬이라 하시며, 먹고 싶은 것 사 먹으라는 뜻이다. 대부분 사람이 그렇듯이, 어머니께서 해주신 음식이 가장 맛있다. 특히 어머니는 짱뚱어탕이나 장어탕을 끓이는 솜씨가 일품이다. 한때 어머니께 짱뚱어탕과 장어탕을 파는 식당을 하자고 농담까지 했을 정도이다.

어머니 손은 크다 못해 광활하다. 우리 식구 입에만 넣으려고 장어국을 끓였을 리 없다. 예상이 적확하게 들어맞았다. 뒷집 신부님 댁 마리아 여사님 편에 한 냄비 보내는 소리가 났다. 분명히 푸지게 푸셨을 것이다. 잇대어 아버지와 친구처럼 지내시는 박 어르신 댁에도 한 냄비 푸셨다. 역시 다뿍하게 채우셨을 것이다. 아버지께서 목사님 댁에 보낼 것을 많이 담으라고 여러 번 밑줄을 굵게 치셨다. 집안 주방에서 밥통 배꼽이 밥 냄새를 풀었다. 잠자고 있던 식욕이 뜸 들이지 않고 가문 날 콩 머리처럼 솟아올랐다. 어머니께서 혼잣말로 하시는 말씀이 한 음절도 새나가지 않고 귀에 들어왔다.

"아이고! 이제 죽었다 깨어나도 장어국 못 끓이겠다."

장어국은 방앗잎과 부추를 넣어 먹어야 비린내가 나지 않고 향긋하게 맛있다. 장어국을 뜨시는 어머니께서 맛으로 먹지 말고 몸을 생각하며 먹으라고 하셨다. 밥때마다 장어국 타령을 하시던 아버지께서 국에다 밥을 한 그릇 말으셨다. 몇 술 뜨시더니 옛날 장어국 맛이 나지 않는다 하시며 깨작깨작 드셨다. 풋고추에다 열무김치 말아먹는 것보다 못하다고까지 하셨다. 어머니께서도 옛 맛이 나지 않는다고 거드셨다. 나와 동생은 한 그릇 먹고 나서 장어국을 과반으로 더 먹었다.

장어국은 어딘가로 나갔던 입맛을 단숨에 불러들였다. 어머니께서 나에게 맛이 어떠냐고 물으셨다. 옛 맛 그대로라고 했다. 내 입은 옛 맛 그대로인데, 부모님께서는 영 마뜩잖은 모양이시다. 나이 들면 총명했던 입맛도 점점 사윈 것 같다. 입맛이 돌아온 것을 환하게 환영할 겨를 없이 마음 한쪽이 아렸다. 장어국을 끓이시느라 지친 기색이 역력한 어머니를 보고 동생이 말했다.

"엄마! 묵어."

다른 말을 잘 하지 못한 동생이 유일하게 주어와 서술어로 엮은 문장이다. 어머니께서 좀 쉬었다 먹겠다고 하셨다. 동생이 맛있게 먹는 모습을 눈여겨보시던 어머니 얼굴이 서걱거리며 밝아졌다. 어머니께서 싸주신 도시락을 두 개 들고 작업실로 나왔다. 아침을 먹은 지 얼마 되지 않아 점심때가 왔다. 장어국을 데운 다음 방앗잎과 부추를 넣었다. 속 깊은 어머니의 손맛이 우러나왔다. 먼 길로 달아났던 입맛이 혀에 찰싹 달라붙어 쫀득쫀득하게 씹혔다.

어머니께서 끓여주신 장어국을 먹을 수 있는 날이 앞으로 몇 날이나 될까? 풍편으로 자귀나무 꽃향기가 서럽게 들려왔다.

(2018. 7. 4.)

사다리

전원에 집을 짓고 산 지 십 년이 되었다. 전원생활을 하려면 아파트와 달리 직접 손댈 일이 많다. 콘크리트 벽에 못 박는 일이 사소한 것 같지만, 녹록지 않은 작업이다. 아파트에서는 관리실에 부탁하면 되지만, 전원에서는 다른 사람 손 빌릴 생각을 하지 말아야 한다. 아파트와 달리 전원주택은 벽이 높은 편이다. 벽에 시계나 그림을 걸려면 못질을 해야 한다. 이때 요긴한 것이 사다리다.

사다리는 집안에서만 필요한 게 아니라, 집 밖에서 오히려 쓸 일이 많다. 키 큰 나무 가지치기를 하거나 부속건물 지붕에 오를 때 사다리가 있어야 한다. 혹은 바깥등 전구가 나가 교체할 때도 필요하다. 사다리는 길이나 형태에 따라 종류가 여럿이다. 집안에서 쓰는 것은 길이가 짧고 밖에서 쓰는 것은 길이가 길다. 길이가 긴 것은 대부분 접이식이다.

사다리는 긴 두 기둥에 양쪽을 가로질러 고정한 발판으로 되어 있다. 과거에는 사다리를 나무로 직접 만들어 썼다. 사다리는 두 기둥과 발판이 서로 균형을 든든하게 유지해야 사다리 역할을 할 수 있다. 균형은 안정을 이루는 초석이다. 어떤 구성체나 조직이 안정을 유지하려면 서로 한몸이 되어 협업해야 한다. 한몸이 되려면 상대를 자기 몸처럼 여겨야 한다.

사다리를 타기 전 무엇보다 오를 준비를 하는 것이 중요하다. 사다리 양다리를 땅 끝에 안전하게 고정하고 머리 각을 적절하게 맞춰야 한다. 한두 단쯤 올라 사다리 위아래 고정 상태를 확인하고 올라야 안전하다. 글을 쓰기 전 먼저 자료를 선택하고 조직하는 데 시간을 많이 할애해야, 과정이 적절하고 구조가 안정적인 글이 된다. 사다리 타는 것도 이와 같은 이치이다.

사다리는 높은 곳으로 오르는 통로이다. 사다리를 탈 때 서두르지 말고 한 단씩 밟아야 한다. 한 단씩 오르는 것은 과정을 제대로 밟는다는 것을 의미한다. 어떤 분야에 전문적인 능력이 없는 사람을 높은 자리에 앉히는 걸, 속된 말로 낙하산식 인사라 한다. 이런 사람은 한 단계씩 밟고 정상에 오르지 않고 한걸음에 사다리를 탄 사람이다.

사다리를 한 단씩 오르려면 누구든 겸손해야 한다. 두세 단씩 오르고 싶은 욕망을 통제하지 않으면 추락할 수 있다. 『논어』 '공야장' 편에 공자가 제자 칠조개에게 벼슬을 하라고 권하는 장면이 나온다. 칠조개는 "저는 아직 벼슬에 나갈 만큼 실력을 갖추지 못했습니다."라고 사양한다. 공자는 칠조개의 이런 겸손함을 보고 크게 기뻐했다. 나 자신을 비롯해 칠조개와 같은 사람이 세상에 몇이나 될까.

사다리에 올라 일을 하려면 사다리를 절대 신뢰해야 한다. 사다리를 믿지 못하면 높은 곳에서 마음 놓고 일할 수 없다. 얼마 전 사다리 꼭대기에 올라 긴 양손 전지가위로 정원에 있는 소나무 잔가지를 잘랐다. 나무 위에서 내려다본 풍경이 새로웠다. 아랫마을 집들이 일목요연하게 다가왔고, 앞 집 제각 아래채 용머리에 기와가 떨어져 나간 흔적도 보였다. 근경이 된 원인과 기와 조각의 부재를 알게 된 지인知人은 높은 자리였다. 문득 당나라 위징이 한 말이 떠올랐다. "높은 곳에 있으면 떨어질 것을 생각하고, 가득 차면 넘칠 것을 생각하라."

사다리에서 가위질을 오래하면 다리가 떨린다. 소나무가 정원 높은 곳에 있는 데다 사다리가 높아, 시비하지 않고 지나는 바람의 심장 소리마저 공포스럽다. 누구든 높은 자리에 있으면 자신을 낮춰야 한다. 그렇지 않으면 알게 모르게 흔들어대는 사람이 많다. 정철은 길 가운데 서 있는 소나무에게 오가는 사람들이 흔들어대므로, 험한 골짜기에 가 있으라고 한다. 험산준령의 역사적 고개를 넘어야 했던 자신을 소나무에 감정을 이입하여 고백했다.

사다리를 내려올 때도 긴장의 고삐를 늦추면 안 된다. 오히려 오를 때보다 더 조심해야 한다. 자른 나뭇가지가 사다리에 걸려 방해물이 되거나, 땅바닥에 고정했던 사다리가 틀어질 수 있다. 우리 삶도 사다리를 오르내리는 것과 같다. 인생의 정점에서 호사를 누리는 날이 있는가 하면, 그 자리에서 내려와야 할 때가 있다. 한여름 나무에 무성하게 매달린 나뭇잎도, 가을이면 하강의 사다리를 타고 내려온다.

놀이 가운데 사다리 게임이 있다. 사람 수만큼 사다리를 그려 제비뽑기 식으로 한다. 종이와 필기도구만 있으면 가위바위보 게임처럼 다 함께 쉽게 참여할 수 있다. 사다리 게임은 특정인을 배제하지 않아 지극히 인간적이다. 게임 방법이 단순하여 모든 사람이 참여할 수 있다. 편법이나 술수를 부릴 수 없어 공정하다. 그래서 참여하는 사람이 즐겁고 결과에 이의를 달지 않는다.

오래전 외등 전구가 나갔다. 아버지께서 전구를 갈아 끼시려고 사다리를 잡아달라고 하셨다. 금속으로 된 접이식 사다리 무게가 만만찮다. 양 발로 사다리 발목을 고정하고 두 손으로 사다리 기둥을 붙잡았다. 발과 손끝에 팔순을 훌쩍 넘긴 아버지 체중이 새 깃처럼 가볍게 파닥거렸다. 팔십 평생 높은 자리 한구석 차지한 일 없으셨던 아버지께서 전구를 갈아 끼시고 곧 내려오셨다. 사다리를 타고 내려오신 시간은 잠시 잠깐이었다. 그러나 사다리를 오르내리실 때 불안한 내색을 전혀 하지 않으셨다. 사다리와 아들을 한몸으로 여기시고 깊숙이 믿으셨기 때문이리라.

(2018. 12. 13.)

비상금

"아빠~~~~."

큰아들이 오랜만에 전화했다. 목소리가 알찐거리고 다부닐었다. 서울 모 대학교 신학대학원에서 공부하면서, 양평에 있는 교회를 오가며 전도사로 사역하고 있다. 스물일곱이나 된 녀석이 간드러지게 날 부르면 필시 깊은 사연이 있는 게 뻔하다. 내일까지 등록금을 내야 한다고 했다. 미리 말하려고 했는데, 리포트 쓰고 설교 준비하느라 늦었다고 되알지게 변명했다. 돈을 드러장이고 사는 처지가 못 돼 염려가 풀풀 날렸다.

녀석은 묻지도 않은 말을 연줄처럼 풀었다. 기숙사비는 교회에서 사례비 받으면 해결하겠다고 했다. 언제 나올지 모르지만, 교회 장학금이 나오면 곧바로 부치겠다는 말도 옹골지게 덧붙였다. 녀석이 시뜻하게 변명한 문장 끝에 미리 이야기하라는 말 한마디 올려놓고 전화를 끊었다. 아내가 콩나물 한 시루만큼 된 의문형 문장을 질서 정연하게 늘어놓았다.

"끼니는 잘 챙기고 있다고 하느냐? 감기는 걸리지 않았느냐? 집에는 언제 다녀간다고 그랬느냐? 교회에서 힘든 일은 없다고 하느냐? 기숙사에 에어컨은 잘 나온다고 그러냐? 필요한 한 것은 없다고 하느냐?"

내일까지 내야 할 등록금을 오늘 이야기한다고 하자, 아내의 의문형 문장이 곱송그렸다. 녀석은 늘 그랬다. 어떤 일이든 코앞에 닥쳐야 근육을 민첩하게 놀리고 타올거린다. 아내의 안색이 해반주그레해지며 누굴 닮아서 그런지 모르겠다고 했다. 녀석의 그런 허룽허룽한 습관은 아내나 나를 닮지 않고 돌연변이처럼 생긴 것이다.

여하튼 발등에 떨어진 불을 먼저 꺼야 했다. 살다 보면 기억 속에 걸어둬야 할 풍경이 있고, 귀 기울여 담아둬야 할 소리가 있다. 나는 서른 후반부터 혈압강하제를 먹어 실손의료보험에 들 수 없었다. 그런데 얼마 전 지역농협에 근무하는 제자가 유병자 실손의료보험 상품이 나왔다며 가입하라고 권했다. 만기가 얼마 남지 않은 화재보험을 해약하고 실손의료보험을 들라고 했다.

한쪽 귀로 듣고 한쪽 귀로 흘러 보낸 말이 풍경처럼 떠올랐다. 제자에게 전화하여 해약금이 얼마쯤 되는지 확인했다. 만기 때 받을 금액이나 지금 해약하여 받을 돈이나 별 차이 없었다. 놀라운 것은 해약금이 아들 등록금과 얼추 비슷했다. 옴짝달싹 못하게 그루박고 있던 몸이 풀리고 께느른하던 마음이 싱싱해졌다. 제자가 보험을 들어 달라고 부탁하여 들어줘, 아내는 내가 화재보험 든 사실을 모른다.

아내가 등록금을 어떻게 할 계획이냐고 물었다. 나는 시집과 수필집을 팔아서 등록금을 마련하겠다고 덩드럭거리며 큰소리쳤다. 지난 3월 시집과 수필집을 발간하느라 돈깨나 썼다. 고맙게 많은 독자와 지인이 내 책을 사랑해줘 출판비용 이상을 건졌다. 화재보험을 해약하지 않았던 진짜 이유는 내년 3월쯤 시집과 수필집을 발간할 때 쓰려고 그랬다.

작품집 출판비용으로 쓰려고 맘먹었던 돈이 아들 등록금이 되었다. 비상금은 본디 뜻밖의 긴급한 일이 생길 때를 대비해 마련해 둔 돈이다. 여섯 식구 가장으로 살다 보면 비상금은커녕 생활비조차 간당간당할 때가 있다. 중증 복합장애를 앓는 아들 데리고 서울 오가는 일도 버겁지만, 팔순이 넘은 부모님을 모시고 심심찮게 병원깨나 드나들어야 한다. 게다가 날마다 창작의 아궁이에 불을 지피며 자나깨나 작품집 발간에 눈독을 들이니 돈 모을 새가 없다. 지금껏 궁핍을 궁하게 여긴 적 한 번 없다. 글을 쓰고 나면 내 영혼의 곳간이 채워졌으므로.

아내는 대책 없이 차분하고 당당하기까지 한 나를 허릅숭이 바라보듯 미덥지 못한 표정으로 살폈다. 나는 만날 가난뱅이 시인으로 어치렁거리며 살 줄 아느냐는 식으로 아내 앞에서 희떱게 굴었다. 아내에게 보험 든 사실을 숨기려고 한 것은 아니지만, 보험 해약금이 비상금이 되었다. 우리 생애 악착스럽게 붙잡으려고 발버둥쳐도, 손우물물처럼 몰강스럽게 빠져나가는 게 많다. 농협에 들러 아들 가상계좌로 등록금을 보냈다. 숨구멍마다 알 수 없는 희열이 솟구쳤다.

세상살이하다 보면 긴급하게 생기는 일이 한둘 아니다. 이때만 돈이 필요한 게 아니다. 모름지기 글을 쓰는 글쟁이도 세상에서 일어날 법한 일이 특별하지 않게 생긴다. 글쟁이는 글 쓰는 일을 게을리하면 안 된다. 글쟁이는 작품이 곧 비상금이다. 작품이 돈이 되어야 한다는 말이 아니다. 글쟁이는 창작활동을 통해 존재감을 느낀다. 글쟁이에게 작품만큼 큰 자산이 없다.

글쟁이에게 긴급한 일이 무엇이랴. 글 집을 짓는 일 아니랴. 그 집이 비록 허공 공법으로 하늘에 지은 것일지라도 견고해야 한다. 글 집을 완성한 것은 활자를 도배한 것으로 끝난 게 아니다. 자신이 지은 공법으로 세상을 살아야 한다. 서정시처럼 청명하고 정갈하게. 수필처럼 진솔하고 투명하게.

휘휘한 하늘에 몇 마리 새가 애면글면 용쓰지 않고 길을 간다.

(2018. 9. 14.)

무엇을
낳을까

어제와 오늘 폭염주의보가 떨어졌다. 날씨가 무더운 날은 작업실에서 타잔 복장을 하고 있다. 볼 사람이 없고 찾아올 사람도 없어 복장의 자유를 맘껏 누린다. 요즘 방학이라서 주로 작업실에서 지낸다. 창작의 끈을 느슨하게 놓지 않으려고 공간을 마련하였다. 글을 쓸 때 몸과 마음이 자유스러워야 상상의 날개를 달고 비상할 수 있다.

작업실에서 저녁을 먹고 두 시간 동안 걷다 돌아왔다. 글쓰기 치료와 관련한 논문을 좀 읽다 보니, 자정 인근 마을에 이르렀다. 출출하다 못해 허기가 식욕의 놉을 얻어 왔다. 라면을 끓여 먹을까 하다 참았다. 이건 아니다 싶었다. 냉장고에 자두와 토마토가 있지만, 왠지 당기지 않았다. 씻고 자르는 게 귀찮았다. 이런 이유보다 몸이 탄수화물을 원하고 있었다.

별 궁리를 다 하다 계란을 삶았다. 계란을 삶는 냄비 속에서 계란 셋이 몸뚱이를 비비며 아우성쳤다. 작업실은 이웃에 누가 사는지조차

모를 정도로 조용하여 적막한 산중이다. 원룸이란 이름에 걸맞게 다 혼자 사는 사람인 것 같다. 그 흔한 텔레비전 소리조차 들리지 않는다. 이렇다 보니, 자정 무렵 계란 삶는 소리가 돋보이는 소음으로 들렸다. 이 소리를 듣고 이웃이 잠을 깰지 몰라 안절부절못했다.

정작 식욕을 끌고 온 것은 몸이 탄수화물을 원해서 그랬던 게 아니다. 오늘 고구마대김치를 지인이 줬다. 고구마대김치는 여름날 자칫하면 토라지기 일쑤인 입맛을 토닥토닥 어루만지며 일으켜 세웠다. 어머니는 해마다 텃밭에 고구마를 심으신다. 고구마를 먹으려고 한 것이 아니라, 고구마대로 찬을 만들려고 그렇다. 고구마대 김치는 익은 고추와 풋고추, 마늘과 젓갈을 통째 갈아서 담가야 맛있다.

작년 여름에는 고구마대 김치를 거의 못 먹었다. 호박고구마대는 김치를 담거나 나물을 무치면 맛이 없다. 고구마는 맛이 있는데 고구마대는 맛이 없으니, 이 둘은 부적 관계이다. 어머니는 식구들 입맛을 어떻게든 부활하려고 옆 동네 고구마 밭에까지 다녀오셨다. 그 밭 고구마도 호박고구마였다. 양념만 많이 들어가고 헛고생만 했다며 속상해하셨다. 고구마대김치가 없는 여름 식탁은 무더위보다 더 휘휘하였다.

계란이 익기 전 고구마대김치를 한 입 먹었다. 어머니께서 담근 맛은 아니었지만, 그런대로 먹을 만했다. 길들여진 입맛은 간사하다 못해 예민하다. 어머니는 모든 음식에 화학조미료를 일절 쓰지 않으신다. 설탕이나 화학조미료를 넣은 음식 빛깔을 혀가 리트머스 시험지처럼 분별해낸다. 지인이 준 고구마대김치는 약간 달짝지근했다.

설탕이 엉거주춤하게 달라붙어 있었다. 맛이 단 반찬은 첫 입을 알록달록하게 장식하지만, 진득하지 않아 금세 질린다. 삶은 계란과 함께 고구마대김치를 먹으니 개미졌다. '개미지다'는 '감칠맛 난다'는 전라도 말이다.

어머니는 국어사전에 없는 말을 자주 쓰신다. 주로 음식이나 요리와 관련된 것이다. 밤 서리 맞은 시금치 무친 나물을 간 보시며 "걸떡지근하게 맛있다."라고 하신다. '걸떡지근'은 '달짝지근'하다는 말이다. 시래깃국을 끓인 다음 간을 보시고 "좀 간조름하다."라고 하신다. '간조름하다'는 '약간 짜다'는 말이다. 도토리묵을 쑤시고 "맹갈맹갈 잘 되었다."라고 하신다. '맹갈맹갈'은 '점도가 적당하다'는 말이다. 쌀을 씻어 안칠 때 "물 간등간등하게 맞춰라"하신다. '간등간등하다'는 '손등이 간지러울 정도'를 의미한다.

오래전 이 말들을 모아 「어머니의 食言」이란 시를 썼다. '食言'은 사전에 '약속한 말을 지키지 않는 것'이란 뜻으로 산다. 여기서는 '음식과 관련된 말'이란 뜻으로 썼다. 음식은 단순히 끼니를 때우거나 주린 배를 채우는 데 머물지 않고, 회상의 매개체 역할을 한다. 특히 어머니께서 만들어주신 음식은 시간이 흐르면 흐를수록 추억의 자루를 꽉 채운다. 내가 어렸을 때 삶은 계란은 소풍 갈 때나 먹을 수 있는 귀한 것이었다. 어머니는 다른 형제보다 맏이인 내 몫을 한두 개 더 챙겨주셨다.

삶은 계란 껍데기를 두 개째 벗겼다. 게다가 지인이 준 고구마대김치에 젓가락질을 대여섯 번 했다. 어렸을 때 온 식구가 둘러앉아 고구마대 껍질 깨나 벗겼다. 고구마대를 벗기다 보면 손가락만 한 고구마 벌레가 잎에서 나왔다. 고구마대 껍질 벗기는 것이 싫어 고구마 벌레를 핑계 대고 도망치기도 했다. 어머니는 고구마대를 삶아 순천 아래 시장이나 중앙시장에 내다 파셨다. 그 돈으로 할아버지 밥상에 올릴 생선이나 식구가 신을 고무신발을 사 오셨다.

부모님께서 고향을 떠나 나와 함께 사신 지 아홉 해가 되었다. 우리 집 텃밭에는 지금 고구마가 잘 자라고 있다. 아직 고구마대를 뜯어 먹을 정도로 순이 크지 않았지만, 땡볕을 맞으며 곧 골육이 튼실해질 것이다. 어머니는 새벽마다 텃밭을 바다 삼고 숨비소리를 내시며, 고구마대를 건져 올리실 것이다. 고구마대 껍질을 아버지와 이마를 맞대고 손톱이 시퍼렇게 물들 때까지 벗기실 것이다. 밥상에 올라올 고구마대김치를 생각하면 군침이 돈다.

시간은 자정의 마을을 한참 지나 새벽 고갯길을 올랐다. 먹고 바로 누울 수 없어 원고지가 모여 사는 마을로 향했다. 그곳에는 마르는 것을 용납하지 않은 어휘들이 고구마처럼 자라고 있었다. 기억의 집에 곰팡이 피는 것을 허용하지 않은 문장들이 계란처럼 모여 살았다. 고구마 순은 고구마를 낳고 계란은 닭을 낳나니, 이 새벽 이 둘을 먹은 나는 무엇을 낳을까.

(2018. 7. 14.)

아픔
내려놓기

나는 순천만 가는 길에 있는 도사초등학교를 나왔다. 들길과 물길을 건너 학교에 다녔다. 구경거리라면 경전선 철로를 오가는 기차가 전부였다. 3학년 사회시간에 신호등과 관련하여 공부했다. "빨간불은 서시오. 파란불은 가시오. 노란불은 돌아서가시오."였다. 6학년 때 순천 시내에 있는 초등학교에서 글짓기 대회가 있었다. 학교 소사가 자전거를 태워 데려다주었다. 그때 신호등을 처음 보았다.

중학교는 공동묘지를 깎아 만든 이수중학교로 배정받았다. 1시간 반 이상 된 거리를 거의 걸어 다녔다. 얼굴은 마른 버짐이 늘 하얗게 피어 따가웠다. 아이들이 놀려댔다. 입학한 지 한 달쯤 되었을 때 봉규가 한 아이를 꼬드겨 나와 싸움을 걸었다. 순천에서 가장 큰 초등학교를 나온 봉규는 많은 아이들을 그림자처럼 데리고 다녔다.

청소시간마다 그 아이가 싸우자고 했다. 물론 봉규가 시켜서 그랬다. 봉규는 그 아이에게 복싱 트레이너처럼 싸우는 방법까지 가르쳐

주었다. 학교 가는 것이 무서웠다. 그 아이가 싸우자고 할 때마다 "내가 졌다."라고 했다. 봉규는 그 아이를 계속 꼬드겨 싸움을 붙였다. 밤마다 잠이 오지 않았다. 차라리 맞는 게 낫다고 여겨 그 아이에게 날 때려달라고 했다. 봉규가 그렇게는 안 된다고 그랬다.

먼 학교를 만날 걸어 다니다 보니 남들보다 운동화가 빨리 닳았다. 어머니께서 순천 아래 시장이 서는 날, 찹쌀 몇 되를 팔아 운동화를 사 오셨다. 박스컵이란 이름을 붙인 운동화 밑바닥이 축구화와 흡사했다. 당시 박정희 대통령 이름을 딴 국제축구대회 이름이 박스컵이었다. 새 신발을 신고 학교에 갔다. 청소시간이 되자 그 아이가 또 싸우자고 했다.

더 이상 외면하거나 회피할 수 없는 막다른 길목이라고 여겼다. 봉규가 거느린 일곱 명쯤 된 아이들과 그 아이, 내가 학교 뒷산 공동묘지로 갔다. 봉규가 그 아이를 앞에 세워놓고 온갖 동작을 보이며 싸움의 기술을 익혔다. 순간 울분이 솟았다. 울분이 용암처럼 온몸에서 뜨겁게 끓다가 눈물이 되어 흘러내렸다. 시골에서 자랐지만 나는 힘쓴 일을 해본 일이 거의 없었다. 그렇지만 주먹 쓰는 일 외엔 배구나 축구를 좋아해 학교 대표선수로 활동했다.

그 아이가 봉규가 지시한 대로 내게 덤벼들었다. 그 녀석을 공으로 여기고 차분하게 발 끝에 힘을 모았다. 발 끝에 모은 힘을 쏟아부을 각도를 확보하려고 무덤 위로 올라갔다. 이때 그 아이가 나한테 돌진했다. 그 아이 머리가 축구공으로 보인 순간, 얼굴을 힘껏 걷어찼다. 한 방에 그 아이가 정말 공처럼 멀리 날아가 떨어졌다. 봉규와 그의 일행이 멈칫하며 뒷걸음으로 물러섰다.

쓰러진 아이 얼굴을 울면서 밟았다. "너희들 다 덤벼. 도사 촌놈이라고 날 우습게 본 모양인데. 다 죽여 버릴 거야." 나한테 맞은 아이 얼굴이 말이 아니었다. 얼굴 곳곳에 운동화 자국이 문신처럼 남아 있었다. 종례시간 다가오는 게 두려웠다. 그 아이 부모가 내일 학교로 찾아올지 몰라 내일이 벌써 무서웠다. 용케 종례시간이 별일 없이 지나갔다. 그 아이 부모가 학교에 찾아오지도 않았다. 며칠 뒤 그 아이에게 미안하다고 했다. 무슨 사연이 있었는지 모르지만, 한 달 후 그 아이가 다른 곳으로 전학했다.

오늘 간호학과 1학년이 중간고사 대체로 낸 리포트를 체크했다. 지난 9월 6일 전체 학생을 대상으로 "아픔에도 종점이 있다."라는 문학특강을 했다. 이 특강을 듣고 느낌을 쓴 글이었다. 50명이 넘은 학생이 쓴 글을 읽으며 얼마나 울었는지 모른다. 자신이 겪었거나 겪고 있는 아픔을 감추고 않고 일일이 다 꺼냈다. 몇몇 학생이 학교 다닐 때 따돌림을 당한 기억 때문에 아파했다. 리포트를 체크했다기보다 따스한 수필집 한 권을 읽은 것처럼 여운이 남았다.

봉규에게 당한 따돌림 때문에 지금도 불쑥불쑥 아프다. 증오나 용서는 일방적으로 혼자만의 문제가 아니다. 봉규와 고등학교를 같이 다녔으니 친구들에게 물어보면 금방 알 수 있을 것이다. 지금까지 봉규 근황을 알아보려고 하지 않았다. 오래전 페이스북 메신저에 단문 하나 붙이고 답신을 기다린 일 외엔. 아픔을 준 사람은 망각의 강을 따라 유유히 흐르지만, 아픔을 당한 사람은 기억의 말뚝에 박혀 메마른다.

아픔을 내려놓으려고 한다. 그래도 봉규 때문에 왕따 당한 학생들 심정을 절실히 헤아리는 힘이 생겼지 않은가.

아픔도 종점 있다/ 뉘나 한둘씩 앓는 일 있건만/ 염치없이 꺼낼 수 없는 아픔/ 무거운 것이든 가벼운 것이든/ 종점까지 가져가지 말자/ 시내버스 정류장 어딘가에/ 하나씩 내려놓고 훌훌 가자/ 아픔의 종점에 이르러 보아라/ 몇 가구 되지 않은 사람들/ 오래된 정분 나눠 먹고살고/ 크작은 나무와 풀잎 어우러져/ 등 따시게 모여 살지 않느냐/ 그들이라 아픈 일 없겠느냐/ 아픔 나누고 비우면 바로 종점/ 깜박 잊고 그냥 가지고 왔거든/ 슬몃 내려놓고 가벼운 여백으로/ 왔던 길 청명하게 되돌아가자.

「아픔에도 종점이 있다」 전문)

(2018. 12. 21.)

나이테

몸속 깊이 박힌 감기가 한 달째 칩거하고 있다. 병원에 들러 영양주사를 맞으며 달래보고 병원과 약국을 오가며 약을 지어 먹었다. 생강과 대추 달인 물을 마시며 구슬렸지만 허사였다. 녀석은 나 혼자 굴복시킨 것으로 성에 안 찼던지, 작은아들과 어머니한테까지 기세등등하게 힘을 뻗쳤다.

작은아들은 약을 몇 번 먹더니 기침과 가래가 잦아들었다. 어머니는 김장을 며칠 하셔서 그랬는지 감기 기운이 예사롭지 않았다. 우리집 김장을 적잖게 하신 데다 김장할 때 도와준 교우나 이웃집 김장 품앗이를 하느라 며칠 고생하셨다. 어머니 목소리가 푹 내려앉고 코가 맹맹하게 막혀 병원에 가자고 했다. 어머니는 한사코 병원 가는 것을 마다하시며 약국에서 약을 지어 오라 하셨다.

약국에서 지은 약을 사흘 드셨는데도 나아지기는커녕, 기침이 더심해지고 아예 쿵쿵 앓으셨다. 오늘 아침 일어나자마자 어머니를 모시고 병원에 갔다. 가는 길에 아버지를 전주역에 모셔다 드려야 했다.

순천으로 문상을 가셔야 하기 때문이다. 게다가 작은아들 안약이 떨어져 안과에도 들러야 했다. 오후 1시 20분부터 학교 강의가 있고 4시부터 몇몇 학생과 글쓰기 상담을 하기로 약속하였다. 오전에 일을 다 봐야 했다.

먼저 어머니를 병원에 모셔다 드렸다. 월요일인 데다 요즘 감기를 앓는 사람이 많아 대기실이 사람들로 촘촘하였다. 간호사에게 어머니 상태를 설명해주고 아버지를 모시고 전주역으로 갔다. 마음이 바쁘면 신호등도 발목을 붙잡으며 험한 산봉우리가 된다. 이런 날은 때를 맞추기라도 하듯이, 네 바퀴 달린 것이 한꺼번에 다 거리로 쏟아져 나와 앞길을 가로막는 훼방꾼 같았다.

전주역에 이르자 사람과 차가 한데 엉켜 소음이 잡초처럼 무성하였다. 철로에 몸을 맡긴 사람들이 도착하는 종착역은 고향일 수 있고, 거래처일 수 있고 여행지일 수 있다. 이들이 향하는 곳은 동서남북 어딘가와 팔방이겠지만, 누구나 겨울과 마주칠 것이다. 겨울만 되면 열차를 타고 떠돌아다니고 싶은 역마살 기가 도진다. 십여 년 전, 열차에서 맞은 정동진 아침 해는 단순한 일출이 아니라, 묶였던 숨통이 트인 것과 같은 호흡이었다.

안과에 들렀다. 어머니 병원까지 가려면, 공시적인 시간에 붙잡혀 추억을 한가하게 들추고 있을 수 없을 정도로 겨를 없었다. 오늘따라 안과가 마치 지구 반대편에 있는 것처럼 아득하였다. 차가 많이 다니는 사거리에 있어 주차하는 것부터 인내할 것을 주문한다. 주차장이 없고 인근에 대형 마트가 두 군데 있어 차를 대려면 기다림과 민첩성의 날개를 달고 스스로 평형감각을 잘 조율해야 한다.

용케 주차할 자리가 생겼다. 캄캄한 어둠 속에서 잃어버린 지갑을 찾은 것 같은 안도감이 벅차게 몰려왔다. 안과도 예외가 아니었다. 한 떼기 텃밭에 상추가 오밀조밀하게 모여 자란 것처럼 사람 천지였다. 간호사에게 아들 약을 타러 왔다고 나직하게 말을 건네며 애절한 눈빛으로 눈을 맞췄다. 대여섯 사람이 진료실에서 나온 뒤 간호사가 아들 이름을 불렀다. 약국에 들러 약을 탄 다음 어머니 병원으로 향했다. 나신으로 서 있는 가로수가 바람에 몸을 맡긴 채 바람결대로 흔들렸다. 지금까지 살아오면서 얼마나 많은 바람을 맞이했던가?

바람 앞에서 무참하게 부서지고 쪼개져 날린 적이 있었다. 바람을 회피하려고 달아났지만, 몇 발짝 도망치기도 전에 붙잡혀 혼나기도 했다. 하룻날도 태풍주의보를 발령하지 않는 날이 없을 정도로, 나는 바람 한가운데에서 살았다. 모 시인은 "나를 키운 건 팔 할이 바람이었다."고 고백했지만, 나를 키운 것 구 할이 바람이었다. 바람을 막으려고 하면 찢어지거나 날아가 버리고 말았다. 바람이 부는 결대로 따라 흔들렸다.

어머니를 병원에서 모시고 나와 집에 당도했다. 묵방산에서 거침없는 속력으로 내려온 바람 앞에, 모든 나뭇가지가 완곡한 곡선으로 몸을 휘었다. 감나무는 몸이 통째 흔들리면서도, 우듬지에 있는 까치밥을 조심스럽게 붙잡고 있었다. 온몸이 비늘투성이인 화살나무는, 제 몸 때문에 누군가에게 상처라도 입힐까 봐, 언행을 얌전히 하고 있었다. 요런 날, 바람 앞에서 쓸데없는 생각이 불쑥 떠올랐다. 오늘 하루만이라도 몸이 두 개였으면 얼마나 좋았을까.

　한 무리 까치 떼가 묵방산으로 눈부시게 날았다. 아침에 어머니께서 미리 싸주신 도시락을 챙겨 학교로 서둘러 향했다. 내 몸 어딘가가 가렵기 시작하면서 나이테 한 줄이 새겨지는 것을 느꼈다.

　"후유."

(2017. 12. 4.)

동문서답

"어머니! 감기 좀 어떠세요?"
"오늘 도시락 싸지 말라고?"

요즘 부쩍 어머니 귀가 멀어졌다. 팔순이 넘은 나이에도 충치 하나 없는 아버지 귀도 덩달아 멀어졌다. 감당할 수 없는 난방비 때문에 올겨울부터 온 식구가 1층에서 함께 지낸다. 날을 꼬박 새우기 일쑤인 훈용이가 정작 날이 샐 무렵에야 잠이 들므로, 식구들이 수화하는 수준으로 목소리를 낮춰 말하는 탓도 일부 있다.

부모님은 고향을 등지고 이곳으로 8년 전에 이사했다. 그때만 해도 어머니 귀는 세상 밖 모든 소리를 정확하게 감별하셨다. 밤중에 소리 소문 없이 내리는 보슬비 발 소리까지 알아채시고, 텃밭에 널어놓은 깨 한 톨 비 맞힌 적 없었다. 개도 알아차리지 못한 멧돼지 발소리를 미리 해독하셔서, 개를 깨운 통에 멧돼지가 얼씬하지 못했다. 시골은 택배가 밤에 도달할 때가 많다. 초저녁잠이 드셨다가도 택배 배달원이 현관 입구에 물건 내려놓는 소리를 가장 먼저 알아차리셨다.

어머니는 온몸이 귀였다. 이슬 내리는 소리뿐만 아니라, 안개 낀 것까지도 다 알아채셨다. 비 오는 소리는 사나흘 전부터 미리 아셨다. 이슬이 내린 날은 귀가 가렵고 안개 낀 날은 눈이 가렵다고 하셨다. 비가 내릴라치면 사나흘 동안 온몸이 쑤시고 뼈가 소리 내어 운다고 하셨다. 가려웠던 귀는 이슬이 내리고 나면 시원해졌고, 가렵던 눈은 안개가 걷히면 맑아지셨다. 비가 내리고 나면 온몸이 가뿐해지셨다.

귀가 멀어지면서 빠트리지 않고 시청하시던「가요무대」도 입맛 잃고 받은 밥상처럼 안중에 넣지 않으셨다. 어머니 귀가 멀어지는 것과 비례하여 내 목소리는 굵어졌고, 집사람은 잔소리가 늘기 시작했다. 서재와 주방이 맞닿아 있어, 주방에서 어머니와 집사람이 주고받는 말이 편서풍을 타고 들린다. 집사람이 어머니께 똑같은 말을 여러 번 반복하여 하는 소리를 들으면, 괜히 부아가 치밀었다.

어머니를 마치 어린애 취급하는 것 같아 집사람과 몇 차례 말다툼했다. 어머니 귀가 먼 것과 관계없이 부모님과 함께 살면서 깨우친 것이 있다. 부모님은 늙을수록 거짓말이 는다. 예를 들어, 몸이 편찮으신 것을 보고 병원에 가자고 하면 괜찮다고 하신다. 한두 번 말씀드려 괜찮다 하시면 정말 괜찮아서 그러신 줄 알았다. 세 번 말씀드리면 그때야 내색하신다. 어느 때는 세 번이 아니라, 다섯 번 정도 권해야 마음을 드러내신다. 이런 것을 깨달은 뒤로 어떤 일이든 다섯 번까지 권하고 있다. 날마다 시간에 쫓겨 허둥지둥 사는 아들이 안쓰러워 속내를 드러내지 않으신 것이다.

어머니는 여전히 거짓말쟁이시다. 생선을 굽거나 찌면 아들에게 한 입이라도 더 먹이시려고 비린내 나서 먹기 싫다 하신다. 고깃국을 끓이면 고기가 목에 걸려 잘 안 넘어간다 하시며 국물만 드신다. 집에 있는 사람은 돈 쓸 일이 없다고 하시며, 몇 푼 받은 노령연금을 모아두셨다, 도시락 찬이 마뜩잖을 때 밥값하라고 내어주신다. 재미 삼아 하시던 텃밭 농사를 힘들어하지 않겠다고 하신 것이 3년째 되었다.

어머니 허리가 기역에 가까운 각도로 꺾이고, 보행기에 의지하여 바깥출입을 하시면서, 김장하는 것을 무서워하셨다. 지금까지 김장을 우리 집, 세 동생, 몇몇 지인들 것까지 했다. 내년부터는 하늘이 무너져도 다시는 김장을 하지 않겠다고 하셨다. 하늘이 무너질 일이야 생기지 않겠지만, 어머니께서 김장을 못 하실 상황이 된 것이다. 어머니만 그러신 것이 아니라, 아버지께서도 소일거리로 여긴 밭일이 높은 계단을 오르는 일이 되었다.

세월은 몹쓸 놈이다. 참 많은 것을 앗아갔다. 꼿꼿한 어머니 허리를 뚝 꺾어놓았고, 보무당당한 걸음을 분질러 버렸다. 식구들 생일과 신발 문수, 자동차와 핸드폰 번호, 내 강의시간표까지 명료하게 기억한 것을 흐릿하게 하였다. 도둑눈 내리는 소리까지 알아차린 귀를 틀어막았다. 아버지의 기둥도 그 몹쓸 세월 앞에서 시나브로 기울어지고 있다.

"어머니! 감기 좀 어떠세요?"
"오늘 도시락 싸지 말라고?"

어머니 귀는 멀어지고 기억은 점점 허물어지고 있다. 이 통에도 아들에게 집밥 한 끼라도 더 챙겨주시려는 기억만은 오늘도 오롯하다.

(2017. 12. 17.)

담배의 유언

후식

오늘 학교에서 식목행사로 해바라기 씨를 심었다. 원래 지난 수요일에 심으려고 했으나, 비가 와서 연기하였다. 교수협의회가 주관하고 교직원과 학생들이 힘을 모았다. 가을에 우리 학교 구성원뿐만 아니라, 인근 주민에게 볼거리를 주려고 심었다. 밤부터 이른 아침까지 내린 비가 다행히 그쳤다.

비가 내려 땅이 축축했지만, 호미질이 잘 안 되었다. 땅 밑은 대부분 나무뿌리가 뭉쳐 있거나, 돌멩이가 마을을 이루고 있었다. 호미로 땅을 4cm 정도 파고 30cm 간격으로 해바라기 씨앗 두서너 개를 심었다. 씨앗은 이혜숙 교수님께서 집에서 수확한 것을 내놓으셨다. 여러 사람이 손을 보탠 덕에 10시에 시작한 작업을 11시 30분쯤 끝냈다. 호미 쥔 손바닥이 얼얼했다.

점심은 도시락을 주문하여 먹었다. 학교 앞 카페에서 후식으로 커피를 시켜 마셨다. 이런저런 이유로 몇몇 교수님께서 커피를 마시지 않으셨다. 금요일 오후라 오후 강의가 대부분 없어 모처럼 진득하게 대화를 나누었다. 다음부터는 오늘 먹은 도시락보다 더 비싼 것을 먹자는 이야기가 나왔다. 이어 이번에 방북한 예술단 공연에 관한 이야기가 꼬리를 물었다.

내가 도시락을 북한말로 뭐라고 하는지 아느냐고 물었다. 아는 사람이 아무도 없었다. 북한말로 도시락을 '곽밥'이라 한다. 물건 따위를 넣어 두려고 나무나 대, 두꺼운 종이로 만든 네모난 통이 상자이다. 상자를 다른 말로 '곽'이라 한다. 상자처럼 도시락에 밥을 넣었다 하여 '곽밥'이 되었다. 잠시 후 모 교수님께서 '전구'를 북한말로 뭐라고 하는지 물었다. 아무도 알지 못했다.

'전구'는 북한말로 '불알'이라고 한다. 알처럼 생긴 것에 불이 들어와 '불알'이 되었다. 형광등은 '긴불알', 형광등에 사용하는 스타트전구는 '씨불알', 샹들리에는 '떼불알'이라고 한다. 불알이 떼로 붙어 있기 때문에 이렇게 이름을 붙였다. 다이어트는 '살까기'나 '몸까기'라고 한다. 노크는 '손기척', 의식주는 '식의주'라 한다. "옷이 날개다"라는 말보다 "금강산도 식후경"이란 말이 북한 주민에게 더 현실적인 것 같다.

군대 다녀온 사람이 빼놓지 않고 써먹는 이야기 가운데 방언에 관한 에피소드가 많다. 군대에서 보초를 설 때 그날그날 쓰는 암호가 있다. 답은 '열쇠'였다. 전라도 출신 병사가 보초를 서다 서울 출신 병사와 교대할 때 '열쇠'라 하지 않고 '쇳대'라 했다. '열쇠'를 전라도 말로 '쇳대'라 한다. 이 말을 알 리 없는 서울 출신 병사가 전라도 출신 병사를 총으로 쐈다. 암호가 다르기 때문에 간첩으로 오인했기 때문이다. 전라도 출신 병사가 쓰러지면서 "오매! 쇳대도 긴디(그것인데.)" 하며 죽었다는 것이다.

딱딱한 군대 생활을 억지유머로나마 달래보려는 절박함이 묻어 있다. 훈련소에서 신병훈련을 마치고 훈련소 동기 9명과 함께 자대배치를 받았다. 이때 얼굴이 우윳빛처럼 뽀얀 상병이 군기를 잡더니 갑자기 "뒤비져."라고 했다. 경상도 출신 신병들만 뒤로 누웠다. 나와 서울 출신 신병은 멀뚱멀뚱 서 있다 혼이 났다. 잠시 후 상병이 "일라."라 했다. 경상도 출신 신병이 당당하게 일어서는 틈에서 나도 눈치껏 일어났다. 서울 출신 신병만 그대로 누워 있다가 "고문관"이란 말을 들었다.

자대에서 6개월 정도 군대 생활을 하자 요령이 생겼다. 어느 날 경상도 출신 신병이 20명 정도 들어왔다. 전라도 사람으로서 전라도 말을 교육할 좋은 기회라고 여겼다. "차렷, 열중쉬어, 차렷." 신병들이 바짝 긴장했다. 그리고 "둔너."라고 소리쳤다. '둔너.'는 '드러누워.'라는 전라도 말이다. 신병 가운데 한 사람도 뒤로 눕지 않았다. "뒤비져란 말이야." 신병들이 일사불란하게 뒤로 누웠다. 곧바로 "인나."라고 했다. 반 정도만 일어서고 나머지는 그대로 누워 있었다. 선임병이 그랬던 것처럼 나도 누워 있는 신병들에게 이름 대신 "고문관"이라고 했다.

재치 있고 유머가 넘치는 모 여자 교수님께 '이심전심'이 무슨 말인지 아느냐고 여쭸다. 우리나라 대통령 가운데 성이 전 씨인 분이 있다. 영부인은 이 씨다. 두 사람이 인제에 있는 백담사로 유배 아닌 유

282

배를 갔다. 권력의 정점에 있었던 두 사람이 쫓기듯 적막 산중으로 들어갔으니 심정이 얼마나 참담했겠는가. 세상에 떠도는 풍문에 따르면 "이 씨가 심심하다고 하자, 전 씨도 심심하다."고 하여 "이심전심"이 되었다는 것이다.

내가 그 교수님께 "순진 무식하고 천진 난폭하시다."고 하여 여러 사람이 웃었다. 역설을 통한 언어유희는 웃을 일이 별로 없는 척박한 삶에서 웃음꽃을 피운다. 우리 문학사에서 역설이 주는 언어유희는 현실을 비판하는 역할을 성실하게 수행했다. 모 교수님께서 자다가도 깨어 웃을 일이 무엇이냐고 하셨다. 문득 고등학교 2학년 때 영어 선생님이 떠올랐다. 선생님은 영어 문장 중간마다 허사 "어~"를 추임새처럼 넣으셨다. 예컨대, "There is 어~ ability 어~ I may with 어~ on your 어~ birthday."와 같은 식이다.

어느 날 짝과 영어 수업시간에 선생님께서 "어~"를 몇 번 하시는지 자장면 내기를 했다. 나는 100번을 넘기지 않을 것이라 했고, 짝은 100번을 넘길 것이라고 했다. 우리 둘은 수업 내용은 젖혀두고 오로지 연습장에 바를 정(正)자를 열심히 썼다. 수업을 마치는 종소리가 났다. 이날 선생님은 "어~"를 98번 하셨다. 나는 기뻐서 소리를 질렀고 짝은 아쉬워서 책상을 쳤다. 이런 모습을 보시고 선생님께서 둘을 나오라고 하셨다. 나는 수업이 끝나 좋아서 그랬다고 둘러댔지만, 친구는 사실대로 말해버렸다. 화가 난 선생님께서 "수업 시간에 어~ 하라는 공부는 안 하고 어~ 못된 짓들을 해. 어~ 이 자식들아. 어~ 어~."

나와 짝은 혼나면서도 선생님께서 끊임없이 쏟아내시는 "어~ 어~." 소리에 웃음을 참지 못했다. 뺨까지 맞으면서도 우리는 웃음을 멈출 수 없었다. 우리 가운데 지금까지 자장면을 산 사람이 없다. 수업시간은 종을 칠 때까지라는 내 주장과 선생님께서 교실을 나갈 때까지라는 짝 주장이 맞섰기 때문이다. 지금도 그때 일을 생각하며 자다가도 웃음이 나온다. 우리는 너무 바삐 산다. 여유 있게 점심을 먹을 겨를이 없다. 학교생활도 그렇다. 대부분 오후 강의가 있어 점심을 물처럼 마셔야 할 때가 있다. 커피를 마시며 대화를 나누기는커녕, 후식을 먹을 여유가 없다.

후식은 식사한 뒤에 과일이나 음료수를 간단히 먹는 것이다. 굳이 후식을 과일이나 음료에 국한할 필요 없다. 서로 대화를 나누면서 가볍게 웃을 수 있는 것도 후식이다. 오랜만에 여러 교수님과 후식을 잘 나눠 먹었다.

(2018. 4. 6.)

깨복쟁이
친구들

전주 일대에 사는 초등학교 동창들이 만났다. 명색이 송년 모임이다. 다들 耳順 줄을 타고 사느라 세월의 흔적이 역력하다. 순천만 가는 곳에 순천 도사초등학교가 있다. 이 학교를 졸업한 지 마흔 하고도 반년이 더 흘렀다. 이런저런 이유로 인근에 모여 살고 있다. 남자 셋은 전주에 살고 여자 동창 하나는 군산에 산다.

가까이 살면서도 자주 못 본다. 일 년에 많아야 세 번 겨우 만난다. 올해는 한 번도 보지 못했다. 군산에 사는 영자가 해를 넘기지 말자고 톡 문자를 끈질기게 보냈다. 남자가 나서면 시큰둥하던 녀석들이 영자가 주동하면 은근슬쩍 따른다. 나이가 나이인지라, 메뉴를 정하는 게 까다롭다. 차가 밀려 달팽이처럼 오리요릿집에 도달했다.

우리는 서로를 "야! 야"라고 부르거나 "너! 너"라고 호칭한다. 우리 사이에 이름은 쓸데없는 장식에 불과하다. H 자동차 회사 부장인 성근이는 술을 좋아한다. 만나면 대작할 사람이 없어 술맛이 떨어진다고 그런다. 대부분 사람은 술을 웬만큼 마시면 말을 술술 한다. 이 친구는 말수가 워낙 궁하여 술을 먹어도 입을 좀체 안 연다. 그는 목과 눈이 입 구실을 한다.

"야! 너희들은 사는 것이 외롭지 않냐?"

뜨악했다. 모 공기업에 부장으로 있는 성동이는 장로이다. 내 체면을 구기지 않으려고 소액이지만, 학교에 기부하고 있다. 그가 성근이 빈 술잔에 술을 따르며, 우리는 어차피 외로운 존재라고 했다. 교회에 나가 하나님을 뵈라고 할 줄 알았는데, 헛짚었다. 우리 나이가 이제 그걸 때라며, 자연스럽게 받아들이라고 했다. 나는 철이 들지 않아 그런지 '우리 나이'라는 말이 부자유스러웠다.

영자는 3년에 걸쳐 직접 황토로 집을 짓고 군산 인근 전원에서 산다. 남편과 함께 색소폰을 맘껏 불고 싶어 그랬다. 색소폰을 연주하는 실력이 프로급이다. 동호회를 만들어 노인요양시설로 봉사 활동을 다닌 지 오래되었다. 반 농사꾼이어서 텃밭 농사도 잘 짓지만, 아들 둘 다 공기업에 취직하여 자식 농사도 잘 지었다. 집에서 기른 닭과 오골계가 낳은 달걀을 한 판씩 줬다.

오리고기가 꽤 남았다. 주저하지 않고 싸달라고 했다. 궁상떨지 않으려고 집에서 기르는 개 갖다 주겠다고 핑계를 댔다. 데우면 두 사람이 먹을 수 있는 분량이다. 송년이란 이유를 대고 요즘 바깥에서 밥 먹는 일이 잦다. 이때마다 고전적인 감정이 불룩하게 생겨, 집안 식구들이 새록새록 떠오른다. 훈용이 때문에 우리 식구가 외식하는 것은 하늘에 있는 별을 따는 것과 같다.

찻집에 들어서자 雙和차 냄새가 후미를 남긴다. 雙和차 잔이 큰 데다 구운 가래떡이 딸려 나와 한 끼 식사로도 다분할 것 같다. 우리 또래가 만나면 건강에 대한 정보나 축재에 대한 상투적인 이야기를 나누기 일쑤이다. 이 친구들은 다르다. 돈이나 자녀를 내세우는 이야기는 불문율처럼 서로 삼간다. 밥값이나 커피값도 어떤 사람이 일방적으로 부담하지 않고 서로 쪼개서 낸다. 雙和차보다 친구들 이야기가 귀에 잘 넘어갔다.

초등학교를 졸업한 지 40년 하고도 반 십 년이 더 훌쩍 지났다. 돌아가면서 신나게 옛 추억을 떠올렸다. 하굣길에 무밭에서 무를 서리하여 먹고 방귀 뀌었던 일, 보리밭에 있는 종달새 알을 찾아다니다 독사에게 쫓긴 일, 정구공을 맨발로 차다가 발톱이 빠진 일, 개구리 항문에 바람을 집어넣고 축구공 삼아 찼던 일, 선생님이 가정방문 하는 날 쌀자루를 메고 돌아다닌 일, 우리 이야기는 탈고할 수 없는 대하소설이었다.

요즘 50대 이상 절반이 큰돈 빌릴 사람이 없다고 한다. 큰돈 빌려줄 사람이 50대에게만 없겠는가? 나 역시 큰돈을 빌려달라고 부탁할 만한 사람이 아직 없다. 자기 몫 챙기느라 다른 사람이 앓는 아픔을 곰곰이 들여다볼 겨를이 없는 시대를 우리는 살아가고 있다. 직장이나 사회에서 가장 힘든 것이 누군가와 관계를 맺는 것이다.

누군가와 관계를 맺는다는 것은 서로의 마음에 길을 내는 것이다.

길은 자주 다녀야 한다. 그렇지 않으면 잡초가 우거지거나 나뭇잎이 떨어져 길을 뭉텅 지울 수 있다. 길은 일방통행로가 아니라 쌍방통행로여야 한다. 이쪽 마을과 저쪽 마을에 사는 사람이 서로 오가야 한다. 그래야 길 양쪽에 사는 풀꽃 이름과 새 이름을 알 수 있다. 사람 마음도 그렇다.

찻집 주인이 빗자루를 들었다. 한 세월이 또 금방 갔다. 우리는 이름 대신 "야!"와 "너!"를 앞세우고 "또 보자."고 했다. 전주역 앞 광장에 불꽃이 짙게 만발했다.

(2017. 12. 30.)

외출

"우와! 외출이다."

주인이 목줄을 풀어주었습니다. 내 이름은 달콩이입니다. '알콩달콩'이란 말 들어봤지요? 누나와 싸우지 말고 알콩달콩 지내라고 원래 주인이 지어 줬습니다. 누나와 헤어져 이곳으로 온 지 석 달쯤 됐습니다. 한동안 엄마와 누나가 보고 싶어 얼마나 많이 울었는지 모릅니다. 새 주인과 식구들이 예뻐해 주는 바람에 잊고 지내지만, 불쑥 불쑥 생각날 때가 많습니다.

몸이 아플 때는 더욱 그렇습니다. 달포 전쯤, 설사를 심하게 하고 아무것도 먹지 못했습니다. 주인이 꿀물을 가져다 주었지만, 아픔을 달게 해주지 못했습니다. 엄마와 누나에 대한 그리움이 아침 안개처럼 피어올랐습니다. 주인을 따라 병원에 두 번이나 가서 주사를 맞고 약을 먹고서야 나았습니다. 몸이 아프니까 생각이 약해지고 꿈을 꿀 수 없었습니다. 언젠가 엄마한테 돌아갈 수 있다는 꿈 말입니다.

이틀 걸러 한번 꼴로 집배원 아저씨가 다녀갑니다. 우편물 대부분은 주인 이름자 끝에 '시인님'이란 말이 붙어 있습니다. '시인님'이 무슨 말인지 몰랐을 때, 우리 주인은 욕심이 많은 사람이라고 생각했습니다. 쓰기 힘들고 부르기 불편하게 이름을 길게 지었다고 단정했습니다. 우리 주인이 쓴 시 가운데 내 이름이 들어간 것이 있어 소개하려고 합니다.

아버지 안과 모시고 가는 길에 입맛 잃은 달콩이 함께 병원에 데리고 갔다. 집사람 오는 길에 콩나물 1,000원짜리 한 봉지 사 오랬다. 팔순 아버지 안과 진료비 1,500원. 달콩이 주사 처방 약 조제 사료 포함 3만 8,670원. 아버지 달콩이 머리 쓰다듬으시며 "이놈아! 아프지 말아야지." 달콩이 시선 밖으로 꺼내지 못하고 자꾸 안으로 말아 넣었다.

마트에 들러 1,000원짜리 콩나물 한 봉지 달랑 사 들고 차에 올랐다. "이놈아! 아프지 말아야지." 아버지 이 문장에 되돌림 표 붙여 노래 멎지 않으셨다. 모서리 닳아 완곡해진 갈 볕 달콩이 옆에 누워 집에까지 따라왔다. 차에서 내린 달콩이 언제 밥맛 잃었냐는 듯이 뒤따라온 갈 볕 알콩달콩 손잡고 뛰었다.

"이놈아! 아프지 말아야지."
(「이놈아! 아프지 말아야지의 뒷말」 전문)

맘대로 될지 모르지만, 아프지 않아야겠다고 다짐했습니다. 우리 주인은 아침에 바람처럼 나갔다 자정 언저리쯤 파김치가 되어 돌아옵니다. 도대체 무슨 일이 그렇게 바쁜지, 좀 일찍 귀가할 수 없는지 참 안쓰럽습니다. 오늘은 무슨 바람이 불었는지, 나랑 함께 밖으로 나갔다 오자고 했습니다. 신이 났습니다. 집 밖으로 나서자 바람이 다디달게 불었습니다. 목적지는 묵방산 아래에 있는 원각사가 분명합니다. 반사경으로 원각사 방향으로 난 길을 먼저 확인했습니다. 차가 인정 없이 속력을 내기 때문입니다.

길을 가다 꽃을 보았습니다. 그 꽃은 메마르고 비틀려서 향기 한 푼 나지 않았습니다. 눈꺼풀이 풀리고 추위에 부르터서 절망으로 견인될 처지였습니다. 선명했던 색채가 가난해져 고물상으로 실려 갈지 몰랐습니다. 잠시 그 꽃의 영화로운 시절을 떠올렸습니다. 지나는 사람들이 발을 멈추고 바라보았겠지요? 꿀벌이 몰려들어 온몸 간지럽게 애무했겠지요? 그때가 한때였다면, 지금도 꽃은 다른 한때를 살고 있습니다. 젊음만이 생애가 아니니까요.

몇 개 달리지 않은 나뭇잎이 위태롭습니다. 차마 내려놓지 못한 것으로 인해 우리 삶이 간당간당할 때가 많습니다. 하나를 갖고 나면 둘을 가지려는 탐욕의 끈을 끊지 못하며 삽니다. 우리 생애의 나무에 가장 위태로운 것은 탐욕의 잎입니다. 허공에 길이 있습니다. 그 길로 차가 많이 다닙니다. 차를 타고 먼 곳으로 여행하고 싶습니다. 어느새 내 안에도 탐욕이 음울하게 자라났나 봅니다. 주인과 함께 외출하며 느낀 행복이 금방 시들해졌으니까요.

꽁꽁 언 저수지에 아침 햇살이 고요하게 미끄러집니다. 눈이 부십니다. 살다 보면 눈부신 것이 햇살뿐이겠습니까? 쿵쿵 앓다 아픔을 견디고 얻은 흉터가 눈부시고, 젖은 슬픔을 말리고 웃는 웃음이 눈부십니다. 한 해가 황망하게 가고 어김없이 새해가 오는 것, 모래언덕 같은 세상 어딘가에 샘물이 솟고 있는 것이 눈부십니다. 어렵고 힘든 일을 겪을 때, 위로하고 격려하는 말 한마디가 눈부십니다. 눈부신 것은 우리 영혼을 잠들게 하지 않으니까요.

경고장이 눈에 띕니다. "전기 울타리, 감전 위험, 접근금지" 이 푯말은 수신자가 멧돼지지만, 유쾌하지 않은 문장입니다. 전기 울타리로 멧돼지 출입을 원천봉쇄할 수 있다는 발상이 수심을 깊게 만듭니다. 어린 자식을 굶게 할 수 없어 분유를 훔친 엄마 이야기를 종종 듣습니다. 이런 모정을 멧돼지도 가지고 있습니다. 모정은 감전을 무릅쓰고 전기 울타리를 뛰어넘습니다. 건강한 엄마 마음으로 세상과 사물을 보면 사랑이 싹틉니다. 엄마는 사랑이니까요.

山門에 이르렀습니다. 돌멩이 천지입니다. 대숲에서 竹香이 군락을 지어 몰려오다 몇 가닥 돌부리에 걸려 넘어집니다. 다시 일어나 山門 밖으로 걸어갑니다. 우리 생애의 길에도 돌멩이가 깔려 있습니다. 살다 보면 맥없이 돌부리에 미끄러져 넘어질 때 있겠지요? 아무 일 없었던 것처럼 일어나 흙먼지 털고 다시 걸어야 하지 않겠습니까?

(2017. 12. 30.)

관심

"이 녀석이 다녀갔나?"

집에 있는 솔밭 한쪽에 길고양이 집을 마련해 줬다. 12년생 된 반송이 밀식되어 있어 길고양이가 사는 데 제격이다. 예전에 개집으로 쓰던 것을 사람 눈에 잘 띄지 않는 곳에 뒀다. 헌 옷을 깔아주고 날마다 먹이를 주자 하루도 빠지지 않고 녀석이 다녀갔다.

얼마 전 모 교수님이 주도하셔서 몇몇 교수님과 반려동물을 사랑하는 모임을 만들었다. 처음에는 별 관심이 없었다. 반려동물을 기르지 않을 뿐만 아니라, 시간 내는 것이 부담스러웠기 때문이다. 한 달에 한 번씩 만나 세미나를 하고, 다음 학기에는 함께 강의과목으로 개설할 계획을 세웠다.

모임 이름은 '한반도(한일 반려동물 모임)' 이다. 한일은 우리 학교를 뜻하고 모임은 '한반도'에서 도徒를 만들려고 썼다. 흔히 도徒가 '무리'라는 의미로 알고 있지만, '동아리'라는 뜻을 가지고 있다. 글을 쓸 때 제목이 중요한 것처럼 상호나 모임 이름도 중요하다. 그 교수님은 예술적 상상력이 탁월하여 작명하는 것이 남다르다.

어떤 일을 하든지 이념이 있어야 한다. 그래야 정체성이 있고 추구하는 목적을 이룰 수 있다. '한반도'가 추구하는 이념은 세 가지이다. 첫째, 우리는 동물과 인간이 상생하는 공영세상을 꿈꾼다. 둘째, 우리는 모든 생명을 존중하며, 모든 차별을 반대한다. 특히 종차별을 반대한다. 셋째, 우리는 동물이 지금보다 더 나은 삶을 누리며 살도록 힘쓴다.

동물보호법 제1장 총칙 제3조는 동물을 보호하는 기본원칙에 관해 규정하고 있다. 동물이 본래 습성과 신체 원형을 유지하면서 정상적으로 살 수 있도록 할 것, 동물이 갈증 및 굶주림을 겪거나 영양이 결핍되지 않도록 할 것, 동물이 정상적으로 행동을 표현할 수 있고 불편함을 겪지 않도록 할 것, 동물이 고통·상해 및 질병으로부터 자유롭도록 할 것, 동물이 공포와 스트레스를 받지 않도록 할 것이다.

그동안 동물이나 물고기, 곤충을 소재로 글을 많이 썼다. 황소개구리, 하루살이, 비둘기, 배추벌레, 새, 어름치, 파리, 백구, 미호종개, 까치, 기러기, 광어, 잉어, 고라니, 버림받은 개에 이르기까지 다양하다. 한겨울 누군가 버린 개를 만났다. 목요일에 만났다 하여 이름을 목요라고 지었다. 목요를 소재로 「목요와의 만남」과 「목요일기」란 글을 몇 편 썼다. 급 굽잇길에 쓰러져 죽은 고라니를 보고 「눈 맑은 고라니에게」란 글을 썼다. 역시 차에 치여 죽은 까치를 햇살이 잘 드는 곳에 묻고 「까치의 부고」와 「까치의 장례」란 글을 썼다. 얼마 전에는 집에서 기르는 달콩이를 소재로 「아프지 말아야지의 뒷말」이란 시를 썼다.

짧지만, '한반도' 모임을 통해 동물을 사랑하는 마음이 동심원처럼 더 커졌다. 대상에 대해 애정이 없으면 좋은 글을 쓸 수 없다. 비록 사람과 같은 언어로 말을 하지 못하지만, 동물도 우리와 같은 감정을 가지고 있다. 배가 고프면 허기지고 날씨가 추우면 떤다. 죽음에 대한 불안이나 공포를 느끼고 슬픔에 대해 눈물 흘릴 줄 안다.

그들도 돌아갈 집이 없거나 가족이 없으면 노숙자처럼 정처 없이 떠돌기 마련이다. 길고양이 집을 마련해주고 끼니를 챙겨준 것은 '한반도'에 참여하고 나서 한 일이다. 이전에는 들짐승으로 태어났으니 당연히 자기 능력으로 생존해야 한다는 당위론에 빠져 있었다. 오히려 녀석에 대해 반감을 품었다. 쓰레기봉투를 무허가건물처럼 해체해놓거나, 몽니를 부리듯 잔디밭 곳곳에 똥을 싸놓았기 때문이다. 특히, 발정기에 우는 고양이 울음소리는 백색소음과 한참 동떨어져 듣기에 거북했다.

밤마다 아중천변을 산책하면서 종종 길고양이를 만난다. 온갖 몸짓으로 부르고 다가가지만, 붙임성이 있는 녀석이 별로 없다. 간혹 붙임성이 좀 있다 싶은 녀석은 눈빛만 경계를 풀뿐, 나름대로 정한 거리를 절대 좁히지 않는다. 어떤 대상이든 관심을 가져야 사랑할 수 있다. 사랑은 다른 사람을 애틋하게 그리워하고 열렬히 좋아하거나, 아끼고 소중히 여기는 마음이다. 또 어떤 대상을 매우 좋아해서 아끼고 즐기는 마음이다.

생명을 가진 것은 대부분 아름답다. 함형수 시인은「해바라기의 碑銘」이란 시를 썼다. 청년 화가 L은 "나의 무덤 앞에는 그 차가운 빗돌을 세우지 말고, 노오란 해바라기를 심거나 보리밭을 보여 달라."고 했다. 비석은 비생명적이지만, 해바라기나 보리밭은 생명성을 의미한다. 이 생명성을 청년화가 L의 정열적인 예술혼으로 시인은 승화하고 있다. 생명이 아름답지 않으면 예술적 소재가 될 수 없다.

우리 주위에 시간과 돈을 들여 길고양이를 돌보는 사람이 많다. 이런 사람은 생명을 지극히 사랑하는 마음을 가지고 있다. 생명을 사랑하는 사람은 평화와 공존을 추구한다. 과거보다 생명의 종 다양성이 줄어들면서 건전생태계가 파괴되고 있다. 나비가 살지 못하는 환경에서 사람이 살 수 없다고 한다. 고양이가 살지 못하는 환경에서 사람이 살 수 없는 세상이 오지 말란 법이 어디 있겠는가?

만월이 돌올하게 떴다. 달빛은 어느 한 곳에 치중하지 않고 지천을 공평하게 밝히고 있다. 움직이는 것, 멈춰 있는 것, 깨어 있는 것, 잠든 것, 높은 곳에 있는 것, 낮은 곳에 있는 것 어느 하나 차별하지 않는다. 저 달빛 아래 사람이나 길고양이나 똑같이 아름다운 생명일 뿐이다.

(2018. 1. 1.)

시계

 몇 개 남지 않은 잎이 小雪에 눈 대신 내린 비로 인해 얼추 다 떨어졌다. 제 몸에 있는 잎을 적나라하게 내려놓은 나무들 근골이 더욱 명료해졌다. 담쟁이도 잎을 다 버리고 가파른 벼랑 끝에 고요히 물결치고 있다. 가을처럼 짧고 애매한 세월이 있을까. 단풍이 불꽃처럼 활활 타올랐다. 금방 무리 지어 지고 나면, 밤이 어둠을 일찍 데리고 와 냉기 때문에 자꾸 움츠러들고 새록새록 외로워지니 말이다.

 강의실에서 강의하다 학생들에게 시간을 곧잘 묻는다. 강의할 분량을 조절할 의도로 물을 때가 있지만, 가끔 힘이 들어 시간이 얼마쯤 남았는지 궁금하여 물을 때가 있다. 요즘 시계를 차고 다니는 사람이 별로 없다. 대부분 스마트폰에 있는 시계를 즐겨 쓰기 때문이다. 강의하면서 시간을 확인하려고 스마트폰을 자주 보는 것이 내키지 않아, 오래 묵혀두었던 시계를 꺼냈다.

 하도 오랫동안 쓰지 않아 심장이 멎었다. 오전에 강의가 없어 학교에서 회의를 마치자마자 114 안내를 통해 시계 수리소를 알아냈다. 금은방이라고 쓴 간판이 꽤 나이를 먹어 기력이 없어 보였다. 일흔 언저리에 이르렀을 주인 낯이 금팔찌를 낀 손목처럼 환했다. "혹시 목사님 아니세요? 인상이 인자해 보이십니다." 마흔 중반 이쪽저쪽에서 잊을 만하면 한 번씩 들었던 말을 십여 년이 넘어 들으니 그 말이 참 생경했다.

익숙한 속도로 건전지를 교체한 뒤 "스위스제라 만 원입니다. 다행히 잘 갑니다. 아무리 스마트폰에 시계가 달렸다 해도 째깍째깍 소리를 내며 돌아가야 시계답죠. 다 됐습니다." 묵정밭처럼 내버려 둔 손목에 심장이 뛰는 시계를 차자 시침과 분침, 초침이 도란도란 속삭이며 화기애애해졌다. 스마트폰에 있는 액정시계는 시간과 분을 아라비아 숫자로 일사불란하게 알려준다. 그래서 시곗바늘이 열심히 돌며 60초가 1분이 되고 60분이 1시간이 되는 노동과정을 볼 수 없다.

세 시곗바늘은 협업의 대명사이다. 셋 가운데 어느 하나라도 이기체己를 앞세우면 시간을 오보하게 된다. 각자 자신에게 주어진 사명을 망각하지 않고, 제 일에 성실하고 충실해야 한다. 초침은 초침의 삶에 분침은 분침의 삶에 시침은 시침의 삶에 안분지족해야 한다. 시침이 초침에게 너무 빨리 간다고 불만을 품거나, 초침이 시침에게 너무 느려 터졌다고 원망하지 않는다.

셋은 자신이 있어야 할 자리를 잘 알고 처신處身한다. 연장자인 시침은 가장 낮은 자리에서 분침과 초침을 떠받쳐주고, 어린 초침은 시침과 분침을 배경 삼고 열심히 달린다. 분침은 시침과 초침 중간에서 형과 동생을 연결하는 관계자 역할을 한다. 우리가 세상살이하면서 있어야 할 자리를 잃고 허둥지둥 흔들린 날이 몇 날쯤이었을까?

스마트폰 액정시계는 에누리가 없다. 1시 30분이면 꼼짝없이 그대로 1시 30분이다. 시간에는 객관적인 시간과 주관적인 시간이 있다. 즉 스마트폰에 있는 시계는 객관적이고 과학의 궤도를 벗어날 수 없는 시간이다. 그러나 바늘이 있는 시계 속에 존재하는 시간은 어느 정도 주관에 따라 조절하는 것이 가능하다. 게으름이 일상이 된 사람은 시간을 몇 분 앞당겨 설정해놓으면, 그 시간만큼 부지런을 부릴 수 있다는 여유가 생긴다. 우리는 대부분 시간이라는 사냥개에 쫓기며 살아가고 있다. 삶의 한계가 정해져 있으니 어쩔 수 없다고 하지만, 사냥개 주력을 능가할 사람이 몇이나 있겠는가.

특별한 일이 없으면 약속한 시각보다 20분 정도 먼저 약속한 장소에 나가 있는 습성이 있다. 학교에 출근할 때도 20여 분 걸리는 길이지만, 강의시간에 딱 맞춰 출발하지 않는다. 여유를 가지고 주위 자연을 촘촘히 보라. 자연은 공자가 되어 『논어』를 강해하기도 하고, 시인이 되어 시를 낭송해주기도 한다. 분침을 5분 늦게 설정하였다. 너무 서두르다 보면 삶이 쉽게 날카로워질지 모르니까. 왼쪽 손목에 찬 시계가 "좀 더 천천히 그리고 찬찬히"를 선언한 선언문 같다.

(2017. 11. 22.)

담배의 유언

　내 작업실은 모 노인복지관 옆구리에 바싹 붙어있다. 복지관을 오가는 어른이 많아 길이 다른 데 비해 반질반질 윤이 난다. 작업실은 지은 지 상당히 오래된 원룸이다. 이곳에서 생활한 지 얼추 여덟 달이 지났다. 혼자 산 사람이 대부분이어서 산중처럼 조용하다. 책을 읽고 생각하고 글을 쓰기에 아귀가 딱 맞다. 인후 공원이나 아중천변과 가까워 산책하기에도 좋다.

　작업실 입구에 소파가 있다. 지나는 사람이나 입주민이 이곳에 앉아 쉰다. 어느 날 눈여겨보니 소파 주위에 담배꽁초가 널브러져 있었다. 순간 머릿속에서 의심할만한 얼굴들이 낙타처럼 지나갔다. 슬픔이 가득한 표정으로 축 처진 기분을 담배연기에 반올림하여 허공으로 날리던 사내. 마흔과 쉰 중간쯤 이르렀을성싶은 그는 늘 그곳에서 미동 없이 앉아 담배를 피웠다.

　내가 먼저 인사를 건네면 그는 눈길을 주지 않고 고개만 끄떡였다. 풀죽지 않고 마주칠 때마다 인사를 했다. 그의 냉담이 무뎌지며 어느 날부터 눈길을 주기 시작했다. 눈길이 서로 길을 내자 입이 열렸다. 의례적인 인사지만 "안녕하세요?"라고 서로 안부를 묻는 사이가 되었다. 단 몇 세대 되지 않지만 몇 호에 살고 있는지에 대해 서로 궁금해하지 않았다.

그녀는 오토바이를 타고 다닌다. 스물과 스물다섯 사이를 징검다리 건너듯 오갔을성싶다. 오토바이는 단순히 출퇴근용이 아니라, 퀵서비스와 관련된 일을 오토바이로 하는 눈치다. 마주칠 때마다 인사를 했지만, 딱 부러지게 수신한 일이 별로 없다. 그녀는 담배를 피울 때마다 담배를 손으로 감춘다. 눈으로 놓친 흡연 장면을 담배연기에 예민한 내 후각이 백발백중 탐색해냈다.

또 다른 그녀는 스물 초반쯤 되었을성싶다. 우연히 1층 맨 안쪽 집에서 나오는 것을 보았다. 밖에 쓰레기봉투를 내놓고 간혹 택배 물건이 놓여 있는 집이었다. 나이를 제법 먹은 어르신이 살 것이라는 예상을 뒤집었다. 그녀는 담배를 피울 때마다 쪼그려 앉은 자세를 취했다. 그리고 누군가에게 전화했다. 유쾌한 목소리를 하늘로 날려 보낼 때도 있고, 울음 섞인 목소리를 밀가루 풀처럼 풀어놓기도 했다. 그녀의 낮은 어깨가 너무 짠해 위로의 말을 하려고 다가설 뻔했다.

또 다른 사내는 스물다섯 고개를 막 넘은성싶다. 그는 늘 원룸 입구에 서서 담배를 피웠다. 담배를 피우다 나와 맞닥뜨리면 뒤 허리춤으로 담배를 숨겼다. 수신한 인사말 억양이 익숙하지 않은 투다. 아침 출근길에 많이 본 걸로 봐서 군대를 다녀와 복학한 학생 같다. 어느 날 그에게 말길을 텄다. 우리가 사는 곳 주위에 이렇게 담배꽁초가 많아서 되겠느냐며 기척 하듯 동의를 얻었다.

그는 담배를 피우면 꽁초를 집으로 되가져간다고 했다. 담배꽁초를 버리는 사람이 누구라는 것까지 말해주었다. 그가 말한 정보가 객관적이라면 내가 의심한 사람이 대부분 이 축에 들었다. 그 길로 쓰레기 분리수거장에 가서 빈 깡통을 찾아 소파 앞에 두고, 문방구점에 들러 전지와 먹물을 샀다. 어쭙잖은 붓글씨로 전지에 몇 자 박음질했다.

"간곡하게 부탁드립니다. 담배를 피우고 꽁초를 깡통에 버리시기 바랍니다."

이 문장을 붙인 후 담배꽁초가 줄었다. 그러나 헤진 호주머니에서 빠진 물건처럼 담배꽁초가 보이지 않는 날이 없었다. "그래 버리는 사람이 있어야 줍는 사람이 있는 법이야. 나는 줍는 사람이 되자." 이렇게 생각하며 철물점에 들러 쓰레기 집게를 샀다. 출근하기 전 담배꽁초를 꼬박꼬박 줍고 꽉 찬 깡통을 비웠다. 어느 순간 불쑥 생각이 담배 마음으로 미끄러졌다.

그대의 깊은/ 근심 태우려/ 소신공양했건만// 나 태운 몸/ 아무 곳에나/ 장사하지 마오// 풍장 아님 어떻소/ 빈 깡통에라도/ 고이 묻어주오// 쓰레기도 곱게/ 버림받을 때/ 끝 생애 정한 법// 나 꽁초 아니라/ 한때나마 그대의/ 연인 아니었소. (「담배의 유언」 전문)

이 시를 전지에 붓글씨로 써 다시 붙였다. 이 날 이후 담배꽁초가 반 이상 줄어들었다. 담배의 애틋한 마음이 용케 먹힌 것일까. 세상엔 변변치 못한 삶 팔팔하게 살지 못해 담배 연기를 겸상하며 사는 사람이 많다. 누군가에게 버림받는 순간 어느 것이든 쓰레기가 된다. 쓰레기도 곱게 버림받을 때 끝 생애가 깨끗하다. 어찌 담배꽁초만 그렇겠는가?

초록이 헐거워져 가는 가을나무들, 단풍을 뜨려고 아궁이에 불을 넣고 있다.

(2018. 10. 13.)

최재선 수필집
흔들림에 기대어

인쇄 2019년 8월 5일
발행 2019년 8월 10일

지은이 최재선
발행인 서정환
펴낸곳 수필과비평사
주소 서울시 종로구 삼일대로 32길 36(익선동 30-6 운현신화타워 빌딩) 305호
전화 (02) 3675-3885, (063) 275-4000 · 0484
팩스 (063) 274-3131
이메일 sina321@hanmail.net essay321@hanmail.net
출판등록 제300-2013-133호
인쇄 · 제본 신아출판사

ISBN 979-11-5933-228-9 03810

값 16,000원

이 도서의 국립중앙도서관 출판예정도서목록(CIP)은 서지정보유통지원시스템 홈페이지
(http://seoji.nl.go.kr)와 국가자료공동목록시스템(http://www.nl.go.kr/kolisnet)에서
이용하실 수 있습니다. (CIP제어번호: CIP2018004738)

Printed in KOREA